薄壳猜想记

闵 强 著

·上海·

图书在版编目（CIP）数据

薄壳猜想记/闵强著．－－上海：同济大学出版社，2023.9

ISBN 978-7-5765-0906-9

Ⅰ．①薄… Ⅱ．①闵… Ⅲ．①纪实文学－中国－当代 Ⅳ．① I25

中国国家版本馆 CIP 数据核字（2023）第 153170 号

薄壳猜想记

闵　强　著

责任编辑：姚烨铭　金　言　　责任校对：徐春莲　　封面设计：张　微

出版发行：同济大学出版社　　www.tongjipress.com.cn
　　　　　（地址：上海市四平路 1239 号　邮编：200092　电话：021-65985622）

经　　销：	全国各地新华书店
印　　刷：	启东市人民印刷有限公司
开　　本：	710mm×1000mm　1/16
印　　张：	15.5
字　　数：	310 000
版　　次：	2023 年 9 月第 1 版
印　　次：	2023 年 9 月第 1 次印刷
书　　号：	ISBN 978-7-5765-0906-9
定　　价：	78.00 元

序一

桑榆未晚霞满天
——"薄壳闵强"的厚重人文

立德，立功，立言，千百年来一直是中国知识分子的人生理想。尽管像王阳明、曾国藩那样上马建功、下马述言、修身师范的人，只是凤毛麟角而已，但这并不影响人们以此"三立"原则进行自我激励。

《薄壳猜想记》一书的作者闵强，正是这样一位持之以恒、自我激励的践行者。本书收录了其以"薄壳猜想"为主打的文章，有的是工作纪实、建筑述评、企划感悟、专业献策，有的是生活气息浓郁的旅游抒怀、人生感悟、唱和赠友、寄望儿孙，我将其简括为："薄壳闵强""博客闵强"，立德树人，贯于始终。

一、"薄壳"中的精神厚重

先生是我国首批国家一级注册结构工程师，20世纪60年代毕业于有"建筑学界摇篮"之称的同济大学。我最早认识先生，是在他网名为"健儿养年"的新浪博客里。作为博客的同耕者和诗词同好者，机缘巧合之下，有人向我推荐了这个博客。令我惊讶的是，理工科毕业的先生退休后有感而发，十余年来，触景生情，托物言志，以恬静飘逸的笔触，写下了近三百篇作品。浏览先生的博文，一位儒雅敦厚又不失激情的长者形象跃然纸上。先生自谦"本是理工郎，触景吟诗狂"。其实，这些图文并茂的散文诗赋作品，充盈着他对生活的热爱，对工作的执着，对友情的珍重，对亲人的深情，对艺术的热爱，有感而发，率性真诚。既有发现美的眼睛，又有呈现美的文笔，更有传播美的情怀。

人文社会学者的作品和精神世界，常常为人们津津乐道，卓越的科学家也往往是人们注目致敬的对象，而从事工程设计、将科学理论和科技成果直接转化成物质财富的建筑结构工程师群体，在文学作品中却不多见。由此，《薄壳猜想记》特别值得一读。坦率地说，当《薄壳猜想记》作为书名最早进入视线时，我并没有深悟其内蕴，以为是作者用"薄壳"的工程术语演绎其作品，用作品记录其技术创新。重读之下，跟随着作者的流畅叙述，我渐渐走入了那个青年工程师的精神世界，也让我看到了改革开放初期一个时代的缩影，看到了年轻学人科学求索的熠熠光辉。

《薄壳猜想记》这本书，笔锋老辣，思维缜密，文字鲜加雕琢，详述了先生"薄壳猜想"的实践背景及艰苦求证的过程。结合那个特定的时代，正可谓是"在'哥德巴赫猜想'激励下诞生的一个创新故事"。全书并非以个人的情绪波动和一己的人生悲欢说事，而是意在记录那个改革初创的火热年代。书中将高深的数学力学推导及计算内核成果，比喻成"龟兔赛跑"，将复杂的薄壳工程原理，深入浅出地表达为形似蛋壳，又非蛋壳，让非专业读者的我也能明白感悟。薄壳虽薄，却沉积了科学精神的厚度。《薄壳猜想记》始终围绕着"共跳动、相牵连、齐呼应"的主题，淬炼自我，自强不息。

20世纪70年代末期，全国的基建规模方兴未艾，建筑钢材匮乏。先生三十出头，立足赣南，为解决建设4800吨圆库工程的燃眉之急，"莽撞"地提出了"离经叛道"的"薄壳设计方案"："如果能采用6厘米厚的钢丝网水泥薄壳，取代30～35厘米厚的钢筋混凝土厚壳，不仅可以节省许多钢材数量，而且在钢材品种上，也不需要稀缺的16锰钢筋，结构设计不成问题。"

"薄壳猜想"提出之初，当即就受到了一些技术权威的质疑，被认定是"冒险设计"。先生作为关键岗位的设计人员虽人微言轻，但提出的技术方案却举足轻重。总指挥高允法是一位"文革"后重新被起用的老干部，干劲十足，雷厉风行。在他的支持下，大胆地薄壳创新设计，顶住了压力付诸实施，最终从图纸变成了赣南大地上巍然耸立的六个巨型圆库！也许有人会说，这不就是一次为了抢抓机遇而进行的不得已的工艺创新吗？其实不然，"外行看热闹，内行看门道"，背后的丰富内蕴绝不是"救急"和"节约"所能概述的。

最重要的是，理论创新正在激励着先生。1978年，国家"贮仓设计规范"尚属空白，且国内还没有工程先例。浩繁的壳体结构论著，都回避了"正圆锥壳体的弯曲内力"的精确解。先生在江西省赣南建筑勘察设计院从事薄壳结构设计，地处山区，四面徒壁，正如先生自嘲："犹如塞万提斯笔下的堂·吉诃德一样令人难以理解，一个西班牙异类骑士，自不量力单打独斗，用破甲驽马，手持长矛去挑战风车。"鹰击长空，逆风的角度更适合飞翔！先生最终以接近精确解 125∶720 的比值，作为理论依据；以圆库群多年满负荷安全运行的实践，作为检验真理的标准，才得以暂时平息了各种各样的质疑声。

《薄壳猜想记》展开的正是实践和求证的历程，记述了高总指挥的力挺，总工程师周瑞庆的激励，我国建筑结构抗震界的泰斗、同济大学朱伯龙教授的知遇，这些都是薄壳创新得以付诸实践的重要支撑力量。虽然只是改革大潮中一朵小小的浪花，但它真实，朴实，求实，耐读，耐品。

诚如文学博士刘锐所评论的那样，彼时 1978 年，华夏大地如解冻后的原野，生机盎然，学术界自然也如沐春风。报告文学《哥德巴赫猜想》将陈景润的事迹传遍全国，这场春雨洒进作者心田后，便滋养出了先生的"薄壳猜想"。经过枯燥的文献梳理、艰辛的学术探索，作者拨开贝塞尔函数繁复名目的"浮云"，最后用求解二阶"贝塞尔微分方程"为支点，撬开了"薄壳猜想"的开山石。

二、"薄壳"创新的匠心坚守

每个人的青春都只有一次，怎样度过才最有价值？"只有在能量该爆发的年纪付出努力，拼得淋漓尽致，才能在未来活得无怨无悔。"大学毕业后，先生主要在赣州、南昌和厦门等地从事建筑结构设计和审图工作。他在自述或赠友的多篇诗作里，都表达了乐于拼搏、敢于拼搏的精神。可以说，先生确如上所言，在该爆发的年纪付出了努力，拼得淋漓尽致，在此过程中，"薄壳创新"是他自我激励的精神源泉。

1988 年，先生调入南昌市建筑设计研究院工作已有三四年，他百忙中又继续独立完成了《大型钢丝网水泥贮仓圆锥斗结构设计及应用研究》，并再次得到了同济大学朱伯龙教授的指导和江西业界专家的充分肯定。专家评论指出，该课题所求解的"正圆锥薄壳的径向弯矩精确解"已然超出了土木建筑结构的领域范畴，更涉及航空动力学，至今仍是一个介于数学与力学间的难题。

我不敢妄评该课题研究的学术价值，但有一点可为此"猜想"的价值提供一个观察视角。早在该项研究的起步阶段，便得到了朱伯龙教授的肯定，在他的指导和力荐下，"大型钢丝网水泥贮仓圆锥斗结构设计"的相关内容已于 1983 年在国家专业核心刊物《建筑结构学报》发表，在 1985 年在空间薄壁结构经验交流会交流并刊入《空间薄壁结构经验交流会》（第1卷），1989年荣获"江西省科技进步三等奖"，1990年获得"国家科技成果完成者证书"。

四十年过去了，那组在"薄壳猜想"指导下建成的水泥散料圆库已圆满地完成了历史使命，但它所蕴含的理论价值和大国工匠的创新精神，至今依然可以给我们启迪！匠心、匠品、匠魂，建筑结构设计是一门应用工程技术，若要在设计理论领域创新，即便有一丁点突破，也非易事。

遥想当年，在抗日战火纷飞的年代里，梁思成和营造社成员们，在颠沛流离的逃难路上，仅用鸭舌笔和墨线等简陋的制图工具，绘出了当时达到世界先进水准的建筑图纸，唐代的佛光寺大殿、辽代的独乐寺、清代的碧云寺等古建筑之美，都被精细地绘出，古老的营造法式，承载着古代的精工之美！这就是国之工匠的匠心、匠品和匠魂！

如今是和平年代，条件改善了，科技进步了，但时代依然呼唤匠心的坚守和匠魂的铸造。经济社会的实践，以及人们对美好生活的向往，需要科学工作者创造性地对接不断增长的社会新需求；需要面对业界质疑、职场压力，而坚持匠心不改；需要不断学习新理论，钻研新问题，运用新成果，实现新突破！我个人认为，这才是"薄壳猜想"最核心的价值所在！

当然，"薄壳猜想"也凝聚着同济大学师生和友人的贡献，甚至也包括了研究过程中质疑者的贡献！诚如先生在文中所言："蓦然回首，'薄壳猜想'，还是借助同济大学的力量孕育成功了。"同时，他感恩的不只是同济大学的培育，不只是同济校友的支持，还有这个时代给他的机遇和创新空间！进取和感恩，是中国知识分子的传统品德与人格魅力。在先生数十年的工作实践中，处处体现着这种进取精神和大爱情怀！

三、"抗震与加固"的脚踏实地

八境台是赣州古城的象征，也是江西著名的古迹之一。八境台重建，正是先生早年主持建筑结构设计时的代表性作品。本书收录的《八境见图画，郁弧如旧游——仿古建八境台设计启示录》，记录了30多年前先生为此画了300多张土建施工设计详图的智慧、汗水和艰辛。当时，先生顶着各方压力，用创新的基础设计方案，实现了八境台重建与宋代古城墙保护的统一，通过对八境台结构的创新设计保护了这段古城墙，成果于 2014 年载入了江西省政府文史研究馆所编的《江西文史》（第 8 辑）。

史载，八境台原为石楼，是北宋嘉祐年间（1056—1063 年），由孔子第四十六代孙孔宗翰所建。在近千年的历史长河中，八境台累建累毁数次，后又因火灾等原因坍塌而荒芜。20 世纪 80 年代初，胡耀邦视察了八境台遗址，并作出了重建指示，强调要利用三江汇合和宋代古城墙的占地优势，重建八境台，不仅要使之成为旅游胜地，还要经得起历史的认可。

先生正值而立之年，自感"天将降大任于是人也"，有幸在赣州郁孤台下专门开辟的设计室，集中精力主持了重建八境台的建筑结构设计。重建的八境台必须置于章、贡两江交汇处。为了在千年古台上开阔视野，让奔腾不息的三江水尽收眼底，充分地展现强烈的时空感和赣州古城的魅力，勘察后发现原址必须往上北移 25 米。重建台址与古城墙十分贴近，有的间距仅在 2 米以内。如果按常规的台基深埋法，势必将景点核心部位的大片古城墙遗址拆除。而国家历史文物部门非常看重赣州这段古城墙的文物价值，因为这是全国唯一的、保存较为完好的宋代砖城墙，所以古城墙遗址绝不能拆除。先生为了避免因建古台而毁古城的原貌城墙，顶住压力在城墙上成功设计打下 108 根锤击沉管灌注桩。当时，在古城墙上打锤击沉管桩，国内业界并没有先例，其间遇到的阻力和困难是可想而知的。

如今，宋代古城墙仍旧，再现了苏东坡九百多年前描绘的"八境见图画"的美妙意境。重建后的八境台飞檐斗拱，雄伟壮丽，景色如画。台下章、贡二水汇入赣江，向北奔流进入长江，地势独特，气势磅礴。临台俯瞰，可观其襟带城墙，有控三江之气势。竣工后的"八境台"，在当年即成为江西省最大规模的仿宋古建，两年后，南昌的仿古建筑"滕王阁"也相继竣工，雄踞赣江下游，巍峨庄重，南台北阁，沿千里赣江遥相呼应。

在《天崩地裂山河在——目睹汶川地震灾区实录》《我为重建都江堰献计献策》两篇文章中，可以管窥先生的大爱情怀。感恩是美德，一以贯之地体现在先生数十年的工作实践中，甚至在退休之后，他依然尽自己所能，感恩社会，为社会发展提供专业视角的建言献策。2008 年，"5·12"汶川大地震后的三个月，先生以花甲之年，义无反顾地只身奔赴汶川灾区。他在文中自言："情急之中，念及自己同济毕业四十余年，长期从事建筑结构设计，也该为灾区重建尽匹夫之责。"先生在经过现场考察、深入调研后，对具有结构特征的震灾破坏节点大样，择其要拍摄了300余张照片，这对研判抗震减灾很有价值。他为灾区重建提出了解决问题的可行良策，撰写了相关文章，发表在《工程抗震和加固改造》中，还被《上海蓝皮书：上海资源环境发展报告（2009）》和新华社主办的相关刊物收录和转载，文章为科学指导加固都江堰大量的受损房屋，早日还当地居民一个安居的环境，上海市政府对口援建都江堰提供了有力支持。

四、"博客闵强"的橙橘芳馨

杨绛先生曾言："我们曾如此渴望命运的波澜，到最后才发现，人生最曼妙的风景，竟是内心的淡定与从容。"先生在该拼的年龄里拼得淋漓尽致，以专业知识服务于祖国建设，用具体行动诠释着青春无悔，不负韶华！

退休后的先生从容于心，淡定于行，在持续关注业界进展的同时，用更多时间撰写博客文章，和校友诗词唱和，陪家人去博览会、音乐厅、展览馆、名胜古迹等处。《情义企业文化——由〈惜别〉诗作所想》以设计业界为感念，将现代企业管理中的"学者的智慧，商人的理念，江湖的情怀"写得淋漓尽致，剖析深入，给人启迪。《滕王阁下五中赋》《南靖印象》《歌翁吟记》即兴写就，文采飞扬，笔墨生香，反映了先生的文思灵动与文学功底。《洗净铅华忆五中》《世事纷繁兄弟在》等多篇文章中，先生回忆了青少年时代那段真实、艰苦的求学经历，感恩母校，感谢恩师，不忘同窗情谊。几十年后，老同学的悲欢离合，有的心怀感恩，有的云淡风轻，有的刻骨铭心……先生将其人、其事、其景刻画得精彩细腻，感人至深。

我和先生第一次从"博客世界"到"现实世界"相遇是2018年金秋，红枫初上西山，举目层林尽染。我与先生在北京相见，并驾车陪先生和他夫人同游门头沟京西古道。在驼铃声脆的雕塑公园，在马蹄窝深深的商旅古道，在斑驳陆离的税关垛口，在古道边的韭园村马致远故居，他向夫人介绍马致远的生平和作品，细述"小桥流水人家，古道西风瘦马"的意象和诗情。

最有故事的一次是从厦门到德化的自驾游："丁酉盛夏，厦门热浪袭人。虽已立秋，三伏天的暑气不见尽头。笔者携妻自驾游，往返约五百公里，分别至德化九仙山国家4A景区和石牛山国家地质公园景区，避暑十日。置身海拔近1800米的野山闲云间，耳目一新，顿感神清气爽，换了人间……"这篇题为《德化避暑散记》的文章，如诗人吴忠所述："此文高屋建瓴，承接自照，转圜圆润，疏繁有致，风格迥异，韵味独特，有徐霞客之流畅，具苏东坡之风骨，兼王安石之意韵"，并被《同济人》刊载。更有甚者，还感动了远在千里之外的著名书法家郭钧西，他一气呵成，书就了六米长卷，以书法的方式定格了这段诗情画意的旅程。

陪夫人、家人、亲友旅游，为至爱亲朋即兴题照，撰诗填词作赋，意韵俱佳，行吟自如。感情奔放，积极向上，乐在其中。《皇家加勒比邮轮游记》等多文，正书写了这"人生最曼妙的风景"。在先生退休后2006—2016年的十年间，他偕妻周游国内名山大川，还随旅游团环游亚洲、欧洲、非洲等四十个国家和地区的150多个城市及名胜景点。先生在博客中言道："周游旅行的意义，并非向别人炫耀去过什么佳境胜地。只是用新的视角去观察，去适应自己的岁暮生涯而已。在简约的旅行时光里，乐与老伴共度一段夕阳红。"

从先生的博客里，我们能看到，凡南昌五中的同窗和同济大学的校友来厦门，先生必兼职司机与导游，游毕还多有小诗"奉赠"。书画评论家、诗人冷光辉赞佩先生"不奢华，不张扬，奉行真我，渡己渡人，总是默默记住与他有交集的每一个人的好，这些好，使他犹如候鸟一样飞来飞去，衔得春枝满。先生就这样以温暖传递温暖，暖暖生香。"和这样"暖暖生香"的人在一起，你会不知不觉地被感染。行文至此，我忆起前年"被感染"后激情写就的一首拙作：

鹭岛红梅正怒放，游鲤奉贺丹阳郎。
遥忆洪都寒窗苦，滕王阁下情谊长。
最是同济读书乐，笔耕不辍余墨香。
学成归来五十载，神州大地书华章。
薄壳猜想促创新，锐意进取图奋强。
重建赣南八境台，襟带宋城拥三江。
震后献策都江堰，强柱加固非凡响。
老骥伏枥志千里，大鹏展翅云飞扬。

> 年逾古稀刀未老，且行且吟博客忙。
> 德化避暑字珠玑，名家书之壁联璋。
> 文若春华思泉涌，人淡如菊气轩昂。
> 自信人生二百年，五湖邀月沐春光。

记得这是我两个小时内激情完成的，诗味或许淡了点，但它充分概括了我对先生"立德，立功，立言"的认知和钦敬！诗中的地名、书名和典故都散见于先生的文章。《菜根谭》有言："日既暮而犹烟霞绚烂，岁将晚而更橙橘芳馨，故末路晚年，君子更宜精神百倍。"先生正是一位"烟霞绚烂""精神百倍"的人！《薄壳猜想记》的出版，正是其"三立"人生追求、"橙橘芳馨"的结晶！

是为序。谨此祝贺先生的新书出版！

牧童

2020 年 10 月于北京

作者简介：牧童，男。资深媒体人，博士后，北京师范大学兼职教授。

序二

科学精神的骑士
——读《薄壳猜想记》

当《薄壳猜想记》的书名映入眼帘时,我对作品的想象,倾向于这描写的是一次技术创新,或是一次科幻的遨游。可是,当我跟随作者的文字,走入那个青年工程师的精神世界时,我看到的却是改革开放初期一代知识分子奋斗史的缩影与科学精神的熠熠光辉。

人文社会学者的精神世界是丰富的,常常为人们津津乐道。研究高深理论的卓越科学家,也往往是人们聚焦或乐于"偷窥"的对象。可是,那些从事工程设计,将科学理论和科技成果直接转化成物质财富的工程师群体,在文学作品中并不常见。然而,当今时代呼唤"工匠精神"的声音已不绝于耳。要了解什么是"工匠精神",不如走进工程师的精神世界看看。

《薄壳猜想记》一书,正好为我们打开了这样一扇大门。这本书以一次工程设计的"冒险"开篇。在20世纪70年代末的赣南山区,一所地市级的建筑设计院,作者还只是其中一位三十出头的青年结构工程师。当时基建规模急剧扩大,建筑材料匮乏。在一个水泥厂扩建设计项目中,为了解决钢材短缺的燃眉之急,青年工程师"莽撞"地提出了"薄壳设计方案"。虽然方案经过了他的严密计算和周全考虑,但因其不符合传统设计经验和《建筑结构设计手册》的规定(1978年尚无国家"贮仓设计规范"可循),在提出之时受到同仁的异议,尤其是来自赣南技术权威总工程师周瑞庆的质疑。

当时,改革的巨轮已经启动,一批"文革"后重新起用的老干部,铆足了干劲,摩拳擦掌要打开新局面。在建设项目的总指挥高允法的支持下,薄壳创新设计顶住了压力,付诸实施,轰轰烈烈地从图纸变成了大地上巍然耸立的六个巨大圆库。然而,质疑并未止于那实实在在满负荷运行的圆库面前。"圆库总有一天会坍塌"的说法,成了悬在青年工程师头上的"达摩克利斯之剑"。凭着"要争一个技术清白"的冲动与锐气,他选择一头扎进"薄壳设计"的理论论证之中。然而,当他逐渐深入之后,方才发现这个课题在弹性力学中,是一个"介于数学与力学间的难题",其中"正圆锥薄壳的径向弯矩精确解"的问题,已经超出土木建筑结构应用领域,更涉及航空动力学的研究范畴……作者这才如梦初醒,意识到周总工的质疑并非空穴来风,也非嫉贤妒能,乃是出于一代工匠的责任之心。工程建设质量毕竟是百年大计,人命关天。

特殊历史的条件造就了才华横溢的设想,质疑和求真精神的对抗张力则催生了对真理的追求。但无论是设想还是追求,都离不开时代的萌发。彼时1978年,华夏大地如解冻后的原野,生机盎然,学术界也"忽如一夜春风来"。徐迟的报告文学《哥德巴赫猜想》将陈景润的事迹传遍全国。青年工程师因此受到启发和激励,将自己面临的问题命名为"薄壳猜想",开始攀登和征服这座高峰。经过细致的文献梳理、艰辛的学术探索,他拨开贝塞尔函数繁复名目的"浮云",用求解高阶偏微分方程为支点,撬开了"薄壳猜想"紧闭的大门,进而求解到了逼近精确解的理论数据,终于"拨开乌云见青天"。不想,"此去经年",十个寒暑便过去了。

有人说,科学发现、技术发明都是创造性事业,既需要有特定的环境条件,更端赖特定素养的人;但最不可或缺的,就是不与前人和周遭同仁雷同的原始创新,而原始创新最重要的还是创新方法。作者正是看到了"科学创新不在乎冠什么名,戴什么帽,关键在于瞄准目标和创新方法",方才走出了"薄壳猜想"的重重迷雾。在行文当中,也可以看到作者不拘文理之分,专辟一章科普,以"龟兔赛跑"的比喻来解释"薄壳猜想"的关键所在,形象直观,让读者理解复杂的数学力学难题时,也能"一杯清水见到底"。

如果说创新的方法是论证"薄壳猜想"的"利器",那么支撑作者的"精神灵魂"又在哪里呢?其实,对科学探索产生阻挠的,往往不是科学问题本身,而来自于纷扰的外界。抛开学术探索上的艰辛不说,青年工程师不但要承受职场压力,还要养家糊口,奔波生计,不仅要处理没完没了的日常设计事务,更要抵挡众人翘首以盼、刚刚开始试行的"职称晋升与试行奖金"的诱惑。此外,还有形形色色的"伪支持者"的干扰。倘若不能把握住内心的船舵,看准自己的灯塔,谁人可以驶向科学的大洋呢?所以,真正执着于理想的人,在常人看来,就如同堂·吉诃德一样"固执""愚蠢",难以理解。正如作者的自况:"一个西班牙异类骑士,自不量力单打独斗,用破甲驽马,手持长矛去挑战风车。"

"薄壳猜想"与"哥德巴赫猜想",前者属于工程结构与特殊函数学科交叉的边缘问题,后者属于数论领域的世界级遗留难题。在学术上,两个"猜想"完全无关,但是作者在陈景润事迹的感召下,提出并论证了自己的"薄壳猜想"。在某种程度上,青年工程师跨越时空的界限,达成了与陈景润的精神对话,并将这场"对话"充分展现在了这本《薄壳猜想记》中。在这里,我们仿佛看到了两个"骑士"那孤独而决然的身影。而照亮这两个"骑士"背影的,则是理想主义与科学精神的光辉!在物质主义大行其道、理想主义光辉暗淡的今天,这样的精神与毅力,如同天穹的北极星,孤傲而明亮。

十年后,"薄壳猜想"的论证,最终得到了学界的肯定。作者独立完成的《大型钢丝网水泥贮仓圆锥斗结构设计及应用研究》,获得了当年的"江西省科技进步三等奖",随后又获得"国家科技成果完成者证书"。国家科学技术委员会颁发的《科学技术研究成果公报》认定为该成果"填补了国内空白,不仅有较高学术价值,而且对设计实践很有指导意义"。按理说,走到这一步,作者已功成名就了,然而故事演绎的远非个人境遇传奇。作者心怀感恩,不忘"薄壳猜想"在理论求证、论文发表以及科技成果确认的关键时期,是同济大学朱伯龙教授给予了重要指导与鼎力相助,深感是同济大学孕育了"薄壳猜想"。

故事的结尾更加发人深省。已过古稀的工程师,将读者带回阔别已久的原水泥厂老厂区。伫立在老友般的圆库群边,回首怔惚的岁月。工程师不再是三十多年前愈挫愈勇的新锐"骑士"。在时代的洪流中,任何"骑士"的个人力量都是渺小的,但内心世界却是波澜壮阔、浩浩荡荡。

如今,水泥厂虽然更新升级,与三十年前不可同日而语,可是小部分老厂区为维持经济收入,依然坚持负重运行。粉尘遮天、噪声隆隆,能耗高、污染大。钢材匮乏、穷则思变的年代已然远去,靠消耗资源拉动经济的粗放式发展,亦难以为继。时代的巨轮在扬帆转舵中,开始艰难的转型。"薄壳结构创新"也如同耸立的六个"圆库巨人"一样,静寂地矗立着,负重运行着。其历史使命的终结,也见证着科学精神、工匠精神在新时代中不断地延续和传承。再回首那张圆库照片,望着那六个无言的巨人,我不由心生感慨:薄壳虽薄,却沉积了科学精神的厚重。

2016 年夏于厦门，刘锐（左）与闵强（右）

刘锐
2013 年 10 月于厦门
2022 年 5 月再改于珠海

作者简介：刘锐，男，四川江油人。哲学博士，北京师范大学文理学院中文系讲师。研究领域为汉语语言学、语言与文学。在国内外学术期刊及会议发表论文四十余篇，著有《陶行知传》。

自序

笔者 2016 年冬于厦门

我本理工男,笔耕非悠闲,野岭浮云在,青山踏歌还。退休后有感而发,陆续撰写了数百篇博文,不揣浅陋,结为三辑:以散文为主的《薄壳猜想记》,以诗词为主的《闲居浅吟》,以纪实为主旨的中篇小说《书劫追记》。《薄壳猜想记》为其中一辑,出版社编辑力荐以此题为书名,笔者欣然采纳。

撰稿已尽心力,人文非我所长。曾拟分门别类,或按时序编排润色,又唯恐画虎类犬而弄巧成拙,以故放弃刻意构架,听其自然也罢。文笔虽拙,但每篇均反映真实的生活,也凝聚着笔者深深的情感。年经事纬,茶余饭后,或即兴写就,或回忆成稿,悉出本真。诚望诸君或采撷,或批评。有感于斯文者,尚祈有所裨益。

闵强
辛丑仲夏夜撰于鼓浪屿

自序

我本理工男，笔耕非悠闲野岭浮云在青山踏歌还。

退休后有感而发陆续撰写了数百篇博文，不揣浅陋结为三辑，以散文为主的《薄壳猜想记》，以诗词为主的《闲居浅吟，以纪实为主的《书劫追记》。而《薄壳猜想记》仅为其中的一篇，出版社力荐以此题为书名，笔者欣然采纳。

撰稿已尽心力，人文非我所长，曾拟分门别类，或按时序编排，润色又唯恐画虎类犬而弄巧成拙，以致放弃刻意构架，听其自然也罢。文笔虽拙，但每篇均反映真实的生活，也凝聚着笔者深深的情感，年经事纬，茶余饭后，或即兴写就，或回忆成稿，悉出本真。

诚望诸君或采撷或批评，有感于斯文者尚祈，有一竹禅意。

闵强辛丑仲夏夜撰于鼓浪屿

笔者手书，文字有修改

目 录

- iii 序一 桑榆未晚霞满天——"薄壳闵强"的厚重人文
- xi 序二 科学精神的骑士——读《薄壳猜想记》
- xv 自序

001 位卑未敢忘忧国

- 003 薄壳猜想记
- 039 我为重建都江堰献计献策
- 043 防震减灾——同济人肩负的使命
- 046 天崩地裂山河在——目睹汶川地震灾区实录
- 052 静悄悄的里程碑——同济大学担纲《建筑结构学报》随感
- 055 应用"强柱"加固理念,加快都江堰重建步伐
- 067 八境见图画,郁孤如旧游——仿宋古建八境台设计启示录

081 蹉跎岁月

- 083 滕王阁下五中赋
- 085 洗净铅华忆五中
- 096 我与朱伯龙教授的三十年师生缘
- 099 国难思良将,震灾念大师——怀念同济大学朱伯龙教授
- 102 数字解读真情——亲历同济百年校庆随感
- 109 岁寒知松柏之后凋——追忆徐循初教授一二事
- 111 最忆初闻此曲来——回忆图书馆邂逅的歌唱家朱逢博演唱
- 114 同舟共济话赣州
- 126 世事纷繁兄弟在
- 129 难忘两师话甘霖
- 148 翩翩年少话沧桑

156	追忆儿时万寿宫
166	情义企业文化——由《惜别》诗作所想
169	一语成谶悼陈君
171	岁寒三友
173	歌翁吟记
175	梅花香自苦寒来——致罗奇峰教授

177 随 感 录

179	德化避暑散记
183	郭钧西书法德化避暑散记导读
186	两次跨海采杨梅
189	追忆同济的文体盛宴
192	皇家加勒比邮轮游记
199	南靖印象
201	文盲达人写招牌
203	赣南性定菜根香——《名远记事吟》序
205	钩沉深缘浮联句
207	走马观花青海湖
209	德仁堂民居巡礼
211	立春存照意趣浓
212	老来又识甘泉味——读林一民教授《接受美学：精要与实践》
214	翰墨情谊始末
216	一片冰心在玉壶

219 附 录

221	创新设计才是工程的灵魂——读闵强先生《同舟共济话赣州》
224	开轩面场圃，把酒话桑麻——为闵强主编《难忘南昌五中》撰序

226 跋　用文学守望精神原乡

位卑未敢忘忧国

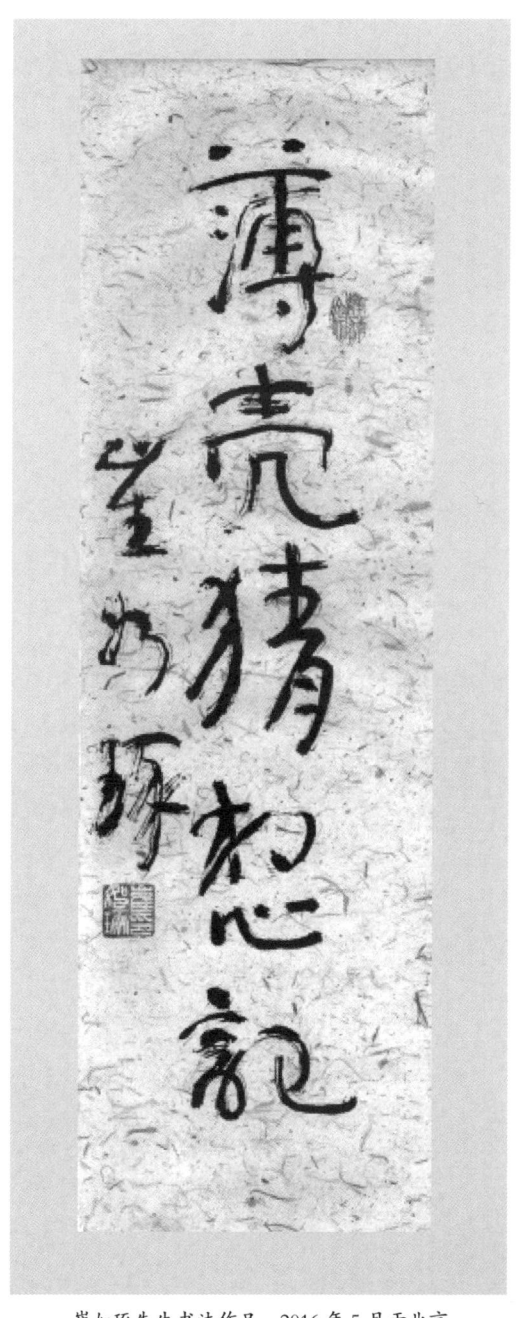

崔如琢先生书法作品，2016年5月于北京

薄壳猜想记

陆游有诗云:"莫为风波羡平地,人间处处是危机。"中国的改革开放是被危机逼迫出来的产物。本文的"薄壳猜想"也算得上是绝处逢生。

1978年,冰封多年的神州大地开始解冻,岁月在静静地流逝,难以想象那年就是改革开放拉开大幕的一年。笔者从事建筑结构设计,长年也只是为稻粱谋,周而复始地按套路、照章法,画画施工图而已。到了那年,设计动力却如火山一样迸发,对于创新的期盼,犹如旭日东升,喷薄欲出。适逢其时,徐迟的报告文学《哥德巴赫猜想》如一声春雷滚过了万里长空。受其影响和激励,笔者先在江西省赣南建筑勘察设计院,成功地收获了一项薄壳创新设计成果,后调职到南昌市建筑设计研究院,不断演绎"薄壳猜想"的凡人故事,前后历时十年有余。

如马克思所说,"在科学的入口处,正像在地狱的入口处一样",也可能上天堂,也可能下地狱。笔者还算是个幸运儿,在崎岖的探索道路上,虽属自讨苦吃,招致逼上梁山,一波三折颇显凄苦悲壮,所幸没有被失败和黑暗所吞噬。时代将猜想的机遇,让给了这个有准备的年轻人。

是为《薄壳猜想记》序曲。

一、同济又出"金刚钻"

1978年初春,赣州乍暖还寒。土建设计业界正在涌动着一股暖流。在一个约50万人口的古城,原本只有屈指可数的几家官方土建设计室和事业单位性质的建筑设计院,"忽如一夜春风来",数不完的工程项目蜂拥而至,令设计人员应接不暇。买方市场大于卖方市场,建设方代表也开始放下架子,拿着几张外行画的简单草图,按顺序排着队,找关系说好话,央求设计院抓紧编制施工图。遍地开花的大小工地,像嗷嗷待哺的婴儿急等正式的设计图纸施工。当时,全国地市级以上的建筑设计院,多数还是财政拨款的全民事业单位,股份制、私营设计院,或像今日市场化的设计总院下设分院,在那个年代却无生存空间。"文化大革命"后,所有专业技术部门尤显后继乏人,既有正规学历,又有设计经验的土建设计人员,严重青黄不接。

江西省于都县和信丰县境内,有两个由赣州地区直接管辖的中等规模水泥厂,正趁着这股热流急于扩建,只是钢材匮乏、资金紧缺。扩建任务由赣州地区行署计委下达。"扩建水泥厂工程总指挥部"由原水泥厂、江西省赣南建筑勘察设计院、赣南建筑工程总公司三方联合组成。

总指挥的名字叫高允法,人称"高总指挥",权力虽在几千人之上,可是,他也天天承受着不小的压力。打仗的总司令就怕没军队,搞工程的总指挥怕一没钱,二没钢材。

1978年的国家建设设计与施工规范还只是初具规模,远不及今日的严密和完善,尤其是该工程急需的国家"贮仓设计规范"尚属空白。彼时,高总指挥正在为建造一群散料集装的水泥圆库犯愁,大批钢材没有着落。圆库的大型圆锥斗,不仅是消耗钢材最大、最集中的关键性结构部位,而且当时稀缺的16锰钢材,有钱也难买到,更何况银根又紧,情况甚是急迫。

那岁月,连接赣州城到水泥厂的公路,是一条150多公里长的二级省道,到处坑坑洼洼,终年修修补补。指挥部用于往返的所谓专车,是一部弹簧钢板早已失效的美式旧吉普。来回300多公里全程颠簸,大家疲于奔命,也都习以为常。无限期的现场设计,召之即来、挥之即去的频繁出差,以及所有津贴、奖金为零的情况,对于长期"听话出活"的技术人员而言,仿佛都是天经地义的。

高总指挥是一个山东人,年近花甲,体形矮胖,身板硬朗,长相敦厚朴实,酱色的面孔布满了沟沟坎坎,开口便是浓重的胶东口音和歇后语。他遇事凭直觉、奔主题,由感性入理性,思维敏捷,头脑冷静,尤其能出于公心,善于抓住主要矛盾。

某天,高总指挥在某项目启动会上直言:"钢材紧缺、投资不足、工期又紧,你问我总指挥怎么办?我又去问谁怎么办?还是要靠大家群策群力!"几个回合下来,仍是众说纷纭。笔者虽说是关键岗位的设计人员,论干部级别,亦非中层,人微言轻,但提出的技术方案举足轻重。故此,笔者作为该项目的主要结构设计人员,设计创意其兴也勃,仍需观望会议的进展情况。高总指挥始终强调，项目要启动，设计就要先动，而且一定要节省钢材！当是时也，笔者看准时机，徐徐道来："如果能采用6厘米厚的钢丝网水泥薄壳，取代30～35厘米厚的钢筋混凝土厚壳，不仅可以节省许多钢材数量，而且在钢材品种上，也不需要稀缺的16锰钢筋，结构设计不成问题。"可以说，为解决建设4800吨圆库工程的燃眉之急，笔者莽撞地提出了"离经叛道"的"薄壳设计方案"。其实，笔者只是略带书生意气地先表态，愿意承担这项创新设计而已，但"一石激起千层浪"，令笔者始料未及。这年轻人何出此言？

话分两头。"日出江花红胜火，春来江水绿如蓝"，这是郭沫若在1978年赞美"科学的春天"已经来临时所引用的诗言，彼时，知识分子也开始有了被尊重的喜悦。

1977年10月4日，《人民日报》头版刊登了一条消息："中国科学院提升陈景润为研究员，提升杨乐、张广厚为副研究员。"数学家杨乐、张广厚从相当于"助教"的研究实习员提升为副研究员，数学家陈景润则跳过副研究员，直接当上了研究员，并由中央直接批示，给予每人每月50元的津贴。这是一次具有历史意义的破格提升。它意味着国家尊重知识分子，恢复技术职称评定制度。

笔者虽是同济大学科班出身，毕业也快十年了，但因职称评定搁浅了近二十年，当时仍是一名12级的工程技术人员，工程师中级职称在评定中。陈景润、杨乐、张广厚是知识分子群中的楷模。显然，那是凤毛麟角，一般的技术人员还与他们相距遥远。

高总指挥一边听着，一边默算，当他深信节约钢材用量可达80%，工程质量安全可靠时，他立即为"钢丝网水泥薄壳"的创新设计可能解决"无米之炊"喜形于色，当场点头称是，恨不得说干就干，立马实施。而指挥部却对新的提案"钢丝网水泥薄壳结构"将面临的技术难点疑虑重重。老资格的行家们也否定多于肯定。笔者一介书生，并非争强好斗之辈，只是想精益求精，干好技术活罢了。有创新一试身手之心，无抢功显摆炫耀之意。

"山雨欲来风满楼"，笔者时年三十出头，依当时的设计阅历，面对国内贮仓设计规范、规程一片空白的情形，对将要遭遇的论证艰险和质疑压力远远估计不足。厚壳、薄壳方案几经讨论，仍是众说纷纭，无法定论。在最后一次敲定设计方案的会议上,主持人先讲开场白,高总指挥不动声色,先让专家们充分发言。他有自知之明,在行家面前谈专业技术问题,讲薄壳结构理论,必败无疑,所以任凭专家们去争论薄壳"有矩无矩"的风险。他先退后进,变守为攻,一旦发言,则不容许别人随意插话。他认为在确保安全的前提下,做"钢丝网水泥薄壳"肯定比"钢筋混凝土厚壳"节省,正好解决了燃眉之急。当会议最后轮到他总结时,只见他"唰"地一下站起来,先用手势在空中画了一道半圆弧为自己助威,对各种观点的合理部分,三言两语地概括一番,先让专家们心悦诚服一阵。当他讲到事情紧迫,总是需要人去办时,未作任何迟疑,当着大家的面,直接点名来鼓励笔者:"没有金刚钻,就别揽瓷器活。小闵是同济大学毕业的高才生,就是金刚钻。我看小闵的新型薄壳设计,结构可靠,又能节省钢材,希望大家都要支持。就这样定了,不要再讨论!"

他所言虽正中笔者下怀,但环顾会场一周,笔者却高兴不起来,除了一名中层干部表示要相信科学,支持新生事物外,十几名到会者或婉言退场,或不置可否,或拂袖而散,甚至还有个别人侧着身子怒形于色。笔者唯感如愿,也顾及不了这么多,领命设计去了。后来,圆库群的钢丝网水泥薄壳工程,在紧锣密鼓中顺利推进起来。

1978 年,4800 吨熟料圆库竣工照
姚贵华摄影

世事沧桑。直到二十多年后笔者才获悉，高总指挥于1989年就已辞世。闻讯当天，笔者黯然神伤，深切缅怀。因为，正是他为笔者拉开了"薄壳猜想"的帷幕。他未必知道，正是他脱口而出的"同济金刚钻"的赞词，将一个年轻人推向了工程技术的风口浪尖，激励并成就了这个年轻人的"薄壳猜想"。

二、"冒险设计"的质疑

"薄壳猜想"也可以形象地称为"蛋壳工程"。利用蛋壳的空间原理，形成一个良好的薄壁曲面空间结构。犹如用手掌使劲握住一个鸡蛋，而不能捏碎一样。薄壳的优点是能将外力均匀地分散到壳体的各个部位。薄壳的弱点是经受不了高度集中的外力，尤其是弯曲内力。犹如用手指一戳，鸡蛋立即破裂一样，壳体难以扩散集中的外力。其薄壁曲面空间状态，远比平面结构体系的梁、板、柱省材料，而且结构受力性能更优越。用于工程壳体的建筑材料，多采用钢筋混凝土。国内已建成的屋顶薄壳工程有球面、弧面、曲面等，造型各异。而"薄壳猜想"为水泥厂熟料贮仓"量身定做"的圆锥斗薄壳，则较为罕见。它不仅要承受200℃以上高温下的物料静荷载，还要承受24米高空自由落体的卸料动荷载，其功能虽与屋面薄壳截然不同，但壳体的受力原理仍然是大同小异。

1978年，国内虽然还没有"贮仓设计规范"，但借鉴苏联的"贮仓设计规程"和根据国内已编制的薄壳内力实用图表，可直接计算正圆锥薄壳的环向与径向拉力，而对弯曲内力的计算，一般来讲，只要粗略地求出近似解，就能满足工程的设计要求。

当年笔者莽撞地提出的钢丝网水泥圆锥斗薄壳设计，立即面临到"科技创新"和"冒险设计"的两难拷问。"冒险设计"的质疑者，正是本人的同济大师兄，也是赣南业界的技术权威、总公司的总工程师周瑞庆，人称"周总工"。他是"薄壳猜想"中绕不过去的人物。1958年他毕业于同济大学建筑结构专业，分配到江西省赣南建筑工程总公司工作有二十个年头。论学历资历，正年富力强；技术声望，如日中天。

"周总工"中等个子，衣着随意，言语谦和。任一头乌黑浓密的头发覆盖脑袋，平时鲜见整理。腹有学问气自傲，敬业认真口碑好。20世纪70年代初，笔者因工作需要，经常骑自行车跟着他跑工地，或联络建设方议事。生活中的周总工，平易近人，既能熟练地用手卷生烟丝，不择场所，不问时间，叼着纸烟猛抽，过足烟瘾而后乐；也能站在文清路闹市区十字路口上的国营食品店门前，自斟自饮几两散装白酒。工作中的周总工，认真负责，一旦话及建筑结构技术问题，他便自信睿智、滔滔不绝，技术权威、资深结构学者的姿态立马显露无遗，令人刮目相看。20世纪60年代，他作为工程技术人员独立处理了不少矿山、冶金、纺织等工业建筑结构难题。尤其在钢材特别紧缺的关键时期，他用木材取代钢材，巧妙地解决了赣南剧院、赣州体育馆的大跨度、大空间等设计难题。他专业功底深厚，做事严谨求实，由于技术声望高、社会信誉好，深得赣南建程工程界的认同和赞许。

在一个风清月皎的夜晚，他曾专门为薄壳设计问题，邀笔者小酌，只听他道来酒后真言："……正圆锥斗薄壳的无矩计算，只要查一查现成的计算表格就能得出结果。但这种计算方法不准确，尤其与实际受力状态不符合，可能有很大的风险。""水泥熟料圆库非同一般贮仓。有矩理论精确解的计算结果，才是工程成败的关键。记住是'有矩'，而且是'精确解'！这种计算难度，不是通用的圆柱形、圆球形等薄壳的'无矩''近似解'所能蒙混过关的。国内也没有类似规模的薄壳先例可比较。必须拿出精确解的计算结果，才能证明'薄壳'设计是安全的。"他也曾借着几分醉意向笔者发出了警告："圆库会倒，一定会倒！你必须放弃薄壳设计，不能冒险。"在技术创新方面，"智者见智，仁者见仁"，我们虽有分歧和争议，但也无须溢于言表，更不必争个面红耳赤。那场谈话，我们心知肚明，各执己见。佳酿照饮，友情照叙。最后各自带着几分醉意，在把盏言欢中散席。

花开二朵，各表一枝。

厚壳、薄壳，都是壳体。笔者考虑到6厘米厚的钢丝网水泥薄壳，其断面之薄，虽形似鸡蛋壳，与30～35厘米厚的钢筋混凝土厚壳相比，受力原理同出一辙，都应在薄壳力学理论指导下进行工程设计，应当用数据说话。按结构力学原理分析，无论厚壳薄壳，均处于薄壁曲面空间结构状态。而钢丝网水泥材质的匀质弹性性能，又远比钢筋混凝土优越。套用无矩理论计算的现成图表，直接求得内力近似值，再运用国家建材研究院已公开出版的、钢丝网水泥结构著述理论进行计算。笔者自信理论依据充分，思路清晰，认为不可能出现工程风险，当月就设计完毕。

1978年春，笔者的创新设计经高总指挥签字批准，尽管在施工中也曾历尽艰难，但总算不打折扣，按图施工，最终以极少的钢材耗量，使4800吨的六个圆库群仓拔地而起。与传统的钢筋混凝土厚壳相比，实际节省钢材量比估算值80%还要高。简单讲，用6厘米厚的薄壳，取代35厘米厚的厚壳；用1毫米的四层冷拔低碳钢丝网，取代16毫米的双层螺纹钢筋网。钢材耗量差额之大，不言而喻。据竣工资料统计，节省钢材量已接近90%，经济价值非常显著。该工程竣工后，滚烫的水泥熟料沿着传送带，在震耳欲聋的机器轰鸣声中，从24米高空，倾投入仓。经满负荷试行投产半年，一切正常。

高总指挥认为，不管是否创新，不需要张扬。只看结果，不问过程。确保工程质量和安全，是建设者的本分。解决了问题，皆大欢喜。只有笔者自知深浅，这毕竟是突破惯例的创新设计，理论上的深究，尚需时日。或许暴风雨还在后面。在工程竣工的那次总结会上，周总工趁高总指挥不在场，当着大家的面，声色俱厉地对笔者说："这4800吨的水泥熟料圆库，锥斗壁的厚度，由35厘米减少到6厘米的薄壳，设计太离谱了！理论上也拿不出正圆锥壳的径向弯矩精确解。6厘米的薄壳风险太大！即便今天投入使用正常，也不能保证明天结构就是安全的。重大结构隐患就摆在圆库里面，说不定哪天就会全部倒塌！"紧接着他又提到："最近，国家建筑工程部已发通报，其中就有发生在东北的大豆圆库群仓坍塌！大豆群仓竣工投产后，同样满负荷运行正常，装载量也达到4000余吨，单库容量也是800吨，群仓由5个圆库组成。比咱们的群仓还少一个，东北库料是大豆，咱们是4800吨高温熟料，火上浇油，更加危险！"

经大豆圆库事故查证分析，其仓壁由于在建时钢材紧缺，钢筋混凝土圈梁间距比常规设计扩大一倍以上，设计施工偷工减料，导致抗侧力严重不足。当4000余吨大豆持续高峰运行十几天后，筒体持续疲劳，圆库群仓的中下部分出现瞬间平移，紧接着引起圆库筒体连续倒塌。而笔者当年设计的这4800吨的水泥熟料圆库，结构形式与此大豆群仓类似。装载的却是高温状态下的水泥熟料，平均温度约为250℃，比装载4000余吨的大豆群仓，其荷载的确有过之而不及，高温环境则更为恶劣。倘若圆锥斗一旦在垂直方向坍塌，毫无疑问地将如周总工所预言："比大豆群仓倒塌的灾难更为惨重……"

预警式的工程事故论断，出自技术权威之口，只要有一遍就足以在业界产生广泛影响。人言可畏，"薄壳猜想"犹如一个噩梦，无形地笼罩着这个年轻人。业界的非议，就是唾沫口水也要将其淹没。唯有这六个无言的圆库，安全地矗立着、默默地运行着，一时间成了笔者的精神支柱。然而，只要还未摆脱"冒险设计"的质疑，笔者就不得不背上一口黑锅继续从事结构设计工作，心里暗示也油然而生：设计执业前景黯淡，职业生涯规划充满风险。如果事态真的突发逆转，如周总工所预言的群仓倒塌，后果真的不堪设想。严峻的形势直逼着笔者向纵深思考。

除了从结构理论高度，缜密地论证这一课题，已别无选择。

爱因斯坦指出："提出一个问题往往比解决一个问题更重要，因为解决问题，也许仅仅是一个数学上或实验上的技能而已，提出新的问题、新的可能性，从新的角度去看待旧的问题，需要有创造性的想象力，而且标志着科学的真正进步。"（爱因斯坦，英费尔德《物理学的进化》，上海科学技术出版社，1962年，66页）

设计初，笔者充其量也只是依葫芦画瓢。在进入论证攻坚阶段，笔者研读了几本壳体力学与弹性理论名著后，才发现周总工在理论上提出的圆锥壳的"精确解"的确是个关乎结构安全的重大技术问题。有充分的理论依据证明，采用钢丝网水泥薄壳，似乎更应当计算"精确解"才能高枕无忧。

笔者倒吸一口凉气之余，犹如打开了一扇窗户，豁然开朗。也许周总工提出的"计算精确解"理论确证问题，比解决薄壳工程设计问题更为重要。建设项目，百年大计。人命关天，重责如山。这4800吨的高温水泥熟料，从24米高，周而复始地倾倒入库运行，只要工程不倒塌，不出人命事故，就算万幸。"薄壳猜想"是否创新？是否获奖？那都是多余的。

随着对弹性理论的曲径探幽，笔者发现，原来"薄壳猜想"的精确解，是介于特殊函数的数学与结构力学以及弹性力学间的一个边缘交叉课题。在国内外壳体结构领域，至今仍然是个充满悬念的难题。经由"冒险设计"的质疑，延伸到"薄壳猜想"的理论探索，其课题的严肃性和论证难度已昭然若揭，足以使笔者在冒冷汗之余，顿生敬畏。敬畏之余，也开始从内心佩服周总工的人品和学养。

三、《哥德巴赫猜想》在召唤

1978 年早春，春意正浓。还等不及和家人团聚过元宵节，笔者就与设计同仁廖洪发院长，随考察组一行五人，匆匆登上火车，只为赶赴北方参观几家水泥厂的改建扩建项目。赣南春寒料峭，北方更是冰天雪地。以老式蒸汽机为动力的火车，小站停靠频繁，一路来回颠簸，让笔者昏昏欲睡。车厢里的广播声却一板一眼，犹如在高调宣读来自中央的重要文件，让笔者立马打起精神想弄个明白。原来中央台正在滚动播报徐迟的报告文学《哥德巴赫猜想》。播报声富有磁性，以庄重整肃的语调讲述着一介寒儒陈景润的奋斗传奇。笔者听罢，立觉仿若有个强大的磁场吸引着自己的身心。

陈景润（1933—1996 年），一名中科院的数学研究员，人到中年仍孑然一身，蜗居在 6 平方米的斗室，如痴如醉地演算了几麻袋的数学手稿，并终日以此为伴，乐此不疲。几十年磨一剑，总算完成了（1+2）的论证，以最逼近哥德巴赫猜想之解而先于世人。1742 年，德国数学家哥德巴赫发现，每一个大偶数都可以写成两个素数的和。这个猜想虽然没有遇到反例，但要想证明它却很难。素数只能被它自身和 1 整除，也就是要将这个称为"素数对"之差的数不断缩小。1966 年 5 月，一颗璀璨的讯号弹升上了数学的天空，陈景润在中国科学院的刊物《科学通报》第 17 期上宣布他已经证明了（1+2）。光明的曙光虽已出现，但距离（1+1）还存在有七千万，甚至无限多的"素数对"，到目前为止，还没有人能减少到陈景润的（1+2），哥德巴赫猜想成了一个旷世未解的数学难题……

《互补方法论》中提到"把复杂现象归结为简单的规律，这一过程就是还原论方法的运用。实践中的科学家都是还原论者。因为科学上的成功莫过于还原。即使在还原论者没有获得成功的地方，也能从还原的范例中涌现出极有价值的东西。"（刘大椿《互补方法论》，北京：世界知识出版社，1994 年，40-41 页）

简单地说，陈景润的"哥德巴赫猜想"，钻研的是解析数论中（1+2）的还原。笔者当时要寻找的"薄壳猜想"中的关键值 125：720，是薄壳壳体弯曲内力的还原。复杂地说，前者在向着两个素数和的世界顶级象牙塔里钻"牛角尖"。后者在展开贝塞尔函数并求解微分方程中，向着正圆锥薄壳径向弯矩精确解的方向钻"牛角尖"。

"薄壳猜想"与"哥德巴赫猜想"的科学价值,虽属"小巫见大巫"。但二者对科学的钻研精神,又何其相似!于是,笔者也犹如打了"鸡血"一般充满自信,梦想自己攻克"薄壳猜想"会如陈景润攻克"哥德巴赫猜想"一般,前景同样光明。

华罗庚曾在中国科学院数学研究所组织数论研究讨论班,选择哥德巴赫猜想作为讨论的主题,倡议并指导他的一些学生研究这一问题。他说:"我并不是要你们在这个问题上做出成果来。我的着眼点是哥德巴赫猜想跟解析数论中所有的重要方法都有联系,以哥德巴赫猜想为主题来学习,将可以学会解析数论中所有的重要方法……哥德巴赫猜想真是美极了,现在还没有一个方法可以解决它。"由此,也促成了陈景润下决心去攻坚破阵。(黄婷、邱德胜《数学大师:华罗庚 陈省身 吴文俊》,北京:中国科学技术出版社,2012年,48页)

其实,改革开放以来,国内不知有多少"猜想"和难题被陆续攻克,或者正在破解中。只是,为"猜想"讴歌且引起滚动效应的文章,非《哥德巴赫猜想》莫属了。坊间,也有人纷纷向中国科学院投寄"学术报告",声称已经进入(1+1)的佳境,比陈景润还要高出一等,彻底破解了"哥德巴赫猜想"。姑且勿论其真伪,也不管陈景润的(1+2)究竟有无实用价值,这一年,全国到处弥漫着"科学的春天"气息,让笔者备受激励。

如马克思所说,"在科学的入口处,正像在地狱的入口处一样,必须提出这样的要求:'这里必须根绝一切犹豫;这里任何怯懦都无济于事。'"笔者当年破釜沉舟钻研"薄壳猜想"的精神源泉,正是来自徐迟的报告文学《哥德巴赫猜想》。

四、"薄壳猜想"的艰难

正圆锥薄壳径向弯矩的精确解,是世界著名的力学家、数学家们公认的遗留难题。一名建筑结构设计人员,一脚踏入弹性力学与数学的交叉之地,犹如走进了一个"薄壳猜想"的梦幻世界。

三十五年前的"陈芝麻烂谷子"今日为何要推陈出新?二十二年前早已定论并获科技进步奖的课题,为何又要重新命名为"薄壳猜想"?

在壳体结构领域，浩繁的壳体结构论著，不约而同地回避了正圆锥薄壳径向弯矩的精确解。笔者仅以年代为序，将统计到的该课题研究进程罗列如下：

（1）20世纪40年代，著名的英国力学数学家吉卜生认为："这是一个纯数学问题。"（许铁生，译《薄壳分析》，北京：中国建筑工业出版社，1975年）

（2）20世纪50年代，苏联学者在求解用于航空动力学的正圆锥薄壳有矩精确解时，认为"这是一个有如展开泰勒级数的、不可思议的数学问题"。

（3）美国著名力学家铁摩辛柯曾试图以贝塞尔函数给出正圆锥薄壳有矩理论内力的精确解，但最终无功而返。（铁摩辛柯、沃诺斯基《板壳理论》，北京：科学出版社，1977年）

（4）国际著名空间薄壳结构专家瓦·札·符拉索夫在其论著中认为，"由于其物理、力学及几何变量，在不断交替变换参数，其精确解最终无法收敛"，并认定这是一个介于数学与力学边缘学科中的世界级遗留难题。

（5）20世纪80年代，我国薄壳结构学者们孜孜以求，但最终结果也只是"具有较高的精度"。（何崇璋《锥壳的合理计算》，《建筑结构学报》，1983年第3期，55–64页）。

（6）中华人民共和国国家标准《钢筋混凝土筒仓设计规范》（GB 50077—2003）的"结构计算"规定，在"计算其薄膜内力"（指无弯矩理论，只有单纯的拉力与压力）的同时，对其他形式的薄壳壳体，只是一般要求计算其"边缘效应"（泛指弯曲内力），即近似解可以满足工程设计要求，并没有要求计算精确解。

该课题的力学分析，仅仅是物理意义上对已有工程实践的认证。即便找到展开贝塞尔函数的表达式及微分方程作力学求解途径，也有可能竹篮打水一场空。因为这个课题还涉及圆锥斗壁薄壳的耐磨、熟料拱堵、卸料崩塌、高温膨胀等水泥工艺带来的动力困扰，以及细钢筋张拉、压力注浆等施工可行性和综合经济效益对比等问题。这些问题也为"薄壳"增加了悬念，丰富了"猜想"的内容。为此，笔者将课题命名为"薄壳猜想"实乃事出有因。

当年，笔者一脚踏入这弹性力学与数学交叉的学科边缘领域，犹如走进了一个梦幻世界。真正要从理论上否定他人对"冒险设计"的质疑，绝非易事。

一方面,从理论上讲,没有前人论证过正圆锥薄壳径向弯矩的精确解,无类似成功先例可以借鉴;另一方面,又因没有国家规范可遵循,论证"薄壳猜想"的困难之大,仿佛一座又一座"王屋山""太行山"横亘在笔者面前。

愚公有两座大山可移,目标明确。面对群山,笔者要移的山在何方?究竟哪座山才是真正的"王屋山"和"太行山"?哪座先移,哪座后移?问题纷杂繁复,实乃前景茫茫。论证之初,笔者一时真不知该从何处入手!可谓是"看似寻常最奇崛,成如容易却艰辛"。

那年,笔者的家在赣州市南门外一隅,号称"专建102大工地"。在千余人居住的生活小区里,单位将原养猪场作为宅基地,单独改建成一座长方形的平房四合院,占地2亩有余。来自五湖四海的七户总公司的干部和家属,在这里和睦相处。大家抬头不见低头见,彼此几乎都能看尽一天的生活。只要有一户杀鸡宰鸭或大声吆喝,其余几户都能听得一清二楚。

放眼院落的北面,是一片掩映在绿荫下的瓜果菜地。绿色虽然养眼,但每当城郊农民施肥时,院前屋后臭气熏天,众邻居纷纷掩着鼻子,迅速关门关窗。南面30米开外隔着一道围墙,与混凝土构件厂相邻,搅拌机的轰鸣声既沉闷又嘈杂。在这种居住环境下,只有在深夜或黎明前,笔者才能静下心来,伏案思考那乱如麻线一般的"薄壳猜想"问题。

初夏某日,东方略露鱼肚白。居室内难得的宁静,笔者听着儿女熟睡的呼吸声,望着爱妻已成少妇,想到她白天除了忙于上班,晚上还要带着五岁的女儿和半岁的儿子,幸得年迈的外婆从南昌赶来赣南帮助照料,一晃已过去五个年头。在这50余平方米的两间卧室,满满当当地住着三代五口人。不知不觉,

笔者和家人,1977年摄于赣州

笔者的思绪又飘到昨晚忙到深夜的壳体方程推导，于是一骨碌起身，打开台灯，抓紧这难得的安静时光，伏案专注于兴趣正酣的"薄壳猜想"。

这样的光景大约持续了两年，笔者犹如挤海绵中的水一样去挤出时间，埋头于钱伟长、铁摩辛柯、符拉索夫等名家的弹性理论、弹性力学著作，其中还包括同济大学徐次达、翁智远合写的《弹塑性理论》（板壳力学部分）。同时，还不得不去艰难地寻找数学敲门砖，重新恶补了有关复变函数、常微分及偏微分方程的数学分析教程。

在这样一个特定年代和工作氛围下，笔者论证"薄壳猜想"的经历，虽不至于像陈景润那样如痴如醉、孤寂寒碜，但也颇显凄苦与悲壮。除了每天要在设计院忙于大量的施工图设计与编写结构计算书外，还必须"超凡脱俗"耳根清净。特别是时值改革开放的序幕刚刚拉开，知识分子熬了十几年甚至几十年，终于等来了久违的职称评定与奖金试行。面对这久旱逢甘霖般的实惠，看淡一点不是件容易事。当时，设计院为了生存发展，必须没完没了地赶着出施工图才能赚取设计费用。要不计收入，只为创新去进行理论求证，并且在无规范的前提下，独自钻研不着边际的数学力学难题，是不容易的。

"薄壳猜想"这个高冷的课题，设计院没人干，研究机构不愿干，国家也没有列入带专项基金的课题，在大学正忙着带博士生、硕士生的导师、教授、研究员们更不屑一顾。笔者作为一名建筑结构设计人员，本该循规蹈矩，按现有规程设计，开展"薄壳猜想"课题，纯属自寻额外的工作压力。追寻论证的过程，犹如站在壳体论证的马下，欲罢不能。本想骑马驰骋，爬上后方知此马非马，却是骑虎难下。然而，自己确定的命题，为了前程和生存，即使是自讨苦吃，也要硬着头皮拼搏一回。

有道是"成熟靠逆境，成功靠绝境"。当笔者不断摸索，一步一个脚印地通过数学力学推导求证，才愈来愈清醒地认识到，没有充分的理论依据，是无法确证该薄壳工程可安全运行的。至于研究成果是否能得到业界的承认？是否在工程界、学术界占有一席之地？笔者深感迷茫。

圆库群虽已满负荷安全运行两年，但存在的不一定是合理的。薄壳工程虽已节省80%以上的钢材，但实用的也不一定是先进的。业界核心刊物虽已认定其为全国首例，但先进的也未必是创新的。"薄壳猜想"的价值究竟何在？

连笔者本人也疑窦丛生。

杨振宁与莫言，两位诺贝尔获奖者有一场关于科学与文学的对话。莫言说："文学关注人，科学关注自然界，文学家关注人类情感，科学家关注物质的原理……"杨振宁回答道："科学是'猜想'的学问，不是幻想的学问，科学家要想了解宇宙结构，需要想象、需要猜，但这跟文学的幻想是很不一样的。"笔者想，正圆锥薄壳径向弯矩的"精确解"就是"薄壳猜想"的内核，这也是一门猜想的学问。

五、同济与"薄壳猜想"的孕育

4800吨级熟料贮仓的安危，备受赣南工程界的瞩目。同时，也引起了八位同济大学毕业的校友同仁关注。其中，还有同济大学著名的教授。同济大学的建筑结构学科，原本就具备传统优势。同济大学的土木工程专业，更是无愧于中国顶尖学科专业，其综合排名稳居全国高校之首。面对"薄壳猜想"的难题，笔者虽有钻研动力，却苦于缺乏导师的引领与名家的点拨。"近水楼台先得月"，母校是笔者一介门生的大本营，改革开放之初，同济的学者才俊如雨后春笋般出现，可以说他们站在了建筑结构学科发展的前沿。虽历经"文化大革命"十年，但一批优秀的结构力学教授专家都还健在，至少课题方向性的问题，笔者想到可以向这些名家、老师求教。

三十多年前，同济大学朱伯龙教授是在"薄壳猜想"问题上对笔者有点拨之恩的第一人。朱伯龙教授是我国著名的结构工程学专家，曾担任同济大学结构工程学院院长，也是1981年国务院首批下达同济大学博士学位授权时的六位导师之一。他长期致力于建筑结构工程的研究、设计、咨询及教学，先后发表了多篇论文及研究报告，多部专著及教材，取得了丰硕的研究成果。

20世纪50年代，在壳体理论应用方面，国外就已用以他的名字命名的"朱伯龙圆柱壳内力系数表"。由他指导的博士生、硕士生已超过100名。他虽从未给笔者授课过，笔者也不敢妄称是他的弟子，但朱教授却与笔者有三十多年的师生缘，笔者由衷地景仰这位国内结构工程界的泰斗。

1983年年初，笔者给同济大学校友总会负责人丁润龄先生去信，披露自己的研究状况，并将"薄壳猜想"工程实例及早期论文寄出。出乎意料的是笔者很快就获得了回复,而这回复竟来自朱伯龙教授:"祝贺设计获得成功!这可能是全国罕见的正圆锥壳工程,值得进一步分析论证。"笔者获悉后犹如醍醐灌顶,备受鼓舞。后来,朱教授又来信鼓励并精心点拨指导,使笔者在"精确解"论证的方向性上茅塞顿开。

论证初,笔者如履薄冰。方向虽已指明,但坚冰尚未打破。正因为在求解贝塞尔微分方程中遭遇"山重水复疑无路",笔者总想试着改变思路,先从工程实例入手,哪怕是搜寻到正圆锥壳的一大堆力学离散数据,只要是来自实践证明是成功的,就不怕寻找不到"柳暗花明又一村"。用定值法来收敛集约特征值的点数,至少可以找到精确解的波动趋势与规律。

就在笔者苦于寻求可借鉴的工程实例类比时,周衍廉先生向笔者推荐了由湖北省给排水设计院主编的一部计算论著《钢筋混凝土圆形水池设计》(湖北省给水排水设计院《钢筋混凝土圆形水池设计》,北京:中国建筑工业出版社,1977年),该论著在1978年全国第一届科技大会中刚刚获奖。

其中有关大型水池漏斗的结构计算,虽然在外部荷载、壳体形式、支承角度方面与水泥熟料圆库薄壳结构不尽相同,但与笔者正在钻研的正圆锥斗薄壳计算理论相类似。经过一一比对数据,并进行数值分析,再通过展开贝塞尔函数并求解微分方程核对,结果大量参数仍然无法收敛。

从此,笔者顿生感悟,并获得关键性的启发:理论与实践已共同鉴证,不可能找到精确解。只能同时采用数据定值法与展开贝塞尔函数并举,试探着尽量向精确解逼近。

在高等数学中,由于正圆锥壳不同于圆柱壳、圆球壳、圆筒壳、双曲扁壳、双曲抛物面壳等圆弧形面壳,并非点点面面的曲率半径相等或相近,正圆锥壳的顶点是个奇异点,一般旋转壳有矩公式对正圆锥壳并不适用。要建立正圆锥壳有弯曲内力的计算数学模型,仍然需要通过正圆锥壳的微分体,按照其平衡、几何、物理条件,来建立其弹性曲面微分方程;并且需先求解其中5项几何特征参数,而该参数是基于变阶条件下建立的,只要动一个参数,整个方程就在变,其中包括3个力学方程、4个物理方程和3个几何方程。那时,用于分析正圆锥壳的计算软件处于空白,能借助刚刚面世的简易工程计算器进行计算,就已算作幸事。

在笔者进行计算分析的节骨眼上，有一位曾在同济大学进修的黄扬彬先生雪中送炭。他时任设计室主任，承蒙他鼎力相助，及时为笔者购置了一台刚面世的稀罕之物——卡西欧工程计算器，价值180元，于今日之价值或可购得3~4台高配置电脑。有了这台卡西欧工程计算器，笔者自然对运用计算有关参数的问题都能迎刃而解。

刘大椿在《科学技术哲学概论》曾提到，"现在的建筑工程师，不必像古代的工匠那样反复用试错法，才能找出新建筑的最佳结构，而只需正确地运用工程结构力学和材料力学的科学原理，就能设计轻巧的新建筑"。笔者关于"薄壳猜想"的论证成果，曾于1980年发表。如果能真正能求出正圆锥薄壳径向弯矩的精确解，那在壳体学术领域，真可谓石破天惊，难以想象。

四十年后，国家标准《钢筋混凝土筒仓设计标准》（GB 50077—2017）仍然将无弯矩理论推导出来的、近似的"旋转壳在轴对称荷载作用下的薄膜内力计算公式"作为计算依据。在土木建筑应用技术中，为了使工程既安全又便于结构计算，正圆锥薄壳的径向弯矩力学求解，允许参照球面薄壳转换成近似解，并没有强制性规定要求攻克"精确解"的数学堡垒。在航空航天领域，飞机及任何一个高空飞行物的外壳，为了既减轻自重，又要确保飞行安全，都是由形态与结构各异的薄壳壳体组成。飞行器外壳，虽有精益求精的需求，但由于精确解理论计算的复杂性，也只能采用建筑结构的近似解作设计依据。

可见，"薄壳猜想"课题领域之广泛已不仅仅限于土木建筑结构范畴。而合理的近似解，已能基本满足土木建筑结构的需要。从事建筑结构设计的工程师，亦不必为这个世界级难题去打破砂锅问到底了。

2400多年前，古希腊哲学家柏拉图就有过这样的经典论述："物理学的命题，总是近似的，因此没有一个命题是不可修正的。"其实，对物理条件设定，诸如材料中的泊松比，在任何精确解的情况下均假定为零。由此说明，由于计算的前置条件是近似的，即便世界上真正有人求出这项课题的所谓精确解，也不可能做到100%的精确。结构设计主要是要按照国家规范要求，解决好安全和节约的矛盾，并对工程做到终身负责。设计者若要填补规范中的空白，或触及有争议的个别条款，不仅要有付出巨大的努力，还需要承担由高风险带来的社会压力和法律责任。

1961年毕业于同济大学给排水专业的周衍廉,时任赣州地区建设局局长。1966年毕业于同济大学工民建函授的张国相,时任赣州市建筑设计院院长。1958年毕业于同济大学结构专业的朱维彭,时任江西冶金学院力学教研室主任教授。1969年毕业于同济大学路桥系的胡柏龄,时任赣州地区汽运局副局(后长时间任江西省交通厅及建设厅厅长),1969年毕业于同济大学建筑系的王德友。他们虽然没进行数据分析,但都能分别在会议上或个人交流时,作出如是客观评判:4800吨的水泥熟料圆库工程,既然以满负荷状态安全运行了一两年,就一定有存在的合理性。否则,这六个圆库,早在试运行中坍塌了。

他们既是同济毕业的专家,又是行业行政领导,他们所表达的基本概念,听似浅显,却道出了实践检验真理的常识。在他人对"薄壳猜想"否定的日子里,他们的"三言两语"曾为否定"冒险设计",肯定"薄壳猜想"助过鼎力。在纷繁芜杂的事物中,恰恰需要有简单的逻辑来支撑创新事物。否则,创新事

1982年5月,同济赣州校友在赣州文庙前合影,此地为同济大学抗战内迁途中校址之一
前排右起:宋开荣、周瑞庆、朱维彭、孟筱明、钟援朝;
中排右起:不详、张国相、笔者、不详、王德友、胡柏龄、易祖镜、刘普福。
后排右起:周衍廉、何同善、卢诗铭、黄诚述、林仁通、不详、不详、曾茂弟、不详

物也会孤掌难鸣。

通过一年多时间的悉心钻研，笔者总算跨入了"薄壳猜想"的门槛，基本弄清楚了该课题的深浅。按照弹性力学基本概念，薄壳壳体的边缘节点有如钢筋混凝土框架节点，弯曲内力（径向弯矩）只会向梁柱节点刚度大的方向分配。壳体越薄，分配在壳面的弯曲内力越小。

学术上的交流，尤其是学术上的实质性争议，总能推动科学技术进步。没有周瑞庆的权威异议和实质性争议，就没有"冒险设计"和"薄壳猜想"问题的提出。笑谈往事，至今笔者还要以当年在学术上得受权威异议为幸运。否则"薄壳猜想"又岂能"宝剑锋从磨砺出"呢！

同济大学的老师、校友同仁对"薄壳猜想"的鼎力相助，也使笔者深有感触：正是借助了同济大学的力量，"薄壳猜想"才得以孕育成功，这绝非笔者个人"单打独斗"所能达到的。

六、知耻后勇正当时

要想破解"薄壳猜想"难题，重温"高等数学"是个绕不过的坎。英国哲学家弗朗西斯·培根曾说过，"数学使人精确，自然哲学使人深刻"。当遇到"薄壳猜想"的核心问题，并急于求助高等数学时，笔者才感到这登堂入室的一步，并不容易。

光阴荏苒，近半个世纪已过去，笔者仍没忘记在同济大学专业基础理论学习方面的遗憾。刚踏进大学的门槛，尤其是刚进同济图书馆，笔者就被那凝重肃穆的读书氛围，和厚重浩瀚的藏书所慑服。随着视野的开阔，笔者阅读文史书刊的兴趣陡增，从而分散了专业基础理论课程学习的精力。有时还会自作聪明，认为每学期期末的高等数学只有一次开卷考试，且得3分就能蒙混过关，是否高分已无关大局了。但这漫不经心导致的后果是：四个学期的高等数学，笔者得过二次4分，二次3分。

有一次，高等数学课代表胡文平善意地向笔者转达数学老师的警告："闵强同学这么久没交作业，这学期大考，恐怕会不及格！"那次考试的结果，笔者终究以4分的成绩侥幸过关。班级35人，每学期高等数学考分的大致情况是：5分的占一半以上，4分约占20%，3分约占20%。笔者的高等数学成绩并不优秀，总体大考成绩，相较之下处于中下游。期末手捧成绩单时，自感问心有愧。

曾记得高中毕业前夕，在强手林立的南昌五中全校数学竞赛中，笔者有过名列前茅的纪录，但那时醉心于类似今日的奥数难题，特别热衷于钻数学解题的牛角尖，种种努力也只是为闯入名牌大学去寻找一块敲门砖而已。

20世纪60年代初，在千军万马过独木桥的年代，笔者兴高采烈跨进了同济的门槛，却对基础课高等数学并没有看重，颇显浮躁。当走出同济校门，才感受到天高地厚。尤其在遇到创新课题后，伤悲之余方知亡羊补牢，12年后重读《高等数学讲义》，还算为时未晚。

五十多年过去了，笔者书架上至今还存放着这部封面泛黄、装订已松散的上、下集教科书，因当年印刷纸质粗糙，书的厚度更加凸显，即便如此，任凭其他书籍"新陈代谢"，或因几次跨省人事调动，举家迁徙，笔者始终未曾丢弃这部厚书随同一本学习笔记，它们几乎成了随迁的心仪"文物"。

这部由同济大学樊映川主编的《高等数学讲义》是我国一部享有盛誉的高等学校数学教材，于1958年出版，几十年来再版数次，累计印刷千万余册。即使在当时，其也是国内理工科大学教材中一个无人超越的记录，是中国科技书籍出版史和中国高等教育史上的一座丰碑。书中缜密的逻辑思维训练，以及用数字说话的思维模式，潜移默化地影响了每一个受过高等数学基础理论教育的大学生。

大学生夯实专业基础理论是绝对必要的。当年笔者虽没有力求四个学期高等数学获得满分，但对其中的基本概念了解还算清晰。遇到问题，至少学会了如何在大目录中找条目，条目中再曲径探幽。只要方法对路，还是可以拾遗补阙，温故知新的，对解决实际问题似乎更能奏效。"薄壳猜想"就是沿着这条路径向着高处攀爬。

在高等数学分析中，有许多方程只戴顶帽子标注名称，并不指定说明其性质。"薄壳猜想"最后需要触摸到的贝塞尔函数，也仅仅是该函数的一个分支。《高等数学讲义》虽止步于求解高阶偏微方程，却为笔者打开了贝塞尔函数的大门。为了深入探究"薄壳猜想"中的"精确解"，必须打开另一扇大门"数学分析"用来求解二阶贝塞尔偏微方程。二阶虽非高阶，但偏微难度并不次于高阶。各类贝塞尔函数繁多，但只要明确其定义与表达式，单独展开设定条件下的贝塞尔函数并不特别困难。

在应用工程力学中，为求解单独一种贝塞尔微分方程时，笔者还有过一次顿悟：运算过程中，并不刻意强调它是"常微分"还是"偏微分"。它之所以在偏微分方程中偶然出现，是因为其中有部分"偏微方程"在经过傅里叶或拉普拉斯变换后，已经产生分离变量，而很容易收敛。这显然也是一种特定形式的"简化"计算。

工程实践证明，用这种并非精确的"简化"计算获得的"精确解"，在保证量化数据精度的前提下，也只能向"精确解"靠拢，不能因为在工程中方便衔接应用，而妄称获得了100%的"精确解"，那无疑是伪科学。

"薄壳猜想"的最终数学力学计算成果，是为满足工程力学需要的逼近"精确解"。

简言之：①壳体的空间刚度衰减比为1∶125。②壳体的径向弯曲内力衰减比为1∶720。

由此，笔者想到陈景润在"素数对"之差的数不断缩小，也只能止步于（1+2），距离（1+1）还存在有七千万"素数对"，甚至无限多的"素数对"。二百多年来，正因为找不到（1+1），才被称为魅力无穷的"哥德巴赫猜想"。

相比之下的"薄壳猜想"，虽然不在同一条起跑线上，但因为都在数学领域上攀爬，有着相同的艰辛和命运，纵使殚精竭虑，最终也找不到这100%的"精确解"，只能落得个逼近"精确解"。再也无人为此争论不休。

在"薄壳猜想"中止步于"精确解"的数学力学大师及学者大有其人：20世纪40年代著名的英国力学数学家吉卜生、苏联航空动力学某学者、美国著名力学家铁摩辛柯、世界级的壳体结构大师符拉索夫、我国薄壳结构学者何崇璋。1978年，国家筒仓设计规范还处于空白，二十五年后，经过多次修订，才有了2003年的新版《钢筋混凝土筒仓设计规范》。由此，也确认了"近似解"可以满足工程设计要求，并没有要求计算"精确解"。

正如《范例研究：科学大师与创新方法》一书中所说："科学创新永远具有某种不可预料的性质，就连作出重大创新的科学家本人，事先多不能预料何时可作出创新，事后也难说清楚自己怎样就作出了创新。"（刘大椿、潘睿《范例研究：科学大师与创新方法》，北京：中国科学技术出版社，2012年，1页）

20世纪70年代末,笔者能瞄准目标、温故知新,潜心钻研数学力学中的一个细微分支,总算是走出这艰难的一步。笔者自己也同样说不清楚,怎么就撞大运创新了。但有一点笔者是可以肯定的,那就是创造性地运用了数学工具,借助数学的杠杆,去撬动"薄壳猜想"的巨石。笔者在探索"薄壳猜想"的惶恐中,在同济大学光环的激励下,也算懂得了"知耻后勇"。

七、"龟兔赛跑"谁胜负

"龟兔赛跑"的胜败速度比值,堪比破解"薄壳猜想"中的参数衰减比值。不怕兔子跑得快,最终乌龟追上来。"曲面刚度比例"衰减为1/125(兔子)。"径向弯曲内力"衰减为1/720(乌龟)。从此,"薄壳猜想"可以用逼近精确解的理论数据说话。

"薄壳猜想"的关键何在呢?用"龟兔赛跑"故事比喻,可能会更容易被人们所理解。现将乌龟与兔子赛跑,比喻成"薄壳猜想"中壳体的两个关键值"曲面刚度衰减比例"(兔子)与"径向弯曲内力衰减比例"(乌龟),两项衰减比例值在赛跑。

最有价值的结果是:①不怕兔子跑得快,"曲面刚度比例"衰减为1/125。②最终乌龟追上来,"径向弯曲内力"衰减为1/720。世俗的观点认为,兔子因为骄傲而睡懒觉,输给了持之以恒慢慢爬行的乌龟。笔者将35厘米厚的钢筋混凝土厚壳,比喻是一只兔子。貌似必胜的飞速强者。6厘米厚的钢丝网水泥薄壳,比喻是一只乌龟。看似薄弱的爬行败者。兔子在竞技中比乌龟的本领大,奔跑天赋好,犹如人们以为"厚壳"比"薄壳"更坚固。经计算,其坚固程度的比例(曲面刚度比例)相差悬殊,即为125:1。

由于乌龟争分夺秒地不断爬行,速度虽慢,在最后冲刺阶段,乌龟比兔子距离终点更近,但究竟乌龟的前进速度是多少?离终点近多少?甚至精确到多少米?在世上,尚无人确切知道。而经笔者以逼近"精确解"的计算结果认定,兔子比乌龟距离终点的尺寸,其比例相差更悬殊,为720:1。

世人只知道乌龟最终获胜,是因为兔子自负、贪睡。但我当年担心这只"厚壳"兔子非同一般,它如果突然睡醒,并猛然发力超过乌龟反败为胜,在理论上,如果乌龟输给了兔子,这将意味着"薄壳猜想"的彻底破灭。如果6厘米厚的钢丝网水泥薄壳（乌龟），因承受不了径向弯曲内力，而输给35厘米厚的钢筋混凝土厚壳（兔子）。顷刻间，6个贮仓群就真的要在某个时段，随同滚烫的4800吨水泥熟料轰然倒下，后果将惨不忍睹！

可以说，破解"龟兔赛跑"中的胜败速度比值，堪比破解"薄壳猜想"中的参数衰减比值。经计算分析，薄壳与厚壳相比，只是按"算术级数"慢慢减少厚度，而所产生的弯曲内力却在以远大于"几何级数"急剧递减。当正圆锥壳的曲面刚度减小到1/125，其径向弯曲内力值，则犹如游乐场的过山车下滑，急剧跌落为1/720。

以此比喻为薄壳（乌龟）相对精确的速度是以厚壳（兔子）的720倍急速缩减距离到达终点。正因为薄壳（乌龟）产生的径向弯曲内力是厚壳（兔子）的1/720，区区内力与6厘米厚钢丝网水泥薄壳（乌龟）的抗力相比，已经微不足道。这就是"薄壳猜想"的核心成果，也是对"冒险设计"论的迎头痛击，恰恰也是工程安全运行的重要力学依据。

笔者一直摸索到1985年，在朱伯龙教授的肯定下，得出了"曲面刚度比例"减小到1/125的结论，并不太费工夫。而对"径向弯曲内力"不计算分析，也只能判断衰减是个大趋势。始料不及，计算结果竟急剧衰减为1/720。这个重要结论来之不易。也正因这个重要结论，才能揭示圆锥根部的壳体，为何不可能出现断裂的力学原理。

研究出"龟兔赛跑"速度的比值，可称为"薄壳猜想"的关键值。从此，在理论计算方面，笔者柳暗花明，渐入佳境。

安全隐患曾经是"薄壳猜想"的心腹之患。1978年，薄壳创新设计顶住压力付诸实施，轰轰烈烈地从图纸变成了大地上巍然耸立的六个巨大圆库。这"薄壳猜想"的实践例证，是以4800吨圆库群满负荷安全运行已满十年为事实依据，是用逼近精确解的薄壳理论数据说话。

<blockquote>
心腹之患已荡然无存，危言耸听也不攻自破。
天空的雾霾消失殆尽，东方的朝霞映照大地。
</blockquote>

到1988年的冬天，经业界权威认证，"薄壳猜想"工程成功例证，是国

内首创、本行业先进,产生了显著的经济效益和社会效益。猜想终于成为可靠的真实。

《猜想与反驳:科学知识的增长》是英国哲学家卡尔·波普尔创作的哲学著作,他认为科学只能证伪不能证明。科学就是由假设猜想以及尚未证伪的理论所构成的体系。由此笔者想到,"薄壳猜想"不仅以工程实例获得成功,而且以理论计算求得径向弯矩衰减的逼近精确解,从而在弹性力学理论体系中,也可能占有一席之地,至少是不可或缺。

八、感念师恩未能报

1988 年,由江西省建设厅组织,特邀同济大学朱伯龙教授,江西省科技成果项目鉴定委员会一致认定:"这六个 800 吨钢丝网水泥圆锥斗工程,是我国采用这种材料建造的最大的圆锥斗壳体工程。"笔者独立完成的《大型钢丝网水泥贮仓圆锥斗结构设计及应用研究》,后又被国家科委颁布的《科学技术研究成果公报》(1990 年,第 11 期,64 页)认定为:"钢丝网水泥圆锥斗是一种薄壁曲面空间结构,可广泛用于冶金、建材、煤炭、轻工、化工、粮食等部门。在设计上,它选用了钢丝网水泥圆锥壳合理的壳体形式、壳体厚度、支承角度三个最佳值。工程实践证明,该设计是成功的。采用该设计方法,经济效益显著。该成果填补了国内空白,不仅有较高的学术价值,而且对设计实践很有指导意义。"

马克思著有一本《数学手稿》,其中附有大量的数学公式,并用政治性语言来评价微积分问题,说明文理可以互通。徐迟在《哥德巴赫猜想》报告文学中,也引用了陈景润"陈氏定理"的经典数学推导。如果不是专门研究这一个数学分支的,即使著名的数学家,也不一定能读懂"哥德巴赫猜想"中的奥妙。"薄壳猜想"所计算的正圆锥薄壳径向弯矩值,其逼近精确解的研究成果,属于弹性力学中一个偏僻的分支。即便今日在超高层建筑结构设计方面的资深结构专家,或者有几十年丰富经验的国家一级注册结构工程师,只要其未从事过薄壳力学分支的研究,那么对"薄壳猜想"中关键点的计算分析,也未必能够说清楚个中理由。

1983 年,朱教授为笔者仗义执言时,笔者还尚未与他谋面。他对笔者热情鼓励的同时，还曾向国内权威的结构专业核心期刊《建筑结构学报》，推荐发表笔者的"薄壳猜想"工程实例简介与论证结果——《800吨钢丝网水泥贮仓圆锥斗》（1983年，第3期）。

1985年，"薄壳猜想"的课题论文《钢丝网水泥圆锥斗结构设计》全文刊载于1985年《空间薄壁结构经验交流会》（第1卷），同时在空间薄壁结构经验交流会上（山东烟台）发布。

1990年，朱伯龙教授应江西省建设厅的邀请，担任江西省科学技术成果鉴定委员会的主任委员。他因公务繁忙虽未亲临鉴定会，但以书证会签确认创新成果，支持创新、推进创新，为笔者独立完成的《大型钢丝网水泥贮仓圆锥斗结构设计及应用研究》，担当鉴定首责，并最终促成其评定为国家级科技成果。

恩未能报。直到1997年，笔者初次来到同济大学结构研究所拜访恩师时，才知晓朱教授几年前因工作繁忙，突患脑血栓，康复后虽大脑未损，但肢体亦有不便，他在专人护理及专车接送下，拖着病体在研究所顽强工作。朱教授清瘦而充满自信，病后行动的迟缓与他饱满的工作热情和敬业执着，形成了极大的反差。几年后，他因病情反复且加重，又多次住院治疗。2007年，笔者同夫人曾两次专门从厦门赶到上海看望朱教授，躺在病床上的恩师百感交集，不由地流下了热泪。

2008年春节后，笔者又获悉朱教授病情加重，在医院靠呼吸机维持生命，笔者立即放下手头工作，携妻于3月13日急切赶赴上海探望。在医院病榻前，只见朱教授虽已无法言语，但尚能看得见、听得清，思维清晰。当笔者抚摸他的手时，他也能握住笔者的手，时紧时松，传递感情，还向笔者轻轻颔首示意，许是表达他已知笔者的感恩情怀。从他的眼神中，笔者也读懂了朱教授对他终生热爱，并为之努力的土木结构及工程抗震事业，充满了眷恋之情。

一个月后，朱伯龙教授辞世。同济大学校刊《同济人》刊载了笔者的缅怀之作《我与朱伯龙教授30年师生缘》。提携之恩，没齿难忘。如果没有朱教授的肯定、指导与举荐，那笔者就只能仰天长叹空悲切了。

偶得一首，诗云：

苍穹玄黄天地连，独辟蹊径寻难见。
藏在深闺人未识，居安思危薄壳念。
鼎力相助有泰斗，何妨抱薪升火焰。
猜想破题创意难，得道多助更无前。

九、锋从砺出磨十年

十年磨一剑，霜刃未曾试。

1988年年初，笔者的外婆被发现身患舌根癌，且已进入晚期，进食维艰。笔者在南昌家中，一边侍奉着老人走完人生的最后旅程，一边撰写课题研究成果。笔者从小由外公外婆抚育长大，对两老有着特别的亲情和赡养责任。15个月后，于1989年清明前夕，慈祥的外婆终因高龄体弱而油尽灯枯，医治无效，离开人世，享年80岁。

半年后，《大型钢丝网水泥贮仓圆锥斗结构设计及应用研究》获得了"江西省科技进步奖"，随后又获得"国家科技成果完成者证书"，笔者既是第一完成人也是唯一完成人。

两项获奖的奖金合计为2000元人民币，其中有1000元奖金是由国家科委专门下文，通知笔者所在的南昌市建筑设计院，可以从事业单位经费中列支开销，并注明免缴个人所得税。

1996年3月，国家科委成果办曾经向全国有关单位发文，召开"系列新型薄壳筒仓圆锥斗结构应用推广会"。和许多科技成果一样，"薄壳猜想"创新

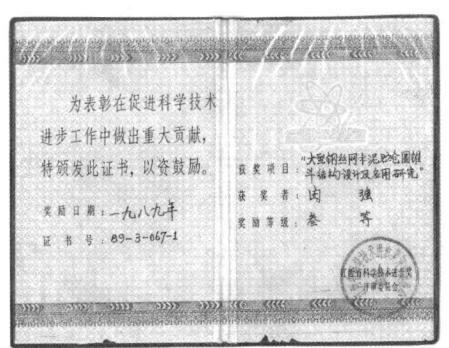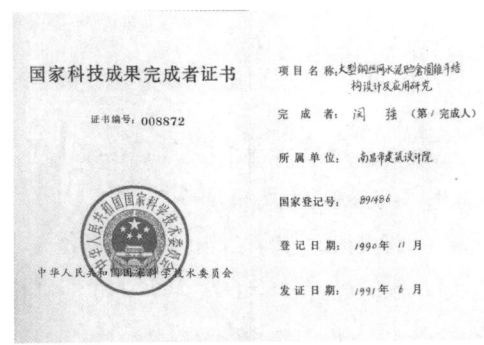

《大型钢丝网水泥贮仓圆锥斗结构设计及应用研究》获"江西省科技进步三等奖"及"国家科技成果完成者证书"

工程虽已具备适用性、先进性、创新性，但对其科技成果的推广应用，却完全是两回事。"向来枉费推移力，此日中流自在行。"追根溯源，无国家设计规范，无施工验收规程，今日有谁还可能"枉费推移力"？"薄壳猜想"工程今日要想"中流自在行"几乎是痴人说梦。像高总指挥一般用行政命令拍板解决技术问题，或许难以烟消云散，但结构工程师再也用不着为节省钢材去越雷池半步了。

"薄壳猜想"是钢材匮乏、穷则思变的特定年代的产物。1978年，中国粗钢产量仅为3178万吨，只是美国的1/3。三十多年后，中国钢铁工业犹如参天巨人，屹立于世界民族之林。另据世界钢铁协会公布的2015年世界前20大产钢国家（或地区）粗钢产量统计显示：中国2015年的钢铁产量，已连续12年保持世界第一，遥遥领先于其他国家。时至今日，中国依然是全球粗钢产量第一大国，达到10亿吨量级。

"山不在高，有仙则名。水不在深，有龙则灵。"市场经济也有条规律：项目不在大小，有创新就灵。课题不在冷热，有效益就行。"薄壳猜想"贵在创新。它所能节约的钢材，虽然对项目而言是显著的，但相对中国钢铁工业产量而言，实属沧海一粟，微乎其微。当下，在中国建设的摩天大楼数量，已经超过全球摩天大楼的一半。中国每年的建筑总量大约有25亿平方米以上，也接近全球年建筑总量的一半。随着建筑结构设计规范规程的多次修订，平均直接消耗钢材量，按每平方米60~70公斤计，每年仅建筑业需要钢材约2亿吨。靠建筑钢材消耗拉动经济增长，已成为当下不争的事实。在无设计规范及施工规程的条件下，"薄壳猜想"不仅面临着数学、力学计算的深奥难题，同样承担着结构工程的高风险。

十、"薄壳"成就青年人

"薄壳猜想"永远属于青年人。读悉由胡克旭主编的《朱伯龙先生纪念集》笔者恍然大悟，原来结构泰斗朱伯龙先生的五十余年功成名就，同样是源自薄壳创新。可以说，没有朱先生青年时代的"薄壳猜想"情结，也就没有笔者青年时代的"薄壳猜想"故事。

20世纪八九十年代，先生驰名中外，培养硕士73名，博士（含博士后）31名，发表论文超过两百余篇、撰写论著十几部，获国家级、部级、市级各种规格的奖励。追根溯源，先生的早期学术成果历程，始于20世纪50年代初的"薄壳猜想"。

1952年，先生时任同济建筑结构教师，因德才兼备，专业水平拔尖，被同济大学派往哈尔滨工业大学深造，攻读结构研究生，师从苏联导师学习弹性力学及薄壳理论，先生在青年时代，很早就在结构专业领域与"薄壳猜想"结下了不解之缘。

20世纪五六十年代，我国钢材匮乏，品种单一，产量低微。1958年，国家咬紧牙关将钢铁年产量定为1070万吨，口号喊得响彻云霄，几乎成为举全国之力的奋斗目标。其中，建筑工程业是耗钢大鳄。为了"多快好省"，建筑业立马将目光投向薄壳结构，在大空间屋盖系列中，以不但结构安全，又能大量节约钢材突显薄壳结构优势。

先生急国家所急，在27岁正值青春年华之际，一头扎进了薄壳结构理论研究与设计应用。1956—1960年，他在《同济大学学报》《哈尔滨工业大学学报》等专业核心刊物发表了11篇薄壳结构论文，向世人展示薄壳的诸多实验成功案例，研究成果先进，为推广薄壳设计作出贡献。1959年，先生在全国推进预应力薄壳的理论研究与设计应用，"预应力薄壳"以其强度更高、壳体更薄、材料更省而被许多建设项目青睐。同时，"预应力薄壳"的理论探索与实验支撑还处于攻坚克难阶段。"不入虎穴，焉得虎子。"薄壳创新的课题，终究成就了青年时代的朱伯龙，他当年以"初生牛犊不怕虎"的精神，凭借研究生的壳体课题成果实力，敢想敢干，锐意进取，取得了"预应力薄壳理论及试验研究"的重要成果。

20世纪50年代末，国际上为了确认并推广先生在薄壳应用计算方面的成就，用先生的名字命名了"朱伯龙圆柱壳内力系数表"，标志着先生在薄壳理论推广应用方面更上一层楼。20世纪60年代初期，先生在钢筋混凝土结构圆锥薄壳、预应力混凝土结构、钢筋混凝土结构、砖石结构等领域研究成绩卓著。

1976年7月28日3时42分53.8秒，中国河北省唐山丰南一带（东经118.2°，北纬39.6°）发生了强度里氏7.8级（矩震级7.5级）地震，震中烈度11度，震源深度12千米，地震持续约23秒，由其所引发的灾难也震撼了全世界。彼时，先生及时将研究重点转向工程抗震，除了多次日夜兼程赶赴唐山震灾现场勘察、调研、救灾，更重要的是投入到修订新的国家抗震设计规范之中，并创建了全国领先的同济地震模拟振动台。

先生中老年之时，仍"自信人生二百年"，脑力并用，下现场、蹲试验台、伏案撰写论著，引导着多名硕士博士生学习。甚至在花甲之初，大病一场痊愈后仍"志在千里"……终究成为了我国业界公认的房屋结构及抗震加固的领军人物。先生既是同济的一个时代标志，也是我国在那个年代的抗震加固与建筑结构泰斗。先生终其一生，睿智进取，刻苦钻研，孜孜不倦，为学科发展、理论创新、教学科研呕心沥血。即便在与病魔进行斗争的晚年，先生还是出版了两部重要专著《建筑改造工程学》与《房屋结构灾害检测与加固》。

1997年4月，笔者为解夙愿，心怀崇敬，如约在同济大学结构所办公室与先生初次见面，感先生本人比照片更为清瘦，然先生精神矍铄，笔者与之洽谈甚欢。时至中午12点时，只见先生有专人照应，学校还为先生备了小车和专职司机，有秘书提醒先生，下班时间已到。先生婉拒，继续对笔者耳提面命。他说："这两本书（《建筑改造工程学》《房屋结构灾害检测与加固》），可能是我对结构行业，也是对专业教科书的最后奉献了。对既有建筑的抗震加固改造课题要坚持下去，国家太大，缺口也太大，直接关乎国计民生。同济人责任重大，责无旁贷。"

西汉史学家司马迁曾言，"亦欲以究天人之际，通古今之变，成一家之言"，后终撰成中国历史上第一部纪传体通史《史记》，笔者借此句之美意，以赞恩师。

> 究天下建筑结构精进之际，
> 通抗震加固改造革新之变，
> 乃成朱伯龙独创一家之言。

国内业界也公认，朱伯龙先生就是我国创立"抗震加固与建筑改造"建筑结构新兴学科的奠基人。先生晚年的两部专著真实地寄托了先生对工程结构事业的无限眷恋。

先生逝世后的一个月,发生了汶川大地震。当时,笔者饱含着对先生的缅怀之情,写下了祭文(收录于《朱伯龙先生纪念集》)。

先生逝世当晚,笔者听闻恩师噩耗,悲痛之余,即向百余位同济校友和结构业界同仁群发短信,深切悼念大师。

> 痛失大师学子哀,但愿世间无震灾。
> 何人不识朱伯龙,桃李欲问结构界。

三个月后,笔者在汶川大地震的现场考察三天,拍摄了300余幅具有震灾结构特征的受损照片,在独立撰写的抗震论文《应用"强柱"加固理念,加快都江堰重建步伐》中专门设了一个章节,重点阐述了朱伯龙先生加固学说的运用价值。值得欣慰的是,该论文立即受到新华社福建分社关注,刊登在2008年"抗震工作参考"栏目,并在网刊上转发。2009年初春,载入《上海蓝皮书:上海资源环境发展报告(2009)》(名为《"强柱"加固理念在都江堰重建中的运用前景》)。本人还应上海社会科学院的邀请专程来沪,在新闻发布会上,发表了专题演讲。国家结构专业核心期刊《工程抗震与加固改造》(2009年,第5期)也全文刊发了这篇论文。

次年,在四川成都,由中国地震工程联合会、中国建筑学会抗震防灾分会、中国地震学会地震工程专业委员会联合主办,以纪念汶川地震一周年为主题,举行了地震工程与减轻地震灾害研讨会,有5名院士到会,集结了283名全国著名地震与结构专业的专家学者。笔者在该研讨会上发表了《应用"强柱"加固理念,加快都江堰重建步伐》的主题演讲。会后,该论文的全文,编入了这次会议的论文文集,当年即向全国公开发行。

国难思良将,震灾念大师。在"5·12汶川特大地震"的悲恸时刻,举国哀痛,笔者以自身所学向蒙受巨大灾难的灾区人民略尽个人绵薄之力。从专业角度,运用朱伯龙"强柱"结构加固学说,运用科学的办法,高效率地推进灾区的重建,这是对先生的最好纪念。笔者因"薄壳猜想"与先生结缘,用先生的"强柱"结构加固学说,为"抗震救灾"献计献策,以此回应先生在天之灵,期然含笑九泉。

"薄壳猜想"历经十年，这十年，既是笔者求知探索"薄壳猜想"的十年，也是笔者与先生结缘的十年。在1978—1988年间，"薄壳猜想"主要历经了如下六个阶段。

（1）设计成果获得认同（1978年朱伯龙回信，给予笔者肯定与鼓励）。

（2）理论计算指导（1981年朱伯龙来信：通过求解二阶贝塞尔方程，才可能接近精确解）。

（3）论文成果发表（1983年朱伯龙向《建筑结构学报》荐文发表，确认"这是我国采用这种材料建造的最大的圆锥斗壳体工程"）。

（4）论文成果交流（1985年年初，朱伯龙来信告知并鼓励笔者参加1985年6月在山东烟台召开全国空间薄壁结构学术交流会，论文刊入会议论文集第1卷）。

（5）江西省科技进步奖的评审（1988年朱伯龙任该课题江西省科技成果鉴定委员会主任委员，以书证会签确认笔者的创新成果，笔者获江西省科委颁布授奖）。

（6）国家科技成果的确证与发布（1990年由江西省科委申报，国家科委批准颁布授奖）。

在此十年间，笔者和先生从未谋面，仅仅是一直保持着书信、资料及论文邮件往来，直到1997年，同济大学90周年校庆前夕，才得隙拜会先生三次。这建立在学术基础上的师生交情，对笔者来说可谓是高雅纯净、清淡如水。

当笔者翻开厚重的《朱伯龙先生纪念集》时，看到先生的104位硕士、博士、博士后的详细名录，相比之下，笔者只是同济大学的一名普通的本科大学生，而且无缘听过先生的一堂课。笔者离开同济大学后，也只是一名长期从事结构专业设计的工程技术人员而已，岂能妄称是先生的入室弟子？但笔者的内心真诚地感恩先生与笔者的30年师生缘。

先生门下的大弟子吕西林教授（2019年当选为中国工程院院士），长期从事建筑结构抗震及减震研究，是当下国内建筑结构界的领军学者。主编纪念集的胡克旭教授，也是先生的博士门生。在交谈中，他们都认为，20世纪80年代朱先生在全国的建筑结构领域，社会声望高、重点课题多、工作压力大。

先生能对笔者的"薄壳猜想"鼎力相助,完全是分外的,理应倍加珍惜。

笔者回忆"薄壳猜想"的六个阶段,恰恰与改革初期的十年黄金时段相叠加。彼时,国内百米以上的高层建筑,如雨后春笋般拔地而起。同济大学的建筑结构专业,尤其吃香。函授生、本科生、研究生像潮水一样涌向同济大学。

为确保公众利益与结构安全,吸取国内外大地震的经验教训,1989年3月国家颁布了《建筑抗震设计规范》(GBJ 11—89),规范采用了地震工程新的科研成果,结合了我国经济条件与工程实际。当时,同济大学的赫赫声名和先生在全国结构界的声望,皆如日中天。国内的超限高层建筑设计疑难问题,科研、试验、教学、设计咨询等重任,都沉甸甸地压在朱先生的身上。

《朱伯龙先生纪念集》编委会由14人组成,大部分是先生的弟子。主编胡克旭教授告诉笔者,此集的5篇纪念文章,是经过编委会严格筛选的,笔者为先生撰写的祭文,得到了朱先生弟子的一致认同而载入文集。胡克旭教授还对笔者说:"你虽不是先生的研究生,但写出的祭文辞气沉雄,真挚感人;崇敬悲切,溢于言表。尤其是写先生在世时的敬业精神,既让我们硕士、博士弟子编委深感共鸣,也让我个人深感因忙于事务而来不及专门为先生撰写祭文而遗憾。"

言者的自谦之词,笔者权当善意溢美,姑且不论。不妨将因"薄壳猜想"的共同情结,而与先生结缘三十年的这篇纪念文章,简录于下:

黯然销魂,萧瑟悲哉。

今天是汶川大地震后第49天。在"5·12"汶川大地震发生前的一个月,2008年4月12日22时10分,一颗卓尔不凡的心脏停止了跳动。著名的结构工程专家,中国建筑学会抗震防灾研究会前副理事长,同济大学原结构工程学院院长朱伯龙教授在上海第一人民医院辞世,享年79岁。

当晚,恩师噩耗传来,笔者悲痛之余,即向百余位同济校友和结构业界同仁群发短信,深切悼念大师,悲憾释怀而后已。朱伯龙教授是笔者景仰的国内结构工程界的泰斗,也是笔者终生难忘的恩师。

"烈士击玉壶,壮心惜暮年。"

朱伯龙教授于1991年积劳成疾,突然致脑溢血、危在旦夕,经医院竭尽全力抢救而幸存。出于对事业的执着,他不仅没有向疾病屈服,反而拖着半瘫的身体,以超过病前的工作量,指导博士生并在学术上不断创新进取。

国难思良将,震灾念大师。

如果朱伯龙教授还健在,他完全可以领衔我国工程结构抗震领域,从而成为卓越的抗震结构行业领袖。为此,愈发加深了笔者对朱伯龙教授的怀念。防震减灾的历史重任,实实在在地落在土木结构抗震工程界。朱伯龙教授的离去,不仅是我国抗震防灾结构工程界的重大损失,也是我国地震频发地区老百姓的重大损失。

抗震大师朱伯龙教授和"5·12"汶川大地震遇难者,安息吧!

伏惟尚飨。

2007 年同济大学百年校庆时笔者(左)与朱伯龙教授(右)合影
胡克旭摄影

戊子初夏祭于沪

2008 年 6 月 28 日

时光飞逝，行文至此。沉思浅吟，遥祭恩师：

高楼屹立摘星辰，盛世安居已成真。
鲁班欲问建筑事，结构泰斗有何人？
引领群博在翰林，广厦若倾抢扶正。
君自薄壳破门去，鞠躬尽瘁骑绝尘。

《朱伯龙先生纪念集》封面
文芹摄影

十一、路遥知马力

三十多年的光阴荏苒，就是铁杵也要磨成针，可这六个 6 厘米厚的钢丝网水泥圆锥斗薄壳，无论集料、卸料都能高位运行正常。

"薄壳猜想"工程在三十余年后，命运如何？百闻不如一见。

2010 年清明时节，笔者偕妻文芹从厦门出发，自驾车专程前往赣南旧地，目睹这个昔日中等规模水泥厂的沧桑巨变。原水泥厂早已鸟枪换炮，新厂在附近陆续扩建，现已发展成年产 300 万吨的水泥集团公司。老厂是集团公司旗下的一个小分厂，总厂已具备现代化设备及生产能力，而三十多年前的老厂，终于进入暮年，正处"关停并转"的前夕。

"医得眼前疮，剜却心头肉。"为了解决附近几百户农民的经济来源，老厂还得像三十年前一样，以产能过剩、污染环境、高耗能源为代价，继续维持着老工艺、老设备的运转。

2010 年 4 月 12 日笔者重返旧地
文芹摄影

在集团公司的技术高管人员陪同下,笔者特地来到老厂的旧址。只见那六个800吨水泥熟料圆库像六个历经沧桑的巨人,肩并肩巍然屹立,在水泥厂的机器轰鸣声中,默默地负重运行着。当年曾经争论得沸沸扬扬的钢丝网水泥薄壳,再也无人问津,孤寂已久,甚至连正在陪同参观的技术高管人员也一无所知。他们关心的是,这六个800吨水泥熟料圆库,自1978年建成投产,从没停过一天,安全运行了30多年,很不错!正在与这个老厂同呼吸,共命运。

老厂区的粉尘仍然像当年一样笼罩着、弥漫着。外来人只要站在厂区稍候片刻,就会明显感觉到呼吸困难,鼻孔、耳孔到处都有尘迹。在库区操作的工人,已分不清年龄老少,最醒目的标志是,人人的眉毛上都覆盖着一层厚厚的粉尘。乍看,像化了妆的圣诞老人,每人都有一撮灰白相间的"兔子毛"在装点着眉梢。

三十多年前,为解决厂区环境污染,我们曾经重点考察过山东新汶水泥厂。当时的情景记忆犹新,对山东新汶水泥厂采用的管道全密封及风送风动工艺流程,大家赞叹不已。整个厂区犹如一座花园,车间的噪音和粉尘,均被严格控制。在岗的操作工人竟穿着白大褂,像个医务人员,很难想象那是一个水泥厂。

时至今日,老厂的规模虽然翻了几番,但老厂的噪音和粉尘污染却依然如故。难以想象,这4800吨级老熟料圆库,虽已过而立之年,竟宝刀未老,一直还在满负荷正常运行。这也印证了笔者当年有关"圆锥斗壁耐磨"的判断是正确的。

1990年,在江西省评定科技成果鉴定的专家答辩会上,有专家提出,6厘米的钢丝网水泥薄壳,即便结构受力没问题,耐磨问题又如何解决?

其实,深仓圆锥斗的卸料,并不是沿圆锥斗的内向面层均匀卸料,而是在漏斗的贮仓内部,形成一个双曲体状的流动空腔里,时而呈管状流动,时而呈整体流动。锥斗壁的结构层上,长年附着在锥斗壁上的水泥熟料结成块状,不断形成新的耐磨内衬,且只会越结越厚,仿佛不断生长更新的耐磨"皮肤"。钢丝网水泥圆锥斗薄壳,常年都处于基本完好的"新的耐磨内衬"的保护之中。

20世纪七八十年代,北京首都钢铁厂曾为解决卸料"拱堵"难题,不得不停产清仓,并由人工配备安全绳索深入仓底操作。这一措施,安全风险高,事故隐患大。

日本四国岛电力公司,有三个13 000吨的钢筋混凝土筒仓圆锥斗,也经常遇到煤炭"拱堵",他们曾在漏斗斜壁上,安装了高压缩气体的"空气炮",让煤炭散装集料定向爆破,这也能有效地促进清仓。(周家俊《关于筒仓建设中若干问题的探讨》,《特种结构》,1986年,第3期)

因此,钢丝网水泥薄壳只要结构上能经受住力学考验,锥斗壁的耐磨不存在任何问题。200℃以上的、滚烫的水泥熟料,年复一年从24米高的传送带上,散落到钢丝网水泥薄壳圆锥斗,薄壳在不断经受着水泥熟料的冲击与摩擦,却岿然不动。

当参观厂区的行程就要结束时,黄昏也已临近。一抹夕阳的余辉,洒进了这个风烛残年的老厂区。在如血残阳的照耀下,天空中弥漫着的粗颗粒粉尘,也愈来愈明显。面对夕阳的逆光,笔者本能地模仿"西游记"里的孙悟空,用双手在眉毛之上搭起"凉棚",看着空气中的漂浮物漫天狂舞,犹如在显微镜下,用肉眼看着无数的病菌在到处蠕动。在岗操作的农民工虽习以为常,外来参观者却显得惶恐不安,刚捂住了鼻子,又担心嘴巴会吞咽着这些粉尘。

人非草木,孰能无情。笔者偕夫人不远千里,风尘仆仆赶来,犹如看望一位阔别三十多年,老态龙钟的旧友至交。在行将离开厂区时,笔者忍不住再一次站在这六个老圆库群的旁边,向它默默地张望。

三十多年来,除通向厂区的几十公里沙子路面,已改建成高速公路外,依然没有改变的是:磨机内的铁球与水泥熟料在滚筒内的撞击声,窑房高能耗的机器轰鸣声,还有到处分布的传送带上的滚轮声,汇集成高分贝的噪声,扩散在遮天蔽日的粉尘中,震耳欲聋。

恍然间,笔者想到俄罗斯经典名曲《三套车》的雄浑旋律与凄苦唱词:

"冰雪覆盖着伏尔加河,冰河上跑着三套车……"三十多年前,这六个圆库在"薄壳猜想"的烛照数计下,充满了神奇和创新的魅力。如今,它犹如冰雪上跑着的负轭老马,在凛冽的寒风中,忠实而又默默地奔跑着,不到最后一刻绝不松懈。当这个小分厂关停并转之时,拆除的命运也在等待着它。

1976年度诺贝尔物理学奖得主丁肇中有句名言:"当实验推翻了理论后,才可能创建新的理论。理论不可能推翻实验。"同样,再高明的数学计算,再经典的力学理论,也推翻不了这4800吨级、仅6厘米厚的钢丝网水泥圆锥斗薄壳工程。

谈及传统与创新，笔者又想到一位哲人所言，由衷共鸣："传统的科学方法论，其目标是认识论的，即从逻辑上重构科学研究的逻辑过程，是面向过去的解释理论，追求普遍性。当下的创新方法研究则立足于对创新实践有所启发，是面向未来的指导理论，追求启发性。"（刘大椿、潘睿《范例研究：科学大师与创新方法》，北京：中国科学技术出版社，2012年，总序Ⅲ）

老圆库群虽早已完成了历史使命，然而"薄壳猜想"工程于1990年被国家科委确认为"该成果是我国采用这种材料建造的最大的圆锥斗壳体工程。填补了国内空白，经济效益显著。不仅有较高的学术价值，而且对设计实践很有指导意义"，连同"薄壳猜想"中逼近精确解的理论数据，为创建新的壳体结构理论，或可作为贮仓工程的罕遇实例。当之无愧地载入我国壳体结构史册，让后人借鉴并受益。

年轻时，发愤忘食，乐以忘忧。到如今，滔滔不绝，行文至此，却不知老之将至。搁笔之际，想到青年友人刘锐博士，他曾为"薄壳猜想记"的初稿撰写过一篇书评《科学精神的骑士》并公开发表在《科学中国人》网刊，读来感触颇深。其实，这只是在"哥德巴赫猜想"激励下诞生的一个创新故事。个人负重拼搏的印迹，也将成为一段难以忘怀的历史。

蓦然回首，"薄壳猜想"，还是借助同济大学的力量孕育成功了。

2017年3月修改于北京

本文曾刊载于《科学中国人》网刊（2013年7月30日），收入本书时有修改。

我为重建都江堰献计献策

新春伊始,《上海蓝皮书:上海资源环境发展报告(2009)》刊载了我倾力写作的《"强柱"加固理念在都江堰重建中的运用前景》一文。据该书主编王泠一博士介绍,书中涵盖了对上海市 2008 年度发展成就评估,展望了 2009 年度的发展思路和政策准备,是当时参加两会的上海市人大代表、政协委员的重要参考资料。

上海对口支援都江堰灾后重建,遵循的是可持续发展的原则,而笔者在该文中提出的推行"强柱"加固理念,对于科学指导加固都江堰大量受损房屋、早日还当地居民一个安居环境,极具现实意义。借助这个权威资讯平台,笔者能为重建灾区进言献策,颇感欣慰。笔者怎么会想到推行"强柱"加固理念的呢,这就要从笔者 2008 年 8 月现场考察灾后都江堰说起。

2008 年,"5·12"汶川大地震造成的人员伤亡严重,房舍成片倒塌,全国人民立即投入到抗震救灾、重建家园之中。当时,笔者想到自己在同济大学毕业近四十年,搞了一辈子建筑结构,想为灾区重建尽绵薄之力。

2008 年 8 月,笔者从福建厦门先飞成都,然后驱车前往四川灾区。在中国建筑西南设计研究院同行的陪同下,对都江堰震区进行了实地考察。一进入市区,"患难与共,携手相连,上海、都江堰对口合作重建新家园"的巨幅红底白字标语映入眼帘。市区交通井然,街景仍然繁荣。但仔细一看,临街房屋,结构外观似乎牢靠,外墙面却几乎没有一幢不出现裂缝。部分已倒塌的房屋惨不忍睹,只有极少量的房屋安然无恙。临街商住楼的底层一般都在营业,人来客往,生活照常进行。但抬头一看,大部分房屋楼层中的窗户及阳台空空如也,无论是住家、办公楼或旅馆都已人去楼空。即使房屋结构基本完好,只要见到房屋出现墙面裂缝,人们还是心有余悸,不敢贸然入住。

据灾后资料反映,这次汶川大地震倒塌房屋 700 余万间,其中 80% 是以自建房为主的农房。都江堰市老城区的建筑将近 90% 存在损毁,80% 左右已经很难居住，受灾房屋无法正常使用的家庭约8万户。城区现有房屋则80%以上需要不同程度的加固。在权衡加固与拆迁选择中，无论是企业主还是居民，都希望维持原有房屋产权，以加固为主。

加固理念尤重于加固方法。笔者不禁想起同济大学已故的朱伯龙教授，他在抗震防灾结构工程方面及由他创立的房屋加固改造学方面的理念，特别是"强柱"加固理念在汶川震灾后房屋加固方面是值得借鉴的。

"强柱"是针对柱及关键性承载结构部位，应有合理的强度和延性设计，同时还要有合理的构造措施，保证与柱相邻的构件在地震来临时不会对柱产生致命的破坏。"强柱"加固理念与全面加固理念，虽一词之差，但加固成本却相差很大。仅就都江堰城区加固重建投资而言，前者至少要节约40%。参照都江堰市房管部门资料介绍，按照概率统计分析，都江堰城区目前亟待加固的各类房屋建筑面积在400万平方米以上，以8度抗震设防加固，均价按500元计，总投资约20亿元。诚然，"强柱"加固理念不能取代加固设计，它与国家现行加固规范、规程的抗震概念虽如出一辙，但这种理念特别有助于投资者与设计方，在决定加固结构方案及选择各种适用方法及材料时作出明智抉择。为此，可以断言按"强柱"加固理念，解决都江堰城区房屋加固，节约投资不会低于8亿元！

笔者查证并列举了日本、美国、墨西哥发生的7次震灾资料，这些资料特别能说明，由于柱的薄弱，导致大面积建筑物及高架桥严重坍塌。根据汶川震灾分析资料，采用外包柱、外加角钢围套柱以及增加柱的支撑等措施进行"强柱"的建筑物没有倒塌。由此可见，汶川地震倒塌结构最突出的问题还是墙和柱。而大量"强柱"或"强柱弱梁"型的房屋倒塌极少。

因此，笔者提出建议，为了使上海对口支援都江堰的资金用在刀刃上，都江堰城区震后受损房屋，只要不影响城市规划，理应从"强柱"理念出发，能加固修复的就不要拆除重建；能局部加固修复后可以安全使用的，就不要全面加固。这样不仅可以节省大量建设资金，而且可以更有效地处理建筑垃圾和建筑材料生产过程中加剧的环境污染、能源消耗等问题，从而取得更广泛的社会效益。

无数工程实例都从正反两面证明了"强柱"理念是抗震设防和结构加固的

第一要务。由于地震的不确定性以及人类对其认知的远远不足，美国应用技术局（ATC）有专家学者甚至认为，至今抗震设计尚不能成为一门科学，有很多问题要靠工程判断。这也不无道理。而工程判断能力主要来自对历次震灾的分析经验和试验研究成果，这种判断也称为概念设计，它不仅是抗震设计的重要组成部分，甚至比使用精确的结构设计计算软件更为重要。抗震概念设计和三水准设防与"强柱"理念从某种意义上讲，乃殊途同归。现行的修复加固名目繁多，而且价格差异很大。如增大截面加固、置换混凝土、高强钢绞线、外加预应力、外粘型钢、结构胶、粘贴碳素（芳纶等）纤维、粘贴玻璃钢、粘贴钢板、增设钢管支架、减梁增柱（偷梁换柱）、增加支撑与拉结、裂缝灌注，以及同济大学最新提出的基于新型高黏结、无收缩、自密实加固材料专门用于震损建筑快捷加固的新技术等。

随着新材料新技术不断涌现，结构加固虽然没有唯一的解，但建筑抗震概念设计及"强柱"加固理念，犹如指南针，在为结构加固提供正确导向。它可以帮助我们厘清各种加固的使用范围、合理措施，从而直接、有效地改善原结构传力路径，使新旧结构共同工作。

这次震灾分析资料反映：建于 1985 年的德阳市幼儿园，建于 20 世纪 70 年代的都江堰市宁江幼儿园，建于 1952 年的甘肃天水某工厂车间，几乎都花小钱办大事，不需重建，也不用全面加固，仅仅是在关键性结构部位点到为止，分别采用外包柱、外加角钢围套柱以及增加柱的支撑等措施，提前进行"强柱"，极大程度地减少了这次汶川震灾财产损失与人员伤亡。

在都江堰城区，大量亟待修复加固的房屋，也理应从"强柱"理念出发，准确把握好结构加固设计及建筑抗震概念设计，包括多道抗震防线、强柱弱梁、剪力墙强墙弱梁、砌体结构整体性、其他构件与部位的构造设计，并对必须加固部位应实行总量控制。

2009 年 3 月于厦门

本文收录于《同济人》（2009 年第 2 期）、《星汉璀璨同济人（第二辑）》（上海：同济大学出版社，2012 年，118–120 页），收入本书时有修改。

《上海蓝皮书：上海资源环境发展报告（2009）》封面

《星汉璀璨同济人（第二辑）》封面

笔者应邀参加《上海蓝皮书：上海资源环境发展报告（2009）》发布会
左起：笔者、杨雄里、王泠一，文芹摄影

防震减灾
——同济人肩负的使命

由于地震过程的复杂性、地壳深部的不可入性,以及地震事件的小概率性,使地震预报仍然是人类公认的世界级难题,至今无法解决。全球的地球科学家和地震学家,还在地震预报的混沌之中艰难地摸索行进。因此,防震减灾就显得格外重要。为纪念汶川地震一周年,由中国地震工程联合会牵头,于2009年5月8—11日,在成都国际会议展览中心举行了"地震工程与减轻地震灾害研讨会"。我应邀参加了会议。会议云集了全国地震工程及土木建筑抗震防灾界的各路专家学者283人,有5位两院院士在主会场开幕式上作专题报告。其中,参会的同济人超过百人,充分展示了同济人在防震减灾领域的学科实力和影响力。笔者与厦门赴会的团队同行,还遇到了不少年富力强且在单位担纲的同济校友。作为同济人的一员,笔者十分自豪有一批同济人在会上作专题报告和演讲。

工程抗震界的著名学者、同济大学吕西林教授在主会场开幕式上以《用可持续发展理念,指导震灾后的恢复重建》为题演讲,阐述了同济大学大力提升强势学科、快速发展人文学科的办学思路,并从可持续发展的高度,对震灾后的恢复重建作了深入精细的分析,提出理论指导。

李国强教授作了《关于不同条件支撑框架的比较研究》的演讲,李杰教授的研究课题是《汶川地震中供水管网系统破坏调查和震后重建研究》,胡克旭教授以《地震灾区房屋结构快捷加固的新工艺与新材料》为题演讲,翁大根教授的演讲题目是《消能减震加固措施在震后多层框架中的应用》,卢文胜教授的演讲题目是《非结构构件抗震性能分析》。

同济校友、中国建研院原工程抗震所所长王亚勇作最后的总结发言。会议自始至终,贯穿着同济人的声音,也体现了同济人的社会责任感,举凡国家重大建设项目与课题,总会有深深的同济印痕。

胡克旭教授在演讲中提到："材料在工程中举足轻重，约占工程造价比例的70%以上。"他还介绍了同济大学针对灾区震损结构快捷加固新工艺与新材料的研发和应用的突破性进展。这种新材料取材容易、免振捣、自密实，可针对灾区大量亟待加固的墙柱关键部位，充分体现了"强柱"加固理念，体现了快速、有效和经济的特点。这次研讨会有关材料方面的论文少之又少，胡克旭教授的演讲令人耳目一新。

笔者以《应用"强柱"加固理念，加快都江堰重建步伐》为题，在分会场进行演讲。笔者的观点与胡克旭教授的观点同属"强柱"加固理念，两者可谓相辅相成，相得益彰。这一理念源自同济大学已故的朱伯龙教授。

去年，笔者曾撰文提出"强柱"加固理念，为重建都江堰献计献策。文章阐述了这一资源节约型重建方案将使上海支援都江堰的资金用在刀刃上，让当地居民有一个安居的环境。《上海蓝皮书：上海资源环境发展报告（2009）》刊载此文，文章引起了部分上海人大代表的关注，同济大学的著名学者、教授还从学术理论的高度，对"强柱"加固理念给予完善。笔者在《星汉璀璨同济人（第二辑）》以《我为重建都江堰献计献策》为题作了补充介绍，不少校友阅读后纷纷来电问候、祝贺，并给予充分认同，使笔者获得很大鼓舞。在笔者毕业四十多年后，仍感到母校似乎使笔者有取之不尽用之不竭的动力。

虽然"强柱"加固道理简明直观，但要从理论上论证其可靠，从实践中考察其价值，实非容易。笔者有幸参加了这次震害检验教训交流与防震减灾对策的大讨论。按照"强柱"加固理念，笔者在会上倡议编制出台《都江堰既有建筑震后加固方案选择指南》（以下简称《指南》），会后与业内著名学者和专家交流，也得到了广泛认可。中国建筑科学研究院工程抗震所所长黄世敏、吕西林教授和胡克旭教授都认同《指南》编制的必要性和紧迫性，同时也指出，要正式编制出台《指南》，还有许多后续工作要做。

我们以沉重的工程灾害为代价，积累了工程防灾经验。通过几代人的努力奋斗，才建立起现在的建筑抗震"三水准"设防理论，改进了抗震技术，修订了各种有关建筑抗震的国家强制性标准、鉴定标准、设计规范、规定，以及全国省级以上建设行政主管部门制定的，适用于当地的各项建筑抗震设计技术规定、暂行规定，等等。可是，笔者迄今为止还找不到一本关于既有建筑震后加固方案选择的指南。

结构加固是一个新领域，我国标准规范体系还有不少缺口。针对这一现状，若能以"强柱"加固理念为指导，新编出版一本关于既有建筑震后加固方案选择的指南，为广大设计工作者和房屋管理部门提供直接指导，帮助其选择有效快捷、经济的加固方案，无疑对加快灾区重建步伐意义重大，也为我国结构加固规范体系填补了一个空白。

同济大学范立础院士说得好："面对自然灾害的巨大破坏力，纵然人为设计的工程不可能确保万无一失，但从实际调查中可以看到，还是有不少工程经受住了地震的考验。"土木建筑工程与结构抗震是同济大学的优势学科，防震减灾是同济人义不容辞的历史使命。会议期间，在与吕西林教授的交谈中，笔者才得知他为震灾考察调研及灾后重建，从上海到都江堰已经跑了五个来回！他努力地履行着一个同济人对社会的承诺。

同济大学的学科及学术神经，与国家建设的脉搏相连。老百姓的安居，城乡的建设，大河的奔流，道路的延伸，大桥的架设，天空的澄澈，节能减排环保……同济人正肩负着防震减灾的重大历史使命，为民族、为国家、为人类立德、立功、立言。

笔者庆幸自己是同济人。

2009 年 5 月于上海

本文收录于《同济人》（2009 年第 3 期），收入本书时有修改。

天崩地裂山河在
——目睹汶川地震灾区实录

一、满目裂缝何所惧

2008年5月12日14时28分，我国发生了震惊世界的四川汶川特大地震灾害，受灾地区人民生命财产和经济社会发展蒙受了巨大损失。笔者看着中央电视台对地震灾区的循环报道，情急之中，念及自己同济大学毕业四十余年，长期从事建筑结构设计，也该为灾区重建尽匹夫之责。笔者于8月27日自厦门飞抵成都，在中国建筑西南设计研究院同行的陪同下，对都江堰震区进行了实地考察。从成都驱车约40分钟到达都江堰市城区，以80公里时速行驶，只见公路抢修渐好，全线基本畅通。一进入市区，巨幅红底白字"患难与共，携手相连，上海、都江堰对口合作重建新家园"的标语便映入眼帘。

仔细一看，大小各异的裂缝建筑，满城皆是。有待加固修复后使用的房屋量大、面广，往往整个结构外观无较大变形，主体结构似乎牢靠，但外墙面都不同程度地分布着震灾特征结构裂缝。其中体量较大的有7层公共建筑"商云大厦"、6层公共建筑"新华书店"大楼，还有无数不知名的5～6层的临街商住楼。也有不少公共建筑，如"江堰宾馆""广播电视大楼"，由于变形缝宽不足，地震将建筑物的低层，紧贴着高层往外挤，竖向墙面沿缝隙整条被压碎，犹如两个巨人在肉搏，面孔和双肩紧紧贴在一起，分外醒目。

有一幢9层的高楼，主体结构完好，屋顶的突出建筑物却已被严重破坏，成堆的废墟压在屋面上。一座占地约3000平方米、4层的临街弧形建筑"天辰会馆"，上部大面积构架倒塌，尚未加固修复，而楼下还在照常营业，购销两旺，让笔者不禁为消费者们捏把汗。最令人触目惊心的是都江堰中医院、聚源中学和新建小学，三幢公共建筑整体性坍塌。临街，还偶然见到几幢受地震影响严重的砖木结构民居。砖木结构本来就薄弱，且2～3层建筑极其简陋，幸有比肩的建筑作倚靠，这几幢建筑外墙未完全倒塌，却已严重倾斜，甚至殃及邻居建筑，正在拆除中，还好未造成人员伤亡。

二、寒垣秋草报平安

值得称奇的是，建于20世纪70年代的都江堰市宁江幼儿园，有幢2~4层主楼，2000余平方米，结构完好无损。靠近仔细观察，大面积彩色墙面和所有窗间墙，竟看不到一条裂缝。再进入室内巡视，在梁板柱墙各个部分，竟然也找不到一根肉眼可见的震灾裂缝。这在地震灾区中显得凤毛麟角。事后，据查证，该建筑在震灾到来前的几个月，进行了关键性结构部位的加固，采用外加角钢围套包柱，增加了柱的支撑，提前进行了"强柱"加固，从而极大地减少了震灾的财产损失与人员伤亡。灾前防范，难能可贵。与灾后大规模加固，甚至拆除重建相比，真正做到了花小钱办大事。

新建的都江堰市公安局大楼，高10层，顶部设置信号铁塔已扭曲变形，远看房屋两头，角部填充墙似有开裂。据权威评估，该房屋主体结构基本完好。同行还特别介绍，这是按照2001年的《建筑抗震设计规范》设计的，并且施工正常，因此幸免于难。

和商场在一起的住宅楼，则另有隐情。震后临街商住楼的底层，一般都在营业，人来客往，生活照常。但抬头一看，上部房间皆空。这些有裂缝的住宅不能与商场比，谁也不敢贸然入住。无论是住家、办公楼或旅馆都已人去楼空。某电厂有5~6个单元职工住宅楼，结构外观估计没有大问题，沿街面的窗间墙，局部隐约呈现X形裂缝，整幢房屋空无一人，据说正在等待检测、鉴定与加固。

大震也促进了防震加固的市场繁荣。有个别正在检测的房屋上方悬挂着临时广告，"建筑医学骨科加固，免费咨询电话"。据成都的设计同行介绍，都江堰市区房屋，属轻微到中等损坏的急需加固项目非常普遍。一些著名的设计院加固设计任务相当饱和，经常加班加点。上海及北京、武汉、广州等地的权威检测机构，都早已陆续介入建筑鉴定。

按程序必须对受损房屋进行鉴定，或有权威应急评估成果，才能对受损房屋进行加固或重建。地震发生后的一两个月，可能有几百家甚至上千家，大批从事加固的设计与施工的企业涌入四川灾区。不久之后，近80%的企业犹如大浪淘沙般撤走，其主要原因是这里缺少真正的技术人才、施工力量和设备，而光凭资质牌子无法承揽业务。可见，要做好结构加固和灾后重建，诚非易事。

三、黯然悲天在震中

次日的行程灾难重重。由都江堰往汶川方向的公路，只能走一段停一段，行程十分艰辛。司机也开始抱怨"那边路也不通，除非抢险，最好别去！"

坐在车内，虽然听着当地无线电台在不断播报，某路段已进入最后攻坚阶段即将开通。可是，我们在距离汶川约10公里路段时就只能止步。同行告诉我们，这里已邻近龙门山脉断裂带，震灾的中心就在周边。目尽处便是灾区——映秀镇，放眼望去，大约只有几公里远。司机讲，那里有禁行标志，还在封锁现场，重建难度很大，外人一般都不得入内。我们只好改道，放慢节奏，一边探路，一边像蜗牛一样走走停停。

经与附近驻扎的厦门援建彭州指挥部手机联系，指挥长林德志告诉笔者，厦门虽然已援建了一批临时安置房，但面积有限，大规模的建设还处在测量及规划设计阶段。余震袭来，感觉常有。厦门来的人，一个人要顶几个人用。任重道远，援建任务非常艰巨。

途中偶然见到山脚下的一片民房废墟。当我们熄火停车，驻足遥望，周围寂静无声，不见人烟。尤其是两边是山、中间是沟的山区民居倒塌更为严重，遥望着一片又一片的废墟，看不清有突出的梁板柱构件。司机告诉我们，这里贫困的山民多，盖的民舍多为一层木结构，少量砖木结构，墙体大都采用土墙夹荆条的泥块填充。地震来时，这些位于震中的简陋民居，就像多米诺骨牌，整排整批的民舍，乃至整个村庄全部坍塌。

事发当天，大批不幸遇难的灾民，被直接压在废墟内，救援队伍因为无路可行，只能靠步行进入山区抢险。灾民伤亡严重，有的即便爬出废墟亦未生还。想着多少生命瞬间泯灭，笔者心情陡然沉重。就地掩埋的蒙难冤魂安息吧！

中午时分，烈日下的阳光向一片片荒芜的山庄倾洒，笔者也走出阴霾，浑身是胆，脚踏实地侠行。漂浮的思绪也提醒着自己，立马返程。余震未消危险，掉头远离震中。

薄壳猜想记

四、叹为观止宝瓶口

昔日的灌县，因驰名中外的千年水利工程而易名都江堰市。"宝瓶口"就是这项工程的咽喉。两千多年来，四川号称"天府之国"，正是河海不择的这泓涓涓细流，让千里沃野，深受其益。

20世纪80年代初，笔者曾来过"宝瓶口"，这里在经历了大地震后究竟如何？笔者在疑惑中随着小车在山路上爬坡缓行，当行至"二王庙"，眼前所有古建筑被临时设施围护，偶尔见到几幢建筑屋顶被掀塌。为纪念李冰父子建造的"二王庙"初建于南北朝，历经各朝修复，重建于清代，是世界文化遗产都江堰的重要组成部分。"二王庙"施工现场，有30~50名工人在围着"二王庙"上下忙碌。相比之下，城区更多的裂缝建筑工地冷冷清清，还在按部就班地等着先检测与加固设计。"二王庙"是都江堰地面古建筑的标志，作为震灾后重点保护的历史文物项目，当时正受到密切关注，在大规模进行修复，甚至可能不惜资金重建。

"都江堰"标志石碑，虽然丝毫未损，但在距离石碑只有5~6米处的混凝土地面，却被不可思议地被拉开约有10厘米宽的裂口，长达10余米。又宽又深的裂缝，仿佛在昭示行人，此路不通。果然，在裂缝的前面还有块禁行牌，下面还贴着盖有红色印章的公文，密集的文字在劝诫行人，此地面裂口是路面最薄弱的关口，随时都可能因余震而加大，行人不能久留。哪怕距江面观察点只有5~6米，也无法靠近，寸步难行。

所幸笔者还能就地不动，站在制高点瞭望，透过茂密的树枝树叶，清晰地看见千年水利工程"宝瓶口"的主体岿然不动，附近也未见任何加固设施。瓶口端部的东逝水，仍然滔滔不绝，奔腾不息。下游的水域有序分道，静静流淌。

当时我们还想开车前行，只见道路前面又有车辆禁行标志。地震已将下山公路震垮，我们的越野车也望而却步，但见有个别摩托车手冒着风险，在等候旅客下山。笔者再环视遥望周边的建筑群，依山而建的十几幢连体别墅及几幢点式住宅建筑，有的明显倾斜，有的濒临坍塌，皆不同程度地遭受地震之苦。

待笔者再转身回首，震灾境况则大相径庭，那坚固的千年"宝瓶口"在大震中纹丝不动，不禁让人浮想联翩，深感震撼。在同样经历汶川大地震后，为什么邻近的公路被震垮，邻近的房屋被震倒，而由李冰父子率领建造的、已有两千多年历史的都江堰"宝瓶口"水利工程却安然无恙,延续着"四六分水、二八排沙"的传奇,造福人类?仅仅用当下业内的热门话题"龙门山断裂带""工程地质差异""山体滑坡""地震烈度差异"等各种学说,可能还无法解释。

笔者从事建筑结构专业近四十年,也常被人们称为专家,实地考察时,不仅为先人改造自然、巧夺天工的睿智感到自豪,更为自己对建筑抗震认知的贫乏而汗颜。

五、柳暗花明彭州城

"山重水复疑无路,柳暗花明又一村。"由都江堰返回成都的路上,只闻彭州山区农村是重灾区。途经彭州县城,心情豁然开朗,只见县城房屋有震无灾,显现出另外一番太平风光。人们生活祥和,县城街景很美,三四层的临街建筑,掩映在林荫道的绿树丛中,马路显得格外宽敞。

据当地酒店店主与亲历者介绍,大地震来时有明显震感,过后又余震不断。人和房屋,像小孩在摇床上轻轻摇晃。开始,大家都吓得逃往大街空旷地。过后,一回家门才感到,啥事也没有!我们在县城转悠了两三圈,整个彭州城的房屋几乎没有一幢倒塌。显然,这县城所处的特定位置,其地震烈度较低是主要原因。

我们也走进了城中心的几幢商城、汽车站,以及周边的住宅楼,也没有见到大面积房屋裂缝。尤其是位于县城中心的福慧寺塔群,四个角点为5层宝塔,合围中间是一座11层宝塔,颇为壮观。站在塔下,仔细观察塔身及底座,见不到肉眼可见(应为0.2~0.3毫米以下)的裂缝,堪称奇迹。

汶川地震,统一报告为里氏8级。都江堰城区实际遭受的地震烈度约为8度,还远低于震中区"映秀镇"地震烈度11度。宏观上看,地震震级大、烈度高是这次地震中城市建筑遭受破坏的主要原因。但每幢建筑破坏原因的科学分析,还不能简单讲"只因碰上了8级地震,房屋设计施工质量不行",等等。准确地讲,需要审查结构设计图资料、施工竣工验收资料,以及所在地(震中以及不同距离的远离震中)遭受的地震烈度和地震动纪录。不能一言以蔽之。

显然,未采取抗震设防的旧房屋,特别是靠近震中的农民房屋,倒塌损坏最为严重。而循规蹈矩,按国家抗震设计规范、规程和标准进行正常设计、正常施工和正常使用的房屋，具有良好的抗震能力，甚至在震灾中完全未受影响。

三天来，虽说走马观花地查看了震灾现场，然而结构工程师的职业本能使笔者的注意力始终盯在灾后各类房屋的结构破坏特征上。笔者尤其对具有结构特征的震灾破坏节点大样，择其要拍摄了300余张照片，这对研判抗震减灾有一定价值。发现问题，提出问题，并为灾区重建提出能解决问题的可行良策，方不虚此行。

此篇震灾实录及300余张震灾建筑特征部位受损照片，引起了上海社会科学院王冷一博士的率先关注，也为笔者撰写《应用"强柱"加固理念，加快都江堰重建步伐》的抗震减灾论文提供了实例支持。搁笔之际，感慨万千。赋诗一首释怀：

地壳异动乱玄黄，汶川屋舍坍塌荒。
天崩地裂山河在，国难兴邦慨而慷。
柳暗花明有彭城，寒垣秋草安四方。
帷幄从容谋方略，灾后重建举国望。

2008年9月3日深夜于成都

静悄悄的里程碑
——同济大学担纲《建筑结构学报》随感

在当今信息社会,各门类的全国学术性刊物林林总总,每门学科至少有1~2种权威领军期刊,或被称为"国家一级学术性刊物""国家级学术期刊""百种中国杰出学术期刊",即便是专业领军刊物也很容易被浩繁的各类期刊和光怪陆离的商业广告杂志所淹没。

陈毅曾写下《秋菊诗》:"秋菊能傲霜,风霜重重恶。本性能耐寒,风霜其奈何?"诗人以菊花傲霜象征凛然正气与不屈的精神。《建筑结构学报》就是如秋菊傲霜般,几十年如一日,在滚滚红尘与物欲横流中,始终坚持素面朝天、造福社会、敬业有为的专业领军刊物。课题创新不断,屹立学科前沿,内容翔实有据。这份厚实的期刊,在国内也被业界公认为结构专业最具权威的学术期刊,是由中国科学技术协会主管,中国建筑学会主办的学术性刊物,创刊于1980年,自1992年起入选为中文核心期刊,2007年起被 Ei Compendex 收录,期刊连续多年在国内同类期刊中名列前茅。编委和主编人选由学报编委会换届选举产生。自2010年1月,学报编委主任改由同济大学时任常务副校长的李永盛担任,五年后,又由时任同济大学校长助理、同济大学建筑设计研究院集团有限公司总裁丁洁民研究员继任。

2010—2015年,由同济大学建筑结构专业的著名学者陈以一教授担任主编,同济大学为首席支持单位。此举为同济大学担纲《建筑结构学报》开了先河,也不失为《建筑结构学报》的发展,竖立起了一块静悄悄的里程碑。"金杯、银杯,不如老百姓的口碑",站在学科的前沿,要做学问、出成果,为社会为人类造福,正需要这种不事张扬的、有所作为的专业学术刊物。

隔行如隔山,不可能要求全社会来关注《建筑结构学报》,对广大的非结构专业人士而言,何谓建筑结构?通常认为,此乃结构设计与施工技术而已。说白了,就是解决建筑的合理与安全问题,至少要保证建筑物不能坍塌。尤其是地震来了，房屋不能压死人！虽说地震人命关天，而大地震又几乎无法预报。建筑结构抗震设防的每一步科学进程，都直接关乎到老百姓的生命财产安全。而《建筑结构学报》是我国在这个专业领域敏锐的风向标，也是富有影响的导航仪。执掌这份刊物的掌门人，使命神圣，责任如山。

同济大学土木科至今已绵延百年。直至今日，同济大学的土木工程专业仍入选2014年中国顶尖学科专业，其综合排名名列全国高校之首。据QS世界大学各专业排名，2013年同济大学土木工程专业全球排名第18位，创历史新高，这也反映了同济大学土木工程学科的成就、学术水平、就业率、教师、学生比例以及国际教师和国际学生占总教师、总学生数的比例等指标，正在向世界一流水平迈进。同济大学本应对国家土木工程专业有较大贡献，由同济大学担纲《建筑结构学报》属实至名归。2014年《建筑结构学报》已在国内建筑类期刊排名第一。

笔者长期从事结构专业设计、审核与施工图审查技术与管理，自学报1980年创刊以来，就一直关注这个期刊，不经意成了《建筑结构学报》35年的老读者。笔者还有幸在32年前，蒙同济大学已故朱伯龙教授的举荐，在该刊物上发表过一篇具有开创性设计计算和研究成果的薄壳结构文章，由此受到砥砺，继而引申研究相关课题，最终独立获得了"江西省科技进步三等奖"与"国家科技成果完成者证书"。可以说，学报助笔者攀登学术高峰，笔者对学报一生情有独钟。

凡致力于建筑结构的业内人士，都有目共睹，自2010年以来，由同济大学担纲的《建筑结构学报》在继承传统、秉承宗旨的基础上，正在以新的面貌锐意进取，论文质量亦不断提高。刚出炉的《建筑结构学报》所列2014年度审稿人206位，院士、学者皆为业界翘楚，后起之秀不乏栋梁砥柱。作为国家一级学术性刊物，在业内具有崇高威望，没有掌门人的高度凝聚力，没有以学术领袖、业界精英组成的数以百计的团队敬业审稿，绝对难以为继。

纵览2010—2015年的《建筑结构学报》，有论文1165篇，包括2010年上海世博会专辑论文28篇。每年12期，每期目录列出15～20篇论文和报告，分3～4个栏目，提纲挈领，每期突出1～2个重点。让读者对当下建筑结构专业的最新研究成果、动态和趋势，一目了然。期刊常设有结构抗震、抗风、抗火、加固、改造，钢筋混凝土结构、金属结构、砌体结构及其他结构专题，还涉及对现有结构规范的修订、基础理论的研究专题，等等。

撰稿作者多来自高校、设计院及科研机构。既有经院式理论研究，让科学推导数据说话；也有典型试验及工程实例，内容丰富翔实。其彩色附图虽小，图标却越来越精准清晰，辅助效果显著。唯鲜见科技与人文交融类型的论文综述，尚有读者期望翘盼。

陈以一教授是《建筑结构学报》的主编，其名引人注目，其人率先垂范，读者在学报中常见其创新论文。同济大学的教授、学者、才俊像雨后春笋破土而出，纷纷站在建筑结构学科发展的前沿，在该刊物上发表的学术论文、专题研究，其产量之多和质量之高都是前所未有的。全国业内的原创科学论文，都在这块崇高的学术领地应运而生。

随感至此，读悉友人胡克旭教授从母校寄来一本《同济大学土木系科百年发展图片展》，百年画卷集于一册，得以重温同济土木的辉煌历史。岁寒知松柏之后凋，卓树明低苗之无量。

赏心悦目之余，谨以此文和 2010 年、2015 年第 1 期《建筑结构学报》封面图片，作为同济大学担纲《建筑结构学报》一块不可或缺的"静悄悄的里程碑"纪念，也为同济大学母校"百年土木，继往开来"丰收拾穗，是为心迹。蓦然回首，但见原野上的拓荒行者，走出一个个脚印，又走出一串串脚印，树上已挂着沉甸甸的果子，他们却抬着头，仰望更高的天空。

2015 年 2 月 1 日于厦门

本文收录于《同济人》（2015 年第 2 期），收入本书时有修改。

2010 年、2015 年第 1 期《建筑结构学报》二期封面图片

应用"强柱"加固理念,加快都江堰重建步伐

摘　要:笔者通过对都江堰震区实地考察,借鉴国内外历年重大震灾工程实例,引述朱伯龙教授结构加固学说,结合国家现行抗震设计规范,诠释了结构"强柱"加固理念,并指出结构局部加固甚至普遍加固,即便耗资再多,也不等于房屋整体结构一定安全。而整体结构安全必须符合"强柱"加固理念。倡导编制《都江堰既有建筑震后加固方案选择指南》,应用

笔者 2008 年 8 月 27 日于都江堰

"强柱"加固理念,既是资源节约的选择,更有利早日还当地居民一个安定环境。对都江堰城区震后受损房屋,只要不影响城市规划,能加固修复的就不要拆除重建。能局部加固修复使用安全的,就不要全面加固。这样,在处理建筑垃圾、减少环境污染及能源消耗方面,也会取得更广泛的社会效益。

关键词:都江堰;受损房屋;抗震结构加固;"强柱"加固理念;加固方案指南

一、对都江堰震区的实地考察

2008 年 8 月 27 日,笔者在中国建筑西南设计研究院同行的陪同下,对都江堰震区进行了实地考察。从成都驱车约 40 分钟到达都江堰市城区,以 80 公里时速行驶,全线基本畅通。一进入市区,巨幅红底白字标语映入眼帘"患难与共,携手相连,上海、都江堰对口合作重建新家园"市区交通井然,街景仍然繁荣。但仔细一看临街房屋,几乎没有一幢不出现裂缝。

这些有待加固修复后使用的房屋量大面广,往往整个结构外观无较大变形,主体结构似乎牢靠,但外墙面不同程度地分布着裂缝,其中有体量较大的 7 层"商云大厦",6 层"新华书店"大楼,还有无数不知名的 5～6 层的临街商住楼。也有不少的公共建筑,如 9～11 层的"江堰宾馆""广播电

视大楼"，由于变形缝宽不足，地震将建筑物的低层，紧贴着高层往外挤，竖向墙面沿缝隙整条被压碎，十分醒目。还有一座约3000平方米、4层的临街弧形建筑物"天辰会馆"上部大面积构架倒塌尚未加固修复，而楼下还在营业。一幢九层的高楼，主体结构完好，屋顶的突出建筑物却已严重破坏。最令人触目惊心的是都江堰中医院、聚源中学和新建小学，三幢公共建筑物整体性坍塌。地震来时就有100多人埋在废墟中，生命财产损失惨重。而周围的房屋虽有局部损坏，但并未倒塌，社会舆论也在强烈谴责，这几幢建筑工程质量肯定存在严重问题。临街也偶然见到几幢2~3层的民居严重倾斜，甚至倒塌，有的正在拆除中。

值得欣慰的是，有一座近年建成的2~4层幼儿园，结构基本完好无损。靠近观察，大面积彩色墙面和所有窗间墙，也看不到裂缝。还有新盖的都江堰市公安局大楼，高达10层，顶部设置讯号铁塔已扭曲变形，远看房屋两头，角部填充墙似有开裂。据权威评估，该房屋主体结构基本完好。同行还特别介绍，这是按照2001年的《建筑抗震设计规范》设计的，并且施工正常，因此幸免于难。

在都江堰市区转了两天笔者有所感悟，临街商住楼的底层一般都在营业，人来客往，生活照常进行。但抬头一看，无论是住家、办公楼或旅馆已有不少人去楼空。即使房屋结构基本完好，只要见到楼层出现墙面裂缝，人们在心理上还是难以接受，不敢贸然入住。某电厂职工住宅楼有5~6个单元，结构外观估计没有大问题，沿街面的窗间墙，局部隐约呈现X形裂缝，可是整幢房屋却空无一人。据说正在等待检测、鉴定与加固。

有个别正在检测的房屋上方悬挂着临时广告，"建筑医学骨科加固，免费咨询电话"。据成都的设计同行介绍，都江堰市区房屋，属轻微到中等损坏的急需加固项目非常普遍。一些著名的设计院加固设计任务相当饱和，经常加班加点。上海、北京、武汉、广州等地的权威检测机构，都早已陆续介入建筑鉴定。按程序必须对受损房屋进行鉴定，或有权威应急评估成果，才能对受损房屋进行加固或重建。地震发生后的一两个月，可能有几百家甚至上千家，大批从事加固的设计与施工企业涌入四川灾区，不久之后又犹如大浪淘沙地撤走了近80%。其主要原因是这里缺少真正的技术人才、施工力量和设备，而不是光凭资质牌子承揽业务。可见，要做好结构加固和灾后重建绝非易事。

由都江堰往汶川方向的公路，只能走一段停一段，行程十分艰辛。坐在车内虽然听着当地无线电台在不断播报，某路段已进入最后攻坚阶段即将开通。可是，我们在距离汶川约 10 公里路段时就只能止步。同行告诉我们，这里已邻近龙门山脉断裂带，当时震灾的中心就在周边。经与附近驻扎的厦门援建彭州指挥部联系，林指挥长告诉笔者，厦门虽然已援建了一大批临时安置房，但大规模的建设还处在测量及规划设计阶段，任重道远，援建任务还非常艰巨。

途中偶然见到山脚下的一片民房废墟。当我们熄火停车，驻足遥望，周围寂静无声，不见人烟。尤其是两边是山，中间是沟的山区民居倒塌更为严重。多少生命瞬间泯灭，心情陡然沉重。

昔日的灌县，因驰名中外的千年水利工程而易名都江堰市。"宝瓶口"就是这项工程的咽喉，两千多年来，四川号称"天府之国"，千里沃野深受其益。20 世纪 80 年代，笔者曾来过"宝瓶口"，大地震后究竟如何？笔者在疑惑中随着小车在山路上爬坡缓行，当行至"二王庙"，眼前所有古建筑全部被临时设施围护，偶尔只能见到几幢建筑屋顶被掀塌。为纪念李冰父子建造的"二王庙"初建于南北朝，历朝修复，重建于清代，当属世界文化遗产都江堰的重要组成部分。从施工现场可以看出，都江堰古建筑，作为震灾后重点保护的历史文物项目，正在大规模进行如旧修复甚至重建。"都江堰"标志性石碑，虽然丝毫未损，但在距离石碑只有 5～6 米的混凝土地面处，却被狠狠地拉开约有 10 厘米宽的裂口，长达 10 余米。所幸笔者还能在至高点上，透过茂密的树枝、树叶，清晰地看见"宝瓶口"的主体岿然不动，而且附近未见任何加固辅助设施搭建。瓶口端部的水流仍旧奔腾不息，下游的水域有序分道，静静地在流淌。当我们还想开车前行，只见道路前面已有车辆禁行标志。地震已将下山公路震垮。笔者再环视远看周边沿山坡建立的十几幢连体别墅及其他建筑，有的明显倾斜，有的甚至濒临坍塌。又回首仔细俯瞰着坚固的"宝瓶口"，不禁深感震撼。在同样经历汶川大地震后，为什么邻近的公路被震垮，邻近的房屋被震倒，而由李冰父子率领建造的、已有两千多年历史的都江堰"宝瓶口"水利工程却安然无恙，延续着"四六分水、二八排沙"的传奇，仍然造福人类？仅仅用"龙门山断裂带""工程地质差异""山体滑坡""地震烈度差异"等各种学说，可能还无法解释清楚。

笔者从事建筑结构专业近四十年，也常被人们称为专家，实地考察当时，却不知道是为先辈改造自然巧夺天工的睿智而自豪，还是为自己对建筑抗震认知的贫乏而汗颜。

由都江堰返回成都的路上，只闻彭州山区农村是重灾区。途经彭州县城，心情豁然开朗，只见县城房屋却是有震无灾，显现出另外一番太平风光。人们生活祥和，县城街景很美，三四层的临街建筑，掩映在林荫道的绿树丛中，马路显得格外宽敞。据当地亲历者介绍，大地震来时有明显震感，过后又余震不断，人和房屋在摇晃，但县城的房屋几乎没有倒塌。我们也巡视了周边的房屋，也没有见到大面积房屋裂缝。尤其是位于县城中心的福慧寺庙，四个角点为5层宝塔，围合中间是一座11层宝塔，颇为壮观。居然也见不到震灾裂缝。

都江堰城区震灾后的受损房屋，在确保生命财产安全的前提下，大致分为三类：

（1）属于可边修复边使用。即房屋的承重结构基本保持完好，只有局部损坏，边修复边继续使用所占比例较大。

（2）属先加固后使用。即承重结构发生一定的损伤，或非结构构件已经破坏，必须先加固后使用也占有相当比例。

（3）整体结构完好无损；或者严重损坏而应立即拆除的。这两种情况毕竟还是少数。

据资料反映，都江堰城区实际遭受的地震烈度约为8度，还远低于震中区映秀镇11度上下。宏观上看，地震震级大、烈度高是这次地震中城市建筑遭受破坏的主要原因，但每幢建筑破坏原因的科学分析，还需要结构设计图资料，施工竣工验收资料以及地震动记录。但有一点非常明显，未采取抗震设防的旧房屋倒塌破坏严重，按国家规范和标准正常设计、正常施工和正常使用的房屋都具有良好的抗震能力。

二、朱伯龙"强柱"学说的运用价值

都江堰城区受损房屋主要是修复加固，而加固理念尤重于加固方法。历次大地震总会发现一些新问题，得到一些新的概念，从而提出新的设计方法，并为修订国家规范提供新的内容。至于如何不断充实抗震概念设计，如何善于更

新加固理念，又使笔者想起同济大学朱伯龙教授，他真不失为我国著名的抗震结构工程专家！其在抗震防灾结构工程及由他创立的房屋加固改造学方面的成就和"强柱"加固理念是当前汶川震灾结构加固值得借鉴的宝贵资源。他是我国建筑结构灾害学创始人，20世纪90年代，朱伯龙教授等编著的《房屋结构灾害检测与加固》被许多知名大学列入主要专业教材。他在抗震防灾结构工程方面已培养硕士研究生、博士研究生、博士后累计超过100人。他早年领导的科学技术团队，所从事的"全国农业展览馆"等重大工程的抗震鉴定与加固项目，由于概念明确、程序严谨、数据准确、方法得当、成效显著，早已被列入教科书，成为著名的科学加固典范。大灾过后，重温他生前对混凝土柱加固的试验研究论述（包括柱侧增加混凝土截面、柱用绕丝法加固混凝土截面、用置换法加固柱混凝土截面），更使笔者感到朱伯龙教授在任何结构工程中，总是突出"强柱"理念。

何谓"强柱"理念？"强柱"是针对柱及关键性承载结构部位进行重点设计，其不仅应有合理的强度和延性设计，同时还要有合理的构造措施，保证结构在地震来临时，不会产生致命的破坏。目前使用最普遍的钢筋混凝土框架结构中的梁板，在地震荷载作用下，已在结构计算中被假定为楼面刚度无限大。砖混结构中的现浇板、圈梁，也是为了加强水平刚度，但最终还是靠柱、靠墙体来抵抗侧向力和传递竖向力。

"强柱"加固理念、"强柱弱梁""强剪弱弯"，都是抗震概念设计的重要组成部分。而"强柱"加固理念，就是将包含广泛内容的抗震概念进行升华，从而突出主要矛盾，解决主要问题。结构局部加固甚至普遍加固，即便耗资再多，也不等于房屋整体结构一定安全。而整体结构安全必须符合"强柱"加固理念。

"大震不倒"是"强柱"加固理念的核心。1976年，唐山大地震后的几天，朱伯龙教授率先来到重灾区调研及评估，通过科学推理，提出了砌体结构与钢筋混凝土结构的地震破坏机理及快速修复措施。其中在砖混结构中的整体连接部位，增加钢筋混凝土构造柱，并强调在结构关键部位，适当采用箍筋加强柱；适当采用足够的断面加强柱；适当采用提高混凝土标号加强柱；尤其是底层柱。直到2008年8月出版的《建筑结构学报》抗震专刊中，还在引述朱伯龙教授

1998年关于框架柱轴压比的试验研究文献，论文核心是柱的"轴压比"，泛指柱承受的垂直压力和柱子承载能力的比值，在不同的设计条件下有着不同的限值。以此保证柱在外力作用下能处于安全状态的基本要求。国家新的建筑抗震设计规范严格限制框架柱的轴压比，主要是为了保证框架结构柱在地震时具有足够的安全储备，通过其延性耗散地震力，延缓或防止房屋倒塌。简言之，仍然是"强柱"理念。

20世纪80年代，朱伯龙教授主持了包括上海东方明珠电视塔在内的，大量新型超限结构的地震模拟震动台试验研究，为同济大学土木工程防灾国家重点实验室的建立与发展奠定了基础。朱伯龙教授生前（1997年）曾自信地当面对笔者讲过，上海东方明珠电视塔，经同济大学地震模拟震动台实验表明，这个塔如果放在当年唐山地震的震中位置也不会倒。

一次地震只有一个震级，地震震级仅仅是这次地震释放多少能量的指标。而地震烈度是地震对地面影响的强烈程度，因位置而异，随其与震中的距离和地质情况的差异而变化。1966年邢台地震，设防7度，震中已达10度；1975年海城地震，设防6度，震中已达9～11度；1976年唐山地震，设防6度，震级为7.8级，震中地震烈度已达11度；2008年汶川地震，设防7度，震级为8.0级，震中地震烈度已达11度。朱伯龙教授能大胆假想，东方明珠电视高塔于唐山地震震中不倒，其主要原因就是经试验各项参数表明塔身坚固，且支撑系统非常有利，符合"强柱"理念。与之相反，1999年中国台湾"9·21"地震中的最典型案例之一，就是因为"强柱"（不足）出了大问题。许多底层带店面的小高层商住楼，由于底层柱子不强，在地震力作用下，首先出现底部坍塌，而上部结构具有较好的刚度，有如马失前蹄，房屋随着底层坍塌严重倾斜，整栋房屋虽未倒塌，也无法加固，只能拆除重建。

笔者将国内外历年重大震灾"强柱"不足的典型教训，粗略归纳几例统计如下：

1968年日本十胜冲地震，许多2～4层钢筋混凝土结构破坏是短柱导致。

1971年美国圣费南多地震，首层空旷1～2层柱薄弱，导致楼层刚度突变，大量结构破坏严重。

1975年日本大分地震，长短柱合用框架破坏严重，是柱的主要原因，导致灾难。

1976年中国唐山地震，其中由砖砌填充墙形成的短柱，普遍遭受严重破坏。

1979年美国加州地震，由于底层柱的嵌固问题，柱的首层被埋入地面遭受严重破坏。

1985年墨西哥地震，其中柱截面过小（形成"鸡脚"）且超量配筋，造成大量框架结构倒塌。

1995年日本阪神地震，由于底层柱及底部薄弱，导致大面积建筑物及高架桥严重坍塌。

1999年中国台湾"9·21"地震，因底层柱薄弱，大量小高层"马失前蹄"典型案例如前所述。

据有关权威资料统计：这次汶川大地震倒塌房屋700万余间，其中农房占80%以上；而农房本身90%以上倒塌。其多方面的深层次原因姑且不论，仅从结构专业技术层面分析，有地基基础问题、墙体薄弱问题、材料性能问题、预制板联结构造问题、配筋不足问题、圈梁拉结问题、结构体型问题、抗震体系问题等。但倒塌结构最主要原因还是承重墙和柱出了大问题。

有关都江堰市建筑震害仅从以下各类结构形式统计，也说明了"强柱"问题的重要性：

（1）村镇大量为单层砌体—木屋架、简易厂房、仓库和二层、三层或五层、六层砖混结构的住宅教学楼、办公楼，其震害严重，尤其抗震体系薄弱。由于墙倒、柱倒，引起整体坍塌非常普遍。

（2）以多层框架结构为主体的房屋，震害相对较轻，也较为普遍。其主要原因是一般均按不同时期的国家建筑抗震规范设计，都不同程度具有多道抗震防线。除施工质量低劣、结构布置严重不规则的框架以外，只要框架柱倒不了，房屋就不会倒塌。

（3）在实际框架结构震灾中，符合"强柱"理念或理解为"强柱弱梁"型的房屋工程破坏实例极少。而有的楼中楼或楼梯间，由于错层结构造成短柱破坏和异形柱端破坏的还不乏其例。框架结构几乎所有破坏形态症结都取决于框架柱。

三、"强柱"加固：资源节约型的重建选择

无数工程实例都从正反两方面证明了"强柱"理念，是抗震设防和结构加固的第一要务。由于地震的不确定性以及人类对其认知的远远不足，美国应用技术局（ATC）有专家学者甚至认为，至今抗震设计尚不能称为一门科学，有很多问题要靠工程判断，这也不无道理。而工程判断能力主要来自对历次震灾分析经验和试验研究成果，这种判断也可称为概念设计，它不仅是抗震设计的重要组成部分，甚至比使用精确的结构设计计算软件更为重要。"强柱"理念与抗震概念设计和三水准设防理论（大震不倒、中震可修、小震不坏）应视为殊途同归。

现行的修复加固名目繁多，而且价格差异很大。如增大截面加固、置换混凝土、种植钢筋、锚栓钢材、高强钢绞线、外加预应力、外粘型钢、结构胶、粘贴碳素（或芳纶等）纤维、粘贴玻璃钢、粘贴钢板、增设钢管支架、减梁增柱、增加支撑与拉结、裂缝灌注等。同济大学结构工程与防灾研究所，最新提出的基于新型高黏结、无收缩、自密实加固材料以及专门用于震损建筑快捷加固的新技术，也充分体现了"强柱"加固理念，对灾区大量亟待加固的墙柱关键结构部位，尤其凸显其快速、有效和经济的特点。

随着新材料新技术不断涌现，结构加固虽然没有唯一的解，但唯有建筑抗震概念设计及"强柱"加固理念，犹如指南针，为结构加固提供正确导向。它可以帮助我们厘清各种加固的适用范围、合理措施，从而最直接、最有效地改善原结构传力路径，使新旧结构共同工作。

"强柱"加固理念与全面加固理念，虽一词之差，但加固成本却相差很大。仅就都江堰城区加固重建投资而言，根据实际资料分析比对，前者比后者至少要节约40%。

参照都江堰市房管部门资料介绍，都江堰市老城区的建筑将近90%存在损毁，80%左右已经很难居住，受灾房屋无法正常使用的家庭约8万户。城区现有房屋则80%以上需要不同程度的加固。在权衡加固与拆迁选择中，无论是企业主还是居民，都希望维持原有房屋产权，以加固为主。

按照概率统计分析，都江堰城区目前亟待加固的各类房屋建筑面积在400万平方米以上，以8度抗震设防加固，均价按每平方米500元计，总投资约

20亿元。

诚然，"强柱"加固理念不能取代加固设计，它与国家现行加固规范、规程的抗震概念虽如出一辙，但这种理念特别有助于投资者与设计方，在决定加固结构方案及选择各种适用方法及材料时作出明智抉择。为此，可以断言按"强柱"加固理念，引导解决都江堰城区房屋加固，节约投资不会低于8亿元！

这次震灾分析资料反映：建于1985年的德阳市幼儿园，建于20世纪70年代的都江堰市宁江幼儿园，建于1952年的甘肃天水某工厂车间，几乎都是花小钱办大事，不需重建，也不用全面加固，仅仅是在关键性结构部位点到为止，分别采用外包柱、外加角钢围套柱以及增加柱的支撑等措施，提前进行"强柱"，极大程度地减少了这次汶川震灾财产损失与人员伤亡。

为了使上海对口支援都江堰的资金用在刀刃上，都江堰城区震后受损房屋，只要不影响城市规划，能加固修复的就不拆除重建，能局部加固修复使用安全的，就不全面加固。不仅可以节省大量建设资金，早日还当地居民一个安居环境，而且在处理建筑垃圾和建筑材料生产过程中增加的环境污染、能源消耗等方面的问题，也能取得更广泛的社会效益。

在都江堰城区，大量亟待修复加固的房屋，也理应从"强柱"理念出发，准确地把握好结构加固设计及建筑抗震概念设计，包括多道抗震防线、强柱弱梁、砌体结构整体性、其他构件与部位的构造设计，并对必须加固部位应实行总量控制。

四、"强柱"加固：倡议编制出台《都江堰既有建筑震后加固方案选择指南》

我国是世界上受地震灾害影响最为严重的国家之一。本次大地震，大量房屋倒塌损坏，人员伤亡极其严重。上海市对口支援都江堰市的19个行政区镇，灾后重建房屋加固工程量极大，而灾区面临的加固对象是不同建造年代、不同剩余使用年限、不同建筑材料、不同结构形式，以及不同施工质量的房屋结构，且由于年代久远，部分房屋结构老化严重，结构加固强度相差较大。尤其是都江堰城区的房屋需要不同程度的加固，时间紧迫，规模庞大且高度集中，为国内历史罕见。同时也为国内房屋加固业的发展提供了新的机遇。

对于结构抗震加固，通常情况根据房屋结构形式、震害程度、使用状况、原始质量等诸多因素综合判断其适用的加固方法。这部分工作往往由结构工程专家完成，即对具体房屋进行结构咨询或抗震检测鉴定，而相对量大面广的灾区建筑，靠专家一幢一幢地进行房屋检测鉴定，并确定千差万别的加固方案，显然是不现实的。

结构加固远比新建工程复杂，即便有经验的设计人员，对结构加固设计未必有经验。而更多的设计人员习惯于新建结构设计，习惯在正常情况下选用总体信息及参数，选用软件作精确的结构计算并绘制施工图。至于如何得心应手地运用"强柱"加固理念，指导结构加固设计，尤其是区别不同情况，首先确定合理的加固方案，又往往缺乏相应的专门知识和可循标准。

我们以沉重的工程灾害为代价，积累了工程防灾经验。通过几代人的努力奋斗，才建立起现在的抗震"三水准"设防理论，改进了抗震技术，修订了各种有关抗震的国家强制性标准、鉴定标准、设计规范、规定，以及全国省级以上建设行政主管部门制定的，适用于当地的各项抗震设计技术规定、暂行规定，等等。可是，迄今为止还找不到一本有关既有震后建筑加固方案选择的指南。

结构加固是一个新领域，我国标准规范体系还有不少缺口，针对这一现状，若能用"强柱"加固理念为指导，新编出版一本有关既有建筑震后加固方案选择的指南，为广大设计工作者和房屋管理部门提供直接指导，选择有效快捷、经济的加固方案，无疑对加快灾区重建步伐意义重大。也为我国结构加固规范体系填补了一个空白。

笔者倡议，先期仅限于都江堰编制《都江堰既有建筑震后建筑加固方案选择指南》局部试用，积累经验，逐步完善。其中至少应从三方面立即展开专门针对加固的调查研究工作：

（1）都江堰灾区有可能加固的既有建筑震害调查；

（2）都江堰灾区房屋加固修复标准现状；

（3）都江堰灾区房屋结构加固技术现状。

在调查、总结和提炼基础上，按最新修订即将实施的国家加固设计规范及新的鉴定标准衡量，使其上升为理论依据。

对于房屋加固修复标准，都江堰虽已明确按8度设防，但需考虑震害程度、房屋残余使用年限、资金承受能力、资源投入和环境建设等综合因素深入研究。对于房屋结构加固技术与材料，需要结合目前当地可能达到的加固技术水平和当地房屋特征，在震害调查和房屋加固修复标准研究基础上加以选择，最终形成《都江堰既有建筑震后建筑加固方案选择指南》。

致谢：本文自酝酿至完成历时半年，其间曾向上海社会科学院王泠一博士、同济大学胡克旭教授、厦门市审图中心郭立高级工程师，征得宝贵意见。我国结构工程与抗震加固领域的著名学者同济大学吕西林教授、中国建筑科学研究院黄世敏研究员，对本文也曾给予关注和鼓励；国家安全生产监督管理总局欧盟项目专家赵长风教授完成了摘要英译，一并致谢！

参考文献

[1] 朱伯龙，陆洲导，吴虎南. 房屋结构灾害检测与加固 [M]. 上海：同济大学出版社，1995.

[2] 王亚勇. 汶川地震建筑震害调查与启示——三水准设防和抗震设计基本要求 [J]. 建筑结构学报，2008，29（4）：26-33.

[3] 吕西林，周德源，李思明，等. 建筑结构抗震设计理论与实例 [M]. 上海：同济大学出版社，2002.

[4] 吕西林. 建筑结构加固设计 [M]. 北京：科学出版社，2001.

[5] 肖建庄，朱伯龙. 钢筋混凝土框架柱轴压比限值试验研究 [J]. 建筑结构学报，1998，19（5）：2-7，27.

[6] 葛学礼，黄世敏，薛彦涛，等. 汶川地震都江堰市工程震害分析与恢复重建建议 [J]. 工程抗震与加固改造，2008，30（4）：2-11.

[7] 建筑抗震加固技术规程（JGJ 116—98）[S]. 北京：中国建筑科学研究院，1998.

[8] 林树枝. 汶川地震灾区房屋抗震加固及设计的几点建议 [C]// 汶川地震建筑震害调查与灾后重建分析报告. 北京：中国建筑工业出版社，2008：359-369.

[9] 闵强. "强柱"加固理念在都江堰重建中的运用前景 [C]// 上海资源环境发

展报告（2009）.北京：社会科学文献出版社，2009：348-356.
[10] 芮明倬,胡克旭.张聿,等.后包钢管混凝土框架节点抗震性能试验研究[M].建筑结构，2007，37（5）：3.

本文收录于《福建建筑》(2009年第1期)、《工程抗震与加固改造》(2009年第5期)、《纪念汶川地震一周年：地震工程与减轻地震灾害研讨会论文集》，收入本书时有修改。

八境见图画，郁孤如旧游
——仿宋古建八境台设计启示录

对台当歌，人生几何？宋城生辉，高朋满座。

话说四十年前，我在赣州郁孤台下，主持重建八境台的结构设计。四十年后，此时此地，我有机会向来自祖国中西部九个省（区）的专家同仁、行业领导和会议代表，共同观赏仿宋古建八境台的雄姿，并将当年为八境台设计的启示录感悟，向大家报告交流，甚感荣幸。

一、八境台为什么这样美？

1982 年前后，时值改革开放初期，重建八境台是时代的呼唤。八境台坐落位置得天独厚，位于江西母亲河赣江源头的三水会合处，占尽了赣州市城北的章水、贡水和赣江的天时地利人和。集天地之灵气，控三江转乾坤。八境台蕴含着赣州宋城的千年历史文脉、丰富的优秀传统文化，以及天人合一的自然景观。

仿宋古建八境台，能观其襟带城墙，有控三江之气势，将古城内外八景：三台鼎峙、二水环流、玉岩夜月、宝盖朝云、储潭晓镜、天竺晴岚、马崖禅影、雁塔文峰，尽收眼底。

苏东坡《虔州八境图八首并序》在中国历史上首次提出了城市八景，形成一组风光胜景，开创了城市八景之先河，为后世效仿。郭沫若和董必武也都在此留下了诗篇。八境台与古城墙、三江水相伴，掩映在八境公园的树木葱茏中，展示了古城历史文化和三江的恢宏气势。大致符合苏东坡描绘成"八境见图画，郁孤如旧游"的诗情画意。

四十年前，在重建八境台的选址上，也曾令人大费周章、举棋不定。试看天下的仿古建筑阁台名楼，有哪个建筑物能雄踞千年古城墙之上？又有哪个建筑物能俯瞰三条江水滔滔不绝直流北上？重建八境台做到了！

重建八境台位于赣江源头的三水会合处
廖洪发设计方案初稿遗作,1982年

重建八境台东北角透视图
廖洪发遗作,1982年

薄壳猜想记

八境台之美，其坐落位置功不可没。当列为设计启示录之首。

二、一代伟人的洞察力和决策

1980年12月9日，赣州古城的初冬，阳光和煦。时任中共中央主席和中共中央总书记胡耀邦，在江西省及地方党政主要领导的陪同下，踏上了保存完好的宋代古城墙，在章江与贡江汇合的赣江源头，遥望着奔腾不息的三江水。而他的脚下却是八境台的一片废墟，杂草丛生。

八境台约有千年历史，累建累毁数次。1976年7月13日凌晨，其因楼台失火再次被焚毁，民国时期（1935年）重建的八境台再次化为灰烬。

赣州古城悠久的历史文化、八境台绝妙的坐落位置，以及政治家敏锐的洞察力，让正在视察的一代伟人立即指示：在民国时期八境台的火灾废墟上，要充分利用三江汇合和古城墙的地理优势。仿照宋代古建筑风貌，重建八境台。建成后的八境台，要经得起历史的认可。

当年，如果没有一代伟人的当机立断和指示为依据，重建八境台的设计定位，很难预料是否有今日绝妙的规划胜景与建筑效果。一代伟人的洞察力和决策，当列为设计启示录之二。

三、暂停设计比盲目设计强100倍

1983年，在胡耀邦视察赣州城后的第三年。八境台的重建，还陷于旷日持久的设计方案争议之中。工程造价概算，约计近200万元人民币，相当时下近两亿元资金，属全额财政拨款。这对约60万人口的赣州市来说，在财政方面无疑是笔巨款。当时在郁孤台脚下的赣州市博物馆非常狭小，博物馆的新建，也迫在眉睫。时任建设方代表、赣州市博物馆李馆长和主管部门，都感到单独建个像样的博物馆还遥遥无期，筹措资金非常困难。希望借重建八境台的机会，同时新建赣州市博物馆。

新建八境台和市博物馆，这"两锅饭"能不能当一锅煮？文山会海在有序进行。虽议而不决，但观点鲜明：

（1）1976年7月毁于火灾的八境台，自1935年重修已存世四十年。参照同样的建筑风格，让新建八境台有点民国历史遗迹，有利唤起人们对赣南的回忆。

1935—1976年的八境台
廖洪发遗作，1982年

清代同治年间的八境台局部
笔者1987年根据史料绘制

（2）外形虽有类似办公楼之嫌，但可满足新建市博物馆之需，也可在顶层四周挑出一个更大的观光平台，凭栏遥望三江波涛。在檐口四周，配上宋代飞檐斗拱装饰，体现仿宋古建的风韵。

（3）廖洪发代表江西省赣南建筑勘察设计院，首先明确提出反对意见。按"民国翻版"重建八境台，不仅会给古城留下遗憾，不出二十年，肯定要拆除，显然是败笔。

同时出示了个人设计草案，以独立的仿宋古建，立于城头之顶，彰显古城历史人文，目尽三水汇合，自然风光无限。当年，江西省赣南建筑勘察设计院的社会信誉和实力，在赣南建筑设计界首屈一指。廖洪发的建筑设计声望也如日中天。但设计院毕竟受建设方委托，无权单方敲定设计方案，只能暂停设计，等待时机。为此，设计方案搁置两年有余。实践证明：暂停设计比盲目设计强100倍。此为设计始末之第一段插曲。

四、优秀设计方案的敲定要趁热打铁

约1983年，建筑工程师陈钟熹被提拔为赣州市城建副市长，他的脱颖而出，为重建八境台拾柴添薪。新官上任三把火，面对他人对设计方案的种种意见，他立即敏感地发觉此事非同小可。于是便通过赣州地区某专员，查询到胡耀邦视察赣州时，有关重建八境台的指示和谈话记录。当他拿到此件的复印副本时，犹如拿到了"尚方宝剑"般充满自信。在三年前，胡耀邦就已讲过："一年不行，就分两年建成。"现三年已过，照此延误，五年也难建成。于是，他直接约见博物馆李海根馆长、江西省赣南建筑勘察设计院院长廖洪发和笔者等人，单刀直入地向我们传达了胡耀邦的重建指示。他说："这谈话记录落实到设计方案上，可以理解为十二个字'仿宋古建、屹立城墙、目尽三水'。"

这12个字敲定的设计原则，结束了马拉松式的争议，正式拉开了设计帷幕。廖洪发为设计项目总负责人，再也不需要通过任何行政会议讨论设计方案了，于是便趁热打铁敲定了设计方案。其实，此方案已在1982年，就由廖洪发从设计灵感中提炼而成，陈钟熹也早有所闻并笑着说："我赞成你廖洪发把八境台搬到城墙头上去！望着三江水来顶着天！"

为了排除项目干扰，他特地安排廖洪发同笔者，暂时离开设计院，在郁孤

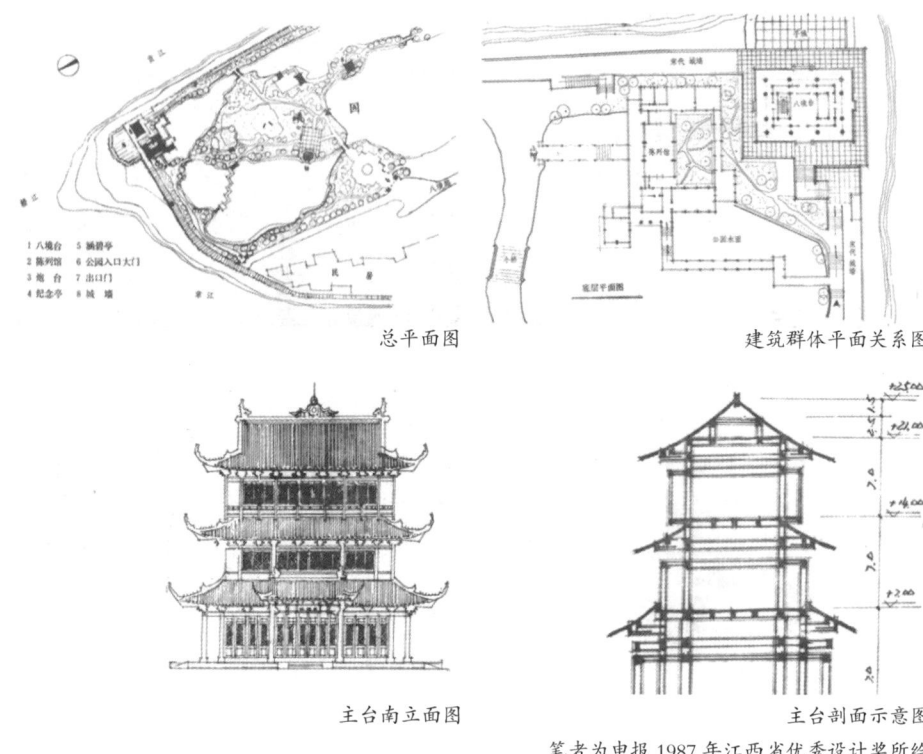

总平面图　　建筑群体平面关系图

主台南立面图　　主台剖面示意图

笔者为申报1987年江西省优秀设计奖所绘

台山脚下的赣州市博物馆内，处于半封闭状态下专心设计，并请李馆长作后勤配合。重建八境台的全部土建施工图设计，在随后的五个多月中，得以顺利完成。

优秀设计方案的敲定要趁热打铁。此为设计始末之第二段插曲。

五、创新设计是八境台仿宋古建的灵魂

梁架斗拱是了解中国古代建筑的钥匙，也是宋代《营造法式》的精华。现八境台的仿宋木制梁架斗拱细部，能否既融入仿宋古建创意，又与现代钢筋混凝土框架结构相匹配，已成为八境台仿宋代古建设计的成败关键。

新建八境台为吸取千年来屡遭火灾焚毁的教训，决定采用钢筋混凝土框架结构，并严格要求按宋代《营造法式》，力求达到仿木结构的古建筑效果。为此，只能将木斗拱虚设就位，逐一用预埋螺栓锚固后，嵌入钢筋混凝土框架梁1.2米高的上等樟木斗拱，不仅不能作为支点，反而加重了梁架的荷载。而梁

斗拱加大起翘，意欲飞翔　　　飞檐轻盈、斗拱精巧，主体粗壮，对比强烈
　　刘赣如摄影　　　　　　　　　　　　　刘赣如摄影

架为了使观感精巧，其断面尺寸又受到严格限制。

当时，经过调研查证，根据全国已建和在建的仿古阁台名楼资料证实：在20世纪80年代初期，整栋仿北宋的古建筑全盘继承宋代《营造法式》并用钢筋混凝土结构取代木结构的工程，国内还未见先例。八境台的结构设计，为此作了开创性的成功尝试。

鉴于古城墙基地所限，台柱平面为18米×12米，呈长方形，台体共三层。城墙高约5米，建筑檐口高度25.5米，包括顶端避雷部分，总高度不足30米。其建筑体量与比例尺度，凸显了宋代楼阁建筑的精妙。底层南北屋面入口处增设抬檐一间，做成小歇山。琉璃瓦瓦面采用碧绿，使之与江水呼应。按宋代《营造法式》适当加大尺度，让飞檐轻盈、斗拱精巧，主体粗壮，形成强烈对比，愈显雄奇壮美。此举当列建筑创意之一。

南北入口处正梁设有吊龙柱，各层有花格长窗。室内时有挂落和各层不一的天花藻井，配以红色为基调外明内暗的仿宋彩绘，使庞大的楼台不失精巧。台基和城墙，台体与公园，融为一体，相得益彰。

台体设计成功的奥秘就在于，按宋代《营造法式》，其飞檐、斗拱、梁架、抬檐、歇山、托枋、翘角等，从构图大样到细部大样，从设计到制作吸收了盛唐的建筑精华之后，独创了北宋的建筑的经典与辉煌。其中，斗拱是中国古建筑最引人注目的构件，方形木块叫斗，弓形短木叫拱，斜置长木叫昂，总称斗拱，均采用宋式琵琶，加大起翘，意欲飞翔。既吸收了宋代《营造法式》又融入了仿宋古建创意。斗拱也是唯一无法采用钢筋混凝土结构取代的木作构件。其他构件都增加了钢筋混凝土结构设计与施工技术的难度，以费工、费时、费料为代价，使结构设计与施工工程师，都必须精益求精，独具匠心！

1987年，重建八境台竣工，当即成为江西省最大规模的仿宋古建，坐控赣江源头。两年后，南昌仿古建筑滕王阁巍峨庄重，雄踞赣江之尾。与赣州八境台两大名楼在江西省全境南北遥相呼应，气势恢宏，其隽永意境也承载着江西省和赣南地区的深厚的人文历史渊源。

八境台周围的环境保护，不仅避免了新世纪以来的某些开发性破坏，而且仍保有千年古建遗风，以矗立在赣江源头的八境台为坐标原点。没有变化的仍旧是：沿市区蜿蜒的章江约30公里、贡江约12公里，二水奔腾不息，在八境台下汇聚成长江的第二大支流赣江。纵贯江西省全境，流经省会南昌，由湖口入长江，奔流到海永不停息。

还有完整的宋代古城墙、八境台、郁孤台、文庙慈云塔、通天岩、蒋经国旧居，具有浓厚宋城格局的南市街、灶儿巷等历史风貌建筑，以及客家南迁纪念坛等扩建的八境台景观工程，与主体建筑八境台交相辉映。创新设计是八境台仿宋古建的灵魂。此为设计启示录之三。

六、八境台的基础稳定和古城墙保护要让历史评说

新建八境台，看似一幢不足30米高的仿宋古建，结构设计似乎手到擒来。

八境台立于古城墙之上
刘赣如摄影

其实，事态的发展，却将笔者推到了工程技术的风口浪尖。

由于台址定位已向东北方向推进了 25 米。台身屹立在三江汇合的古城墙端头。台下基底与古城墙的距离，最小间距只有一米有余，只能满足人行通道。而邻近的古城墙高度 5～8 米不等。城墙复土为护城河开挖回填，虽经千年历史沉积，但不能作为台基础的持力层。台的基础施工，至少需深埋 10 米。

有三件事，直接关联笔者专业职责所在，令笔者至今难忘。

（1）为了深埋台基，景观核心部位的古城墙，大面积拆除几乎无可避免。赣州古城墙是目前全国保存最为完好的宋代砖城墙，长达 3664 米，虽经岁月更迭，风雨侵蚀，仍紧紧地环抱守护着赣州古城。1996 年，国务院将其列入全国重点文物保护单位。无论什么理由，只要拆除大片景观核心部位的古城墙，就是对历史文化名城犯下的罪孽，主持结构设计人难辞其咎。

（2）因为新建的万安水电站建成后，赣州城百年一遇的最高洪水位，为吴淞高程 +108.00 米，恰好与新建的八境台室内标高相平。鉴于八境台在历史上屡遭战乱及火灾，重建后却依然受洪水威胁。夹包在城墙砖内的大量覆土，虽早已自重固结，终因泥土难免因久泡洪水而下沉。其结构稳定及安全隐患，如同火灾一样，同样危及到重建八境台的存亡。

（3）八境台的基础，如果仅仅为了保证不拆除古城墙，而避免大开挖深埋。在千年沉积回填土上，用沙石挤密后作持力层，再采用大面积钢筋混凝土筏片基础浅埋。即便地基强度没有问题，但基础稳定会酿成大祸。完全有可能因不均匀沉降出现倾斜，也有可能因沉降量超限，而危及整体结构的稳定与安全。

闻名于世的意大利的比萨斜塔，中国苏州的千年虎丘塔，都并非基础强度问题，而是因地基变形和基础不均匀沉降，导致上部建筑明显倾斜而著称于世。其中虎丘塔，地方政府部门为保护古建名胜，曾不惜一切代价用大量化学胶结材料灌注加固。而比萨斜塔，却只有永远列为世界倾斜建筑之奇观。八境台若以倾斜身姿示人，情何以堪？

为了排除这百年一遇的洪水隐患，笔者依据 1980 年国家颁发《工业与民用建筑灌注桩基础设计与施工规程》（JGJ 4—80），于 1983 年首次在宋代古城墙上采用混凝土灌注桩基设计，作为八境台工程结构的防洪安全储备。笔者在分析工程地质资料及场地条件后,才力排异议决定在"螺蛳壳里做道场",利用狭窄的古城墙原址,将98根桩分布在400余平方米的基础面层之上。同时,在结构施工图设计中,特别要求施工单位和检测部门对古城墙可能出现的动态变化加强观察。然后通过锤击强夯,将灌注桩穿透古城墙5~7米覆土,直至12~15米以下的砂砾层作为持力层,最后采用35厘米厚的钢筋混凝土筏片基础浅埋。

在20世纪80年代,国内还找不到在千年古城墙有锤击灌注桩的先例。当庞大的桩机设备首次从广东运抵赣州,并直接在古城墙上安装时,有关人员才从惶恐中大悟。赣州地区的一位主要领导在接到报告后,及时约见陈市长,并提出警告:"八境台还没有来得及建,古城墙如果被锤击桩震垮了,影响恶劣,后果严重。"

幸运的是陈钟熹是位建筑专家型的城建市长,承蒙其信任与首肯,在众说纷纭中,98根混凝土锤击灌注桩,才得以按笔者设计的施工图在古城墙之上顺利施工到底。

保护赣州宋代古城墙任重道远。赣州古城墙的每一块宋城墙砖,都为这座古城留下了不可磨灭的千年历史痕迹,让后人可以从中直接读取它的历史年轮。

目前全国保存最为完好的宋代砖城墙
刘赣如摄影

实践证明，恰恰因为有了锤击灌注桩，八境台的基础筏板，才避免了深埋，也就避免了因大开挖而拆除千年古城墙。古城墙安然无恙，各种责难和异议，也不攻自破了。最后在桩的顶端，采用35厘米厚的钢筋混凝土筏片基础，仅按1.2米深度浅埋。至此，所谓的设计与工程的风险也随之烟消云散。新建八境台的基础施工，避免了在核心景观部位拆除大片宋代古城墙，完好地保存了赣州古城墙的历史原貌。

赣州城百年一遇的最高洪水位并没有到来，也许在笔者的余生也不会到来。为此，八境台的基础稳定和古城墙保护，要让历史评说。此为设计启示录之四。

七、时代呼唤精品，精品紧靠大师

"精品之丰富与复杂，不能轻易地用一种固定的标准，在不同的时间地点，并与不同的作品进行简单的比较。"（刘大椿、李韬《通识教育高阶读本：百年学术精品·文史与哲学卷》，北京：中国人民大学出版社，2013年，14—15页）从这个意义上定位：重建八境台的建筑体量，虽然比不上同期重建的南昌滕王阁、武汉黄鹤楼，但由于精心设计后的平面紧凑、仿宋造型典雅堂皇、体量尺度恰到好处。尤其是规划坐落位置画龙点睛，登台俯瞰，可观其襟带城墙，有控三江之气势。尽显千年历史文脉和天人合一的自然风貌。重建八境台终以其独到之精妙，绝不会逊色于江南四大名楼，成为赣州历史文化名城的重要标志。

仿宋古建八境台设计，正是时代呼唤的设计精品。"大师留下的作品当属无愧于时代的精品，这些精品能启迪智慧，激扬心灵；与这些精品为伴，则能见贤思齐，反躬自问。大师的作品与其人格魅力应当是完整的统一。道德与人格的完美才能持久影响人们的心灵。大师自然应以学术为本位，拒绝接受强加于学术真理之上的任何权威，拒绝获取与探求真知相左的任何利益诉求。大师必须具备扎实的学术功底，拥有探索新知，并具备敏锐的观察社会能力。"从这个意义上定位，廖洪发正是名副其实的赣南第一代建筑设计大师。

廖洪发是江西万安人，高级建筑师，1963年毕业于南昌大学土建系，为重建八境台设计项目负责人兼建筑专业主持设计人。他在赣州的工业与民用建筑设计作品丰厚，尤其是汽车站、体育馆等重要公共建筑设计闻名遐迩。在

20世纪七八十年代，因为其建筑设计作品遍布红旗大道的十里长街两旁，业界有人戏称"红旗大道已成廖洪发大道"。他个人谦虚，慎言敏行，始终诚信待人，临大事总有静气，有着深厚的徒手绘画功底和优良的建筑艺术素养与天赋。

重建八境台设计，由大师领衔。笔者有幸为结构专业负责人，独立完成了仿宋古建筑的全部结构施工图设计。当年，笔者三十岁出头，在江西省赣南建筑勘察设计院从事结构设计，独立完成的各类设计项目难以数计，但和大师同感，唯独对重建八境台设计，都有一种"天将降大任于是人也"的预感。

赣南第一代建筑设计大师
廖洪发（1938—1995 年）
廖学军提供

在选址北移 25 米，以及在城墙之上设计 98 根锤击沉管灌注桩等技术重大问题上，彼此心照不宣，竭尽所能，在各种会议场合下，不分专业差别，总是拧成一股绳，有利、有理、有节相互支持，全力推进项目顺利进行。

自 1983 年 6 月到 11 月，施工图设计历时五个多月。其中经历了从资料收集、史料分析，以及完善方案创意，确定技术论证、细部大样推敲，建筑结构交集，300 多张土建施工详图及近 100 张彩绘、斗拱大样图的全过程设计。其间，还特别从华南理工大学邀请到八十岁高龄的赣籍著名古建筑学家、博士生导师龙庆忠教授，亲临赣州古城，重点对八境台仿宋建筑设计部分提出了指导意见。工程施工历时三年有余，至 1987 年 5 月正式竣工。

廖洪发人品高尚。平时不苟言笑，其实外冷内热。他比笔者年长 8 岁，颇具大哥风范。一般来讲，除特定的结构性构筑物外，结构配合建筑本是理所应当。但在某项工业建筑合作设计时，他对本人独立获得"江西省科技进步三等奖"及"国家科技成果完成者证书"的薄壳设计项目，曾义无反顾地跨越专业，力排异议，以扎实的学术功底，对笔者有过关键性的支持。让笔者激扬心灵，难以忘怀。40 多年过去了，至今仍心存感恩，念贤思德。

回首与大师共事的 8 年，彼此的私人情谊恰似一杯白开水。他首先看重的是合作者的习性，以及所具备的结构设计能力，是否与他配合默契。承蒙他的信任，笔者在地区级的江西省赣南建筑勘察设计院，很早就在结构专业方面扛

江西省赣南建筑勘察设计院部分同仁 1980 年合影
前排左起：廖洪发、尹恕、黄扬彬、周瑞庆、罗化时，后排左起：钟尧如、吴宝金、凌宗奎、笔者

起大梁。如果在省级或国家级大设计院，绝对论资排辈，担纲机遇甚微。白驹过隙，往事已隔人神。人的一生极其短暂，能与大师配合默契，共同做成几件事幸甚。悠悠天宇旷，切切君子情。

1985 年，笔者与大师惜别。五年后，我们合作设计的八境台与赣州汽车站两个项目，分获江西省优秀设计二等奖。这次他没有沉默，居然特地派遣办公室人员，与笔者共同分享奖金的一半，奖状的复印件加盖公章，并书写该项目由笔者完成主持结构设计。郑重其事地从千里之外送到笔者的南昌家中。笔者想，其意自明，他绝非看重这点钱财，但他也没有留下任何赞誉，或有关友谊的虚比浮词。

一眨眼又过了五年，笔者在厦门突然接到他儿子打来的噩耗电话。方知大师临终前有过遗嘱，令其长子一定要将他谢世的消息及时告诉笔者，并向笔者留下遗言："不要客气，你做出的成绩靠你自己，我帮助不够，要原谅，永别了！"笔者闻讯深受感动。大师积劳成疾，心脏有恙赴穗久治，叹无力回天。让笔者感伤涕零。

笔者念及在赣州与他设计配合八年，心领神会、彼此砥砺、渐行渐近，乃至肝胆相照的生命历程，甚是怀念。如今重返八境台，物是人非，深为慨叹：四十年前，是廖洪发大师首先将仿宋古建八境台，搬上了宋代古城墙的墙头！

俯瞰八境台
郭继锋摄影

廖洪发是赣南第一代建筑设计大师，当之无愧。时代呼唤精品，精品紧靠大师。此为设计启示录之五。

仿宋古建八境台的精心设计与施工，无论是有序传承的历史文脉、还是天人合一的自然景观、文化传统的价值体现，以及建筑结构的强度与稳定，都无愧于我们的时代。

谨以此为启示录结束语。

2022年8月15日初稿于北京

本文在第十一届中西部地区土木建筑学术年会（2022年9月3—5日）发布，主办单位为江西省土木建筑学会、陕西省土木建筑学会、新疆维吾尔自治区土木建筑学会、山西省土木建筑学会、湖北省土木建筑学会、甘肃省土木建筑学会、四川省土木建筑学会、内蒙古自治区建筑业协会、河南省土木建筑学会；承办单位为江西省土木建筑学会。收入本书时有修改。

蹉跎岁月

滕王阁下五中赋

　　癸巳八月，序属三秋，皓首学子，京城聚首。万里邀约，聚德全座。联谊与"通讯"齐飞，苍颜共世尘一色。

　　缘由洪都学府省一高中，易名豫章寄宿南昌五中。地处城郊东隅，目尽阡陌滩涂。校园无茂林掩映，书声与天籁齐鸣。教学红楼典雅堂皇，时过境迁师友难忘。生源普达五湖，名师遍采荆越。滕王阁下滔滔赣江流急水，逆水行舟莘莘学子汗和泪。

　　六零前后，时运不济。终日饥肠辘辘，彻夜寒窗凄凄。穷且益坚不坠青云志，食不果腹难忘砥砺情。朝夕相处，幸同窗友相濡以沫。

　　时至鱼龙多变幻，春来桃李竞芳菲。岂唯清华北大三十二君年年象牙顶，全凭教书育人三十六行行行出状元。化学张俐娜，哲学刘大椿，物理杨以鸿，军事朱永平。院士翰林尽显饱学翘楚，仕途经济不乏栋梁砥柱。世事洞明，人情练达。君子待机，机遇唯赐厚积薄发者。达人知命，坎坷包容壮志未酬人。

　　强，三尺微命，一介书生。祖籍丹阳，负笈南昌。据五中基础之固，拥同济结构之长。赣南滴水泉泻，浪迹苏赣粤闽。内敛如履薄冰，外拓技术图强。谙熟专业安身立命，悉心抗震建筑利民。

　　钟期既逢长风保林大椿，悦奏何惭高山流水知音。尤蒙清华保林，满腹才华经纶。登高振臂一呼，师友应者云集。

　　身怀侠肝义胆，编辑师友通信。图文声色并茂，传承意境隽永。诸君请洒潘江，各倾陆海云尔。

　　搭建平台，不忘五中，旨在联谊，共谋福祉。存凝聚宇内五中校友之心，有囊括四海同窗旧谊之意。无论职务贫富，跨越时空心理。风雨催醒旧梦，夕阳已忘年岁。郁结难通其道，开窗神清气爽。希冀众人拾柴，新版火焰必高。思故旧而唏嘘兮，往事如烟。养天年而自珍兮，共相慰勉。

　　滕王阁下鳞次栉比，落霞孤鹜王勃难觅。兴亡由人事，山川空地形。呜呼！

《南昌五中校友北京联谊会通讯 1—12 期合订本》封面

胜地不常，盛筵难再。躬逢母校华诞，六十甲子轮回。十二存世辉煌，十年不堪回首。借壳浴火重生，可望青胜于蓝。大椿贤让，远光砥砺，保林催促，出版在即。以滕王阁序美意翻新作赋，聊作前言。

撰于癸巳腊月大寒

本文刊载于《南昌五中校友北京联谊会通讯 1—12 期合订本》，收入本书时有修改。

洗净铅华忆五中

王福亭书法　　　1961年除夕笔者留影

　　1960年的秋天，秋风格外萧瑟。南昌的初冬，刺骨的寒气已提前肆虐着地。伴随着全国进入三年困难时期，饥饿在大江南北迅速蔓延。当年14岁的笔者，从南昌二中二年制的"跃进班"毕业，考入南昌五中四年制的"理工班"。四年后，又考入同济大学。虽已是近半个世纪以前的事情了，抚今追昔，内心难抑平静。用年逾花甲的生命激活回忆，用回忆的力量还笔者少年成长的本来模样。不雕琢，不违心，可以天真，可以飞扬。铅华洗尽，再忆五中。

一、昔日校园掠影

　　现有校园虽已物是人非，唯独两栋教学楼在历经半个多世纪的岁月洗礼后

南昌五中前身为20世纪50年代初江西省第一高中

风姿依旧,只是平添了时光的刻痕和苍凉。校园两幢三层的教学楼对称围合布置,红瓦斜坡屋面,墙面周边转角用苏州园林装饰线条点缀,具有浓郁的民族建筑风格。教学功能与建筑造型,尺度得当,典雅精妙。按黄金分割比例的三道拱圈门洞,镶嵌在每层楼的中央。具有宫廷外廊符号的三排廊柱,使正立面的视觉效果特别丰富。窗间墙用鹅卵状水刷石饰面,也算是20世纪50年代建筑设计的时尚。

中华人民共和国成立初期,百废待兴。有江西省第一任省长邵式平的亲自关照,财政能挤出经费,建造这样好的教学楼,也足见省政府对省立第一高中的重视。可是,学校的选址却坐落在南昌市的荒郊野外。放眼望去,周边尽是菜地农田,水塘泥滩。校门正对面是某独立师师部,外围戒备森严。离学校不到一里路,又是传染病院。读书郎周边散步也无去处,校园似乎有意浮游闹市尘埃之外,避开喧嚣,让学生以恬淡的心境,专心读书。

二、良师云集治学严谨

全校三个高中年级,1500余名师生。学校云集了一批江西省高中年段顶尖的优秀师资。有的任课教师是由省政府直接从大学调入。老师都非常敬业。健在的老师都到耄耋之年,有的老师虽已仙逝,却令学子倍感怀念。笔者记忆中的师长有:邓庆余(政治)、王章庆(语文)、邓志撰(代数)、许竹荪(代数)、熊大桢(几何)、张光才(三角)、钟盛(俄语)、龚生松(物理)、张季昶(物理)、石适华(化学)、教导主任毛丽芬。可谓人人握灵蛇之珠,家家抱荆山之玉。霞蔚云蒸,阵容整齐。

校长张鹏,军人出身,据说在辽沈战役打"四平"时有过战功。他说一不二,教师都惧他三分。张鹏浓眉方脸,严肃有余,个子不高却分外壮实。只有在大会上,才能听见他声如洪钟,或有时在校园中心位置,只见他如门神站立,严肃注目着不谙世事的过往学生。入学不久,笔者有两次亲眼所见,他对违规学生,在大庭广众面前立马叫来,并严厉训斥。有一次竟然咆哮如雷:"你不改正?我明天就开除你!"其校训的确威严有加。笔者虽生性活泼,但四年与张校长没有对过一次话,也不见他来过教室,学生普遍对他敬而远之。校长的军人风格,确立了五中井然严明的校风。

由于五中远在市郊，学校实行封闭管理，并严格规定：学生必须住校寄宿。家居市区的学生即使抄近路，徒步回家也近两个小时，所以只能周末回家住一晚。周日当晚七点，必须回教室自修，并逐一点名。正因为这种约束，使一大群十几岁生龙活虎的少年，从入学的第一天开始，衣食起居就面临着准军事化管理。

青年教师李堂才，就是准军事化管理的实施者。他是师生关系中的一个特例。他教物理，讲概念，引人入胜，黑板书写一流。他的敬业精神和对孩子们恨铁不成钢的心态，表现为对一群少年学生的严格监管。他既身体力行，起早贪黑向孩子们示范，又声色俱厉，事不分巨细，体不分强弱，时不分昼夜，令行禁止。女生对他望而生畏，男生对他早起晨练的吆喝如老鼠见到猫。

由于饥饿和寄宿，1960年的冬天，令人感觉特别寒冷。在朝夕饥肠辘辘的条件下，五中仍然严格规定，准时熄灯入睡，统一打铃起床，用餐严格定量，考试竞赛频繁。这种车轮滚滚的学习与生活，使刚刚进校门的半大孩子，笔者所在班级就有20余人（约占40%）先后离校，另谋生计。因为有家庭接济口粮作后盾，笔者和大部分同学，第二年才渐渐缓过神来。

白天的校园，可谓读书声与天籁齐鸣。由于附近几乎没有建筑物，入夜的教室，晚自习的白炽灯光，虽集中在二幢教学楼，却把五中附近的一片夜空，照得通明如白昼，格外引人注目。应试教育和素质教育，历来是有争议的话题。高分虽说不是万能，但高考没有高分，却是万万不能！

当年，南昌五中各门学科的精英教师，治学严谨，在文理学科交叉方面，也出现了一批先知先觉者。他们的授业智慧、教学理念、导向和探索，像投射在河岸边的灯光，助笔者渡过难关。这批精英教师，就是老五中的脊梁，使我们学会了独立生存，领悟了做人做事的基本原则与方法，尤其为我们顺利进入高等学府助力，教会大家如何捡起这块有效的敲门砖，使笔者终生难忘！他们在应试高招方面，特具敏锐和睿智。笔者还能记忆大概，有二例为证：

其一，1964年6月，高考迫在眉睫，物理老师张季昶突然召集全班同学，向大家发问：气态方程中的 $pV/T = p'V'/T'$，是在密闭条件下公式才能成立，如果漏了5克气体，你们有谁能解出这道方程？当全场沉默了几秒钟后，他欣然出招演算。十几天后，笔者在考场目睹物理高考试卷，果然出现类似考题，且为 10 分题。我惊喜之余,立即手到擒来。

其二,1964 年 5 月某日清晨,政治老师邓庆余在研读时政要闻的一刻,对考题嗅觉特别灵敏,他突然来到教室,要求大家一定要熟读刚出刊的一则中苏两党论战时政要闻。其中一道高分题,也果然被言中了!

难忘高考前夜,南昌酷暑难当。师生犹如蒸笼里的馒头,都闷在教室挑灯夜战,进行最后一次备考,大汗淋漓还要心静如水。邓庆余老师突发奇想,在二幢教学楼间的场地上,临时拉线架起了四盏大灯照明。顷刻之间,几十张桌椅全面铺开,各门功课的教学精英在露天灯下,为学子们解题。他们时而伏案疾书,时而站着滔滔不绝……

这就是当年南昌五中的校园、校风和良师。在笔者离开五中后,近半个世纪,留给笔者难以抹去的记忆。

三、勤能补拙笨鸟先飞

在笔者入学的第二年,学校正传颂着两个捷报。其一,1957 年,全省考入清华大学 40 人,江西省第一高中(南昌五中前身)就有 21 人,考入北京大学 11 人。

其二,1962 年春,在著名数学家华罗庚的倡导和主持下,由北京统一命题,全国各省会城市公开举行数学竞赛。南昌市的夺魁者,就出自老五中的应届毕业生罗伟民。当年,盛传他因此免试保送,而实为通过高考进入北京大学数学力学系。

这两个捷报,最直接地激发了笔者对学好数学的兴趣与强烈愿望。尤其是以为通过南昌市数学竞赛夺魁,可以直接保送北大的例子在前,使笔者犹如置身强大磁场,深深地被吸引着。从高二暑假开始,笔者几乎是不分昼夜,无论寒暑,将北京、上海、浙江、安徽、福建以及江西的高考复习资料中的全部数学题,逐题演算,有的解题为了验证答案还重复改变方法演算。终于在数以上万道计的数学题海中得到洗礼,不到一年,数学成绩突飞猛进。

1964 年初春,全校展开第二轮数学复赛,准备选拔人员参加南昌市的数学竞赛,笔者当时走出复赛考场,心情非常沮丧,题目太偏、太难。然而公布的名次却让笔者吃惊:第一名万广林(后考入南开大学数学系),也不到 70

分，第三名李京华，60分刚出头，笔者稳排第二名。想到老五中高分高手林立，笔者能获得亚军，也颇感自豪。笔者属以勤补拙，笨鸟先飞，所以不会忘记这个纪录，从此，更坚定了笔者采取"题海战术"的信心。

由此回忆，20世纪80年代初，笔者在贮仓结构工程专业领域，曾因设计一项新结构，为国家节省了大量建设投资。在4800吨的大型贮仓结构设计中，用6厘米厚的钢丝网水泥薄壳，成功取代了30厘米厚的钢筋混凝土厚壳，当时在国内填补了空白。在演绎弹性力学结构计算中，笔者遇到了贝塞尔函数及偏微方程，后因解决了该工程设计及课题研究的核心问题，独立获得"国家科技成果完成者证书"及"江西省科技进步三等奖"。其中求解偏微方程，实际上已超出了工科大学生学习高等数学教程范围。

深究其源，还是在老五中的数学题海战术中，锻炼了"童子功"，接受了大量数学解题的潜移默化。正如诺贝尔奖得主杨振宁的父亲、数学家杨武之所说，由于有大量数学解题，"其推理能力多有增进，于计算方法受到训练"。有了推理能力，就有创新动力。

四年的高中晨读时间，笔者几乎有一半光阴是在俄语朗读中度过的。除此之外，学习俄语也几乎占据了笔者所有见缝插针的时间。这种青少年的记忆烙印，的确刻骨铭心。笔者在欧洲或俄罗斯遇到俄国人，会情不自禁地主动用日常俄语简单对话，实现有效交流。而在大学所学的专业俄语，则几乎忘却。外语基础教育蕴涵的潜能，的确要在少年时期及时充分开发，这几乎会影响终生。

四、怀念"三角大王"兼班主任张光才老师

1964年，高考结束不久的一个傍晚，雷阵雨劈头盖脸下个不停。一位全身淋湿的中年男子，急急忙忙跑来笔者家。他就是班主任张光才老师，还来不及吃晚饭，冒着倾盆大雨，从南昌市的东郊赶到市中心向笔者下达紧急通知，明早必须赶到省招生办去当面答疑。事后才明白，同济大学已按第一志愿将笔者录取，只是以省高招办的名义通知笔者本人去当场核查视力，令我们全家感动万分。

1983年，笔者偶然在数学期刊上见过张先生的文章，由此而找到他家去拜访。后来同学聚会又见过张先生几面，曾几次向他表示感激。他却说："已记不清了，不要放在心上。"在张先生去世多年后，笔者才得知噩耗，每念及此，追悔不已，深感歉疚。

张先生因在三角函数教学方面有很深的造诣，其教学声望不胫而走，历届学生给他起了个"三角大王"的美称。笔者利用寒暑假求解了大量数学题，却无法找到正确答案核对。笔者潜心找过邓志揆老师和张光才老师，他们总是挤出休息时间为笔者批改，张先生还提示启发笔者，"三角大王"的称呼不妥，三角课程不是孤立的，许多代数、几何、三角公式与定理，是可以相互证明的。不要拘泥一种方式求解。这种拓宽思路、触类旁通、强化推理的教学理念永远不会过时。不仅在当今基础数学教育中需要推行，而且在解决工程技术问题时，仍然行之有效。

笔者积累薄壳结构课题获奖经验，深感再复杂的非线型数学力学问题，如果采用基础数学中的数值统计法、定值几何法，都能迅速得到导向性的近似解。2400多年前，古希腊哲学家柏拉图就有过经典论述，物理学的问题总是近似的，因此没有一个命题是不可修正的。

20世纪40年代，我国著名的结构力学学者蔡方荫，用基础数学汇编的形常数、载常数，仍然为目前编制高层建筑结构抗震计算法定软件的基本数据。按基础数学法则编制的《四位数学用表》虽然也是近似值，仍不失为当代应用数学中的经典。

张先生早年不经意地以哲学高度，启迪了笔者的基础数学逻辑思维，使笔者终身受益，其师德也使笔者终生难忘。

五、由"理工班"的甜与苦，想到王章庆老师

反思高中生过早进入"理工班"学习，虽有利高考应试，但弊端不少："医农班"的不懂数理，"理工班"的不懂史地，直到最后一年，"理工班"才开始恶补历史、地理、生物。

历史老师曾德围有如赶场，上午一堂课，讲完了中国十个皇帝；下午一节课，讲完了两次世界大战。注重数理的学生，有如腾云驾雾听说书。生物老师梅焕明，唯恐"理工班"学生搞不懂，南昌口语与普通话交替使用，讲解肾脏及人体器官常识，大家似懂非懂，莫名地哄堂大笑。同济大学有位教授讲得入

木三分："在人文社会科学方面跛脚严重的学生,很难成为有大创意的工程师。"

所幸笔者念高三时,语文课文言文遇到了真正的启蒙老师,他就是满腹经纶王章庆老师。王先生于20世纪40年代毕业于南昌中正大学历史系,文史功底深厚。他对外虽沉默不语,内心却深爱着自己的学生。他用鄱阳腔认真讲解古文,难懂无味的《楚辞》,被这位先生摇头晃脑讲得声情并茂。一群热衷数理化的"理工班"学生,居然也听得津津有味。他用心讲解的神情和抑扬顿挫的声调,令笔者至今未忘。

正是他激发了笔者对学习文言文的兴趣。快半个世纪过去了,笔者自己也感到奇怪,为什么还能将贾谊的《过秦论》整段整段地背诵,这似乎也是对他师生情结的延续。他曾对笔者的一篇散文热情鼓励,与其他范文一起,张贴在公共走廊上,供同学阅读欣赏,使笔者获得了对语文课从未有过的自信和兴趣。

1964年的初春,他为了激励笔者班备考,写下对联:"时至鱼龙多变幻,春来桃李竞芳菲",亲自张贴在教室门口,特别醒目提神,很是催人奋进。后得知,他次年被调离。等到改革开放他重返讲坛执鞭授课之时,但见夕阳无限好,只是近黄昏。

20世纪五六十年代,风行"重理工,轻医农,藐视文科"。王先生在笔者临填写志愿时,却鼓励笔者报考复旦大学中文系,曾让笔者甚感突然:"并非在理工科走投无路,为何要报文科?"年轻不谙世事,安知先生用心良苦。

六、穷且益坚,不坠青云之志

当年全校大兴"一种三养",用操场种南瓜,在空地种蔬菜,用树叶磨成汁,用碱水做稀饭,终日半饥不饱。读书、生活、文体活动照旧。艰苦求学,兼民兵训练不断。我们在拼命读书的同时,还兴致勃勃练习单杠、双杠和中长跑。

当时,每人每月三两食油,大饼油条是稀罕之物。每餐饭菜严格限量。有的男生学习专注,当步入食堂,才发现因上餐多吃了一点,下餐的饭票则囊中羞涩,甚至窘困到喝不上一碗稀粥,彼时,相互还能以友情为重,主动接贫济弱,支援饭菜票,以解更困难的同学一时之饥。

个别男生由于家庭远离南昌市,亲属无法增援口粮,由于饥饿难当,饭量失控,将一个月的饭菜票,三个星期吃光,10天的口粮没有着落。为了减少热量消耗，竟以摸索出忍饥挨饿的功夫为能事，向密友推介。诸如吸气要多而匀，呼气要慢而深。多系一根腰带，使胃收缩也可以减少饥饿；还有的早餐仅喝杯盐开水，少言寡欢；中餐一碗稀粥，闭目养神或卧床休息；晚餐觅食堂免票大锅清水咸菜汤，再用开水泡脚，养精蓄锐至天明。如此明日复明日，不亦哀哉！为此，学校改为每日三餐划卡，不得跨时用餐。虽经常半饥不饱，朝夕饥肠辘辘，却也解决了个别男生的断粮之虞。

后来据说，省内有的寄宿制中学，当年因无法解决食堂吃饭问题，只有停办或兼并。老五中大食堂也有过濒临无米之炊的紧急关头。食堂关门，老五中就面临关门。听说军人校长凭借他的公关与威望，千方百计从西湖区调集到一批储备粮食，才解决了千余人的吃饭问题。到1963年上半年，稀粥早餐开始惊现馒头，素菜中餐也偶见肉末和猪油渣搭配，伙食渐有好转。

有的同学家境十分贫寒，而学习优异，单科成绩在全校名列前茅。除了有微薄的助学金相扶，还用大量的寒暑假及课余时间为学校刻钢板，用勤工俭学的收入，来维持最低生活标准。当时有同学因饥饿突然急患阑尾炎，疼痛难当甚至危及生命，全班十几个男生不顾一切，用担架轮换肩扛手抬，在寒冬的夜晚，赶了十几里路，将其送赴省二附医院抢救。笔者还记得在脱险后的一刻，主治医生望着我们这些稚气十足的少年伙伴感叹："算你们送得快，已经化脓穿孔了，再晚半个小时就没命了！"

这些远离家庭、提前过独立生活的半大孩子，在全国普遍极其贫困的条件下，的确是"穷且益坚，不坠青云之志"！

约从1963年春天开始，五中校园的中心位置，冒出了一座精致的构筑物——"优秀学生光荣榜"。每天，成群的观望者都驻足静静地思考着。在一群上进心极强的青少年学生中，"光荣榜"几乎成了学子们心仪的荣誉殿堂。

"光荣榜"呈正圆形，直径4～5米，窗框呈墨绿色，玻璃通透明亮，映衬着全校高年级约十几名优秀学生照片、事迹与学习经验介绍，每学期更换1～2次，令人羡慕不已。

五中老师总是以高考评分标准严格评分。对上榜的优秀学生，有项硬指标：期末或期中大考，七门功课平均分必须在85～90分，而且几项单科成绩，必须在全年级的前10名。有了硬指标，虽不需要评比，也要品学兼优，班主任核定同意，校方批准才能上榜。在这里，高分得到肯定，优秀得到赞美。上游、中游学生得到鼓励，激发大家你追我赶。上榜者则似乎看到了自己的高考前景，眼前如一轮红日喷薄欲出。

1963年的冬天，期末大考结束。笔者被校总务处正式通知，去南昌市有名的"真真"照相馆拍单人照。1964年春天开学时，笔者终于也上了"优秀学生光荣榜"。优胜劣汰，这就是南昌五中当年特有的激励机制，其特有的激励，怦怦然荡开了我们青涩年纪正在成长的襟怀。

七、时代的"幸运儿"

1964年全国统招大专本科生仅14万人，全国重点大学还不足5万人，全国平均入学率仅约1%。20世纪五六十年代，能考入全国重点大学，被社会公认为是时代的"幸运儿"，一点也不过分。

1960年，笔者班入学原有58人，因各种原因27人休学除外，仅31人参加高考，结果70%以上考入大学。六名女生全部被录取。有十几人考入军事院校及全国重点大学。笔者的同窗好友赵长风六门单科总成绩名列全省前三

南昌五中第八届高三（七）班毕业留影（第三排中为笔者）

名,被清华大学录取后,又被调整到对数学要求更高的工程力学数学系固体力学专业。一个班有这种成绩和入学率,当时在全省名列前茅,在全国也属先进。

未录取者大部分都立即响应号召,于当年9月,进了南昌市北郊林场。几十年的人生道路,他们相对艰难坎坷。好在有高中文化底蕴护佑,有的顺应改革开放应运而生,有的自学成才,进而取得了本科及研究生学历或中、高级职称,还有的成了民营企业家中的佼佼者。老五中的厚重经历,足以影响人的一生。在老五中,大家都夯实了文化基础,从艰难困苦中,历练了意志和品质。

八、老五中沉思录

往事并非如烟。老五中曾经是江西省向全国著名大学输送生源的主要基地之一。老五中办学风格独特,是培养应用性、创造性人才的摇篮。

1958年毕业于老五中(原江西省第一高中)的张俐娜女士,是我国天然高分子材料及应用研究方面的科学家,2011年被评定为中国工程院院士。

1961年毕业于老五中的刘大椿先生,现为中国人民大学一级教授,是我国当代科学技术哲学界学科带头人,论著丰厚。最近又承担并完成了国家科技部的创新方法专项课题"卓越科学家的工作与创新方法系列研究",主编并出

老南昌五中母校鸟瞰图
裴强健国画作品

版了"卓越科学家的工作与创新方法系列研究丛书"。

1964年,罗保林和笔者同届毕业,他从老五中考入清华大学,也是笔者久别重逢的至交,现为中国科学院的研究员、博士生导师,也是我国颗粒学、过程工程学及化工冶金学方面有很深造诣的专家。他告诉笔者,其实老五中闻名的人很多,笔者也算不上其中"一棵葱"!

从老五中毕业的学生,在多领域、各部门都不乏杰出人才。当话及老五中的兴衰史,据老五中的师生回忆,从1968年的衰败,后又延续了20多年的名存实亡,面对下一代,却难以讲清楚老五中昔日的优良校风与辉煌。

十年树木,百年树人。砍一棵树只需十分钟,长一棵树至少要十年。砍一所学校只要一个决定,要办一所名校,不知要几代人的努力。老五中的兴衰也印证了这个道理。现南昌五中虽已恢复其名,并颇有建树,实属不易,若要发扬其名,并以高质量的教育成果,重新赢得崇高的社会信誉,还任重道远!

洗净铅华忆五中。系于未来,将老五中作为一种精神力量载体,多么有必要将那个特定年代的良师师德、校风校纪、备尝艰苦的滋润与得失,真实地告诉我们下一代。

2013年3月18日于厦门

本文刊载于《2010年上海民生发展报告》(上海社会科学院出版社,2010年)《江西文史》(2014年第7辑)、《中国教师》(2010年第11期),收入本书时有修改。

我与朱伯龙教授的三十年师生缘

2008年3月13日，获悉朱伯龙教授病情加重，在医院靠呼吸机维持生命。笔者立即放下手头工作，当天赶赴上海探望朱教授。他躺在病床上，虽已无法言语，但尚能看得见、听得清，思维清晰，当笔者抚摸他的手时，他也能握住笔者的手表达感情，并向着笔者轻轻颔首示意，许是表达他已感知笔者的感恩情怀。从他的眼神中，笔者读懂了他对学校、同事、弟子以及他终生热爱并为之努力的结构工程事业的无限眷恋。朱伯龙教授是我国著名的土木工程学专家，同济大学原结构工程学院院长，他在同济大学任教已逾半个世纪。

20世纪60年代笔者在同济大学读书，就听说朱伯龙是当时同济大学最年轻的副教授，可惜无缘听他授课。笔者与朱教授结缘，是在20世纪80年代初。当时，朱教授的事业如日中天，他长期致力于建筑结构工程的研究、设计、咨询及教学，取得了丰硕的研究成果，引进并主持了中国第一个达世界先进水平的地震模拟震动台在同济大学的建设。先后发表了百余篇论文及研究报告、多部专著及教材。笔者从同济大学毕业后从事结构设计及审核工作，经常翻阅该领域的学术论文，尤其是朱教授发表的论文专著，给笔者很大的启迪，笔者由衷地景仰这位国内结构工程界的泰斗。

1978年，我国还没有自己的筒仓规范，在笔者承担的江西某水泥厂4800吨钢丝网水泥筒仓圆锥斗结构设计中，笔者借鉴苏联的规范及国内贮仓手册，按无矩理论设计，用6厘米厚的钢丝网水泥薄壳，取代了通常采用30厘米厚的钢筋混凝土厚壳，为国家节约了大量钢材。该工程于次年竣工投入使用，完全达到设计要求。两年后，尽管该工程满负荷投产，运行正常，但因为工程设计未按有矩理论核算径向弯矩精确解，引发当地工程界的争议。

笔者根据该工程设计撰写的第一篇薄壳论文在《江西建筑》（1978年第4期）发表，但对弹性力学中的有矩精确解，尤其是对该工程属借鉴苏联规范以外的力学论证仍心存疑虑。朱教授从20世纪50年代中期开始钢筋混凝土壳体结构的研究，在壳体结构论著中，还出现了以其名字命名的"朱伯龙圆柱壳内力系数表"。他是国内最早用解析方法编制供实际应用图表的学者。于是，笔者通过当时校友总会副秘书长丁润令，致函朱伯龙教授求教指导。朱教授很快就给笔者回信，信中不仅充分肯定了笔者的结构设计，而且对研究中可能出现的问题给予了点拨指导，使笔者在如何把握圆锥壳有矩精确解的论证方向上茅塞顿开。当时，朱伯龙教授被国务院批准为首批博士生导师，被评为"有突出贡献的国家级专家"，在国内结构工程界享有很高威望，他的教学与科研任务非常繁重，但他对一名未曾谋面的普通同济毕业生给予了极大的关怀和教诲，难能可贵，也使笔者没齿难忘。

在朱教授的再次启发下，笔者对6厘米薄壳水泥筒仓进行了反复验算和论证，找到了4800吨筒仓在安全状态下运行的重要理论依据，进一步验证了当时借鉴的苏联规范及国内贮仓手册其计算模型与受力状态基本吻合。时隔20余年，目前的国家标准《钢筋混凝土筒仓设计规范》也只是一般要求"尚应计算其边缘效应"。该筒仓至今运行正常。

实践证明，朱教授当年指导笔者论证计算圆锥壳有矩精确解，是完全符合客观规律的。1983年的初春，笔者的这项开创性论证成果得到了朱教授的肯定，他还把笔者的相关论文推荐到国内公认最具权威的结构学术刊物《建筑结构学报》上发表，使笔者受到巨大鼓舞。这六个800吨钢丝网水泥贮仓圆锥斗，也被确认是我国目前采用这种结构建造的最大的圆锥斗工程。1988年，笔者对原有的成果进行了拓展，完成了《大型钢丝网水泥贮仓圆锥斗结构设计及应用研究》。朱伯龙教授还接受江西有关方面的邀请，担任该课题鉴定委员会的主任委员。第二年，该项目独立获得"江西省科技进步三等奖"，笔者也于1991年获国家科委颁发的"国家科技成果完成者证书"。

笔者对朱伯龙教授心存感激，但一直未曾谋面。直到1997年同济大学建校90周年之际，笔者在同济结构理论研究所第一次拜访了朱教授。只见他清瘦而充满自信，健谈而锐意进取，患病后的行动不便与他饱满的工作热情形成了很大反差。他不仅热情接待笔者，还兴致勃勃地向笔者介绍，准备以城市综合防灾服务为契机，创立"建筑结构灾害工程学"新兴学科，并赠送了由他编著、刚刚出版的《房屋结构灾害检测与加固》一书。

2007年4月，得知朱教授因病住院，笔者同夫人专程从厦门赶到上海看望朱教授，朱教授百感交集，流下了热泪。同济百年校庆日，朱伯龙教授拖着病体坐着轮椅来到了喜气洋洋的同济园，与他的同事和弟子们欢聚一堂。笔者与朱教授之间虽然话语不多，但彼此已深感师生情谊的涌动。

岁月蹉跎，往事历历，今日笔者更敬佩朱教授的德技双馨！正是朱教授的人格魅力与大家风范，20多年来一直激励着笔者以严谨求实做事，以清醒真诚处世，坚定了笔者早年对从事结构专业的信心，启迪了完善数学力学论证的逻辑思维，惠及了笔者的一生。笔者真诚感恩朱伯龙教授，为朱伯龙教授默默祈祷，祝愿恩师早日康复！

2007年4月与朱伯龙教授合影
左起：胡克旭、朱伯龙、笔者，文芹摄影

本文已刊载于《同济人》（2008年第4期），原编入"良师益友"专栏，在交付编排之时，惊悉朱伯龙教授于2008年4月12日辞世，本文权当缅怀之作，以寄哀思。收入本书时有修改。

国难思良将，震灾念大师
——怀念同济大学朱伯龙教授

黯然销魂，萧瑟悲哉。

今天是汶川大地震后第49天。在"5·12"汶川大地震发生前的一个月，2008年4月12日22时10分，一颗卓尔不凡的心脏停止了跳动。著名的结构工程专家，中国建筑学会抗震防灾研究会前副理事长，同济大学原结构工程学院院长朱伯龙教授在上海第一人民医院辞世，享年79岁。

当晚，恩师噩耗传来，笔者悲痛之余，即向百余位同济校友和结构业界同仁，群发短信，深切悼念大师，悲憾释怀后已。《悼大师》：

痛失大师学子哀，但愿人间无震灾。

何人不识朱伯龙，桃李欲问结构界。

朱伯龙教授是笔者景仰的国内结构工程界的泰斗，也是笔者终生难忘的恩师。笔者自1964年考入同济读书，只知他的结构名气大，可惜无缘听他授课。1981年，国务院首批下达同济大学的博士学位授权，朱伯龙就是首批六位博士生导师之一。20多年后，朱教授在抗震防灾、结构工程方面已培养硕士、博士、博士后累计超过100人！20世纪80年代初，在薄壳课题上，朱教授虽对笔者有值得涌泉相报的点拨之恩，但笔者也不能妄称是他的弟子。笔者真诚感恩他与笔者有30多年的师生缘。

"烈士击玉壶、壮心惜暮年。"

朱伯龙教授于1991年积劳成疾，突发脑溢血、命在旦夕，经同济大学竭尽全力抢救而幸存。出于对事业的执着，他不仅没有向疾病屈服，反而拖着半瘫的身体，以超过病前的工作量，指导博士生并在学术上不断创新进取。1997年，值同济90周年校庆，他兴致勃勃地在结构所当面对笔者说过，要力争在有生之年创立"结构灾害学"和"建筑改造学"两个关系国计民生的新兴结构学科。可惜,他的生命已走到尽头,再也看不到他为结构工程与抗震防灾作出贡献了。对他在世时的远见卓识与专业才华,充满了惋惜与惆怅。

追忆朱教授,他在钢筋混凝土结构理论、圆柱薄壳、预应力混凝土结构、砖石结构,尤其是结构抗震方面取得了许多卓越成就。他主持了包括上海东方明珠电视塔在内的大量新型、超限结构的地震模拟振动台试验研究,尤其对砖石与钢筋混凝土结构抗震性能、地震反应与结构动力性能的研究,为我国的工程建设作出了重大贡献,也为同济大学土木工程防灾国家重点实验室的建立与发展奠定了基础,且为制定国家《建筑抗震设计规范》及相关规程规定,直接提供了科学依据。

朱伯龙大师倒下后的第 30 天,中国发生了"5·12"汶川大地震,全世界都为之震惊。我们从电视台的滚动播出中,看到一幕幕山崩石滚、房倒屋塌、断壁残垣及众多生命瞬间泯灭的惨烈,也为抗震救灾的日日夜夜,全国上下众志成城、八方支援,与一个个幸存者劫后余生奇迹的创造而鼓舞和振奋。在看到那些令人揪心画面的同时,笔者脑海闪现一幅理想的场景:假如杜甫年代的茅屋不为秋风所破,假如现代人的居所震而不倒,众多的生灵本可免遭祸害。

朱教授生前带领博士弟子群体几十年如一日,在工程抗震防灾研究与试验领域的前沿,进行了大量的艰苦卓绝工作,不仅在国内而且在国际上取得了令人瞩目的成果。如果同济大学朱伯龙教授还健在,他完全可以领衔我国工程结构抗震领域,从而成为实现这一理想的、卓越的"民生工程"抗震结构大师。为此,愈发加深了笔者对朱伯龙教授的怀念。

由于地震过程的复杂性、地壳深部的不可入性,以及地震事件的小概率性,使地震预报仍然是人类公认的世界级难题,至今无法解决。全球的地球科学家和地震学家,还在地震预报的混沌中摸索爬行。在大地震多发的中国也不例外,预报地震的政府职能部门、专职机构、学术界的学者们既难以有所作为又实属无可奈何。

防震减灾的历史重任,实实在在地落在土木结构抗震工程领域。朱伯龙教授的离去,不仅是我国抗震防灾结构工程界的重大损失,也是我国地震频发地区老百姓的重大损失。

薄壳猜想记

抗震大师朱伯龙教授和"5·12"汶川大地震遇难者,一齐安息吧!伏惟尚飨。

2008年6月30日于厦门

本文收录于《朱伯龙先生纪念集》,收入本书时有修改。

数字解读真情
——亲历同济百年校庆随感

自 1964 年考进同济大学到百年校庆，已有四十二年光景。从百年校庆落下帷幕至今，又历经了十五个春秋。五十八年的回眸，只要人还健在，记忆犹存，往事并非如烟。一朝入同济，终生耀我行。生为同济人，感恩尤铭心。

一、图册说事

2007 年 5 月 20 日是同济百年校庆华诞日，群贤云集，开启睿智。俊才荟萃，共襄盛举。此时此刻，笔者有幸在同济校园的材料学院会议室，向来自五湖四海的 35 位同班老同学，向到会的师长、材料学院的领导以及校友总会、校档案馆等有关部门，分赠了由本人主编的《同济大学混凝土及建筑制品专业 1964—1969 班级纪念册》。

这本纪念册刊篇幅 106 页，有 465 幅老图片，4 万余字，图文并茂，印制精美。开卷只用了 3 个页面，精练地展示了百年同济名校名院的沧桑与盛世华章。用了 90 多个页面，重现了全班老同学求学同济嘉年华之点滴，抒发了对同济母校的感恩情怀。由 35 位老同学本人各自执笔，人均 2 个版面，书写了各自毕业离校后的人生轨迹，既有丰富的工作阅历和事业成就，又有家庭生活的天伦之乐。

形式与内容相统一，总体格式协调一致。让封面与封底形成鲜明的视觉冲击。用铜版纸印刷，精装成册。在同济百年校庆的盛大节日里，当作全班同学的共同礼物，向母校献上了一份学子的厚礼。

承蒙材料学院的关照，在一票难求的高光时刻，让笔者在百年校庆的主会场有一席位落座，不胜荣幸。其实，笔者主编班级纪念册的初衷很简单，只是为了履行一年前的承诺：联络更多的同班同学，积极参加同济百年校庆。真诚感恩母校，但求行水无痕。

笔者在百年校庆的主会场　　同济大学百年校庆196411班级
肖小凌摄影　　　　　　　　纪念册封面，文芹摄影

二、百密一疏

在同济大学百年校庆的主会场，气氛庄重，热烈有序。场外则人山人海，一票难求。笔者在入口处目睹一位20世纪30年代的资深老校友，银发飘逸，兼具民国老高知的气质。本以为有这般资格，何愁进不了主会场！只见这位鲐背校友正被亲属搀着，准备无票闯关。始料不及，仍遭到几名孙辈志愿者的婉拒入场。虽说这几位年轻学生的举止温文尔雅，彬彬有礼，且娓娓道来："同济毕业的历届校友已有近40万人，分布在海内外30多个国家，今天校园已超过10万人，其中校友就达4万有余……"那"只认门票不看人"的尴尬场面，还真令人唏嘘……

慨叹之余，笔者手持一张特约校友门票，相比之下，自愧不如。笔者不过是一名1964年入学，1969届本科普通毕业生而已。资历虽浅，但也并非浪得虚名，全无"喝瑟"之意，也总算名正言顺。

老同学秦浩告诉笔者，这是经过材料学院的集体领导研究决定，由时任学院院长王培铭教授之盛邀，请笔者代表全班同学和全系老校友，进入主会场参加盛会。笔者闻讯，大喜过望，受宠若惊，怀揣十二分的虔诚之心，步入大礼堂。

同济历经沧桑，迎来百年盛典。百年等一回，也正好给万钢、周家伦两位先生等上了。他们分别为同济百年校庆的校长和党委书记，也真算人生之一大幸事。

有道是，人无完人，金无足赤。百年校庆筹备已久，万事俱备，但毕竟还是出现了百密一疏的难忘场景。在主会场，当序幕开启。时任上海市委书记的习近平同志端坐在主席台上。主持人周家伦庄严宣布："全体起立，播放中华人民共和国国歌"，话音刚落，台上台下，端颜肃容，全体肃立，都在伫立静候着国歌前奏曲的鸣响。约十秒钟过去，仍然是一片肃静，此时此刻，谁也不便言语。显然，这是音响电控突然失灵！说时迟，那时快。万钢急中生智，一个箭步奔到主席台正前方，犹如维也纳金色大厅的指挥家，迅速展开双臂指挥，用自己的喉咙，竭力直接发声："起来！不愿做奴隶的人们！把我们的血肉，筑成我们新的长城！"那五六千人的大合唱声响，顿时在大厅上空回荡，那独特的大合唱，气势恢宏，反而比军乐奏鸣的电声效果更加磅礴，更加振奋人心。

2007年5月20日，同济大学百年校庆活动意义重大，非常成功，这也是同济发展史上的重要里程碑。瑕不掩瑜，此文钩沉一段史料趣闻，权当轻风吹过。

三、暗下决心

花开两朵，各表一枝。

话说十年前的校庆日（1997年5月20日），笔者偕夫人满腔热情来到母校，参加九十周年同济校庆，虽说满心欢喜，但人海茫茫，同学难觅。校园仍旧，物是人非。各类庆贺活动频繁，从早忙到晚，终究无缘相逢一位同班同窗。

念及同济六年，往事历历在目，不思量，自难忘。校庆当晚，由材料学院在附近一家空军部队下辖的蓝天宾馆举行宴庆，遇见八旬以上的老教授祝永年、沈曼曼、张冠伦等，精神矍铄，相谈甚欢。当曲终人散，笔者与夫人又站在同济大学门前拍摄夜景留念。流连忘返之际，又再次走进校门，漫步在教学南楼门前，徘徊在一楼1007教室和廊道间，在同济六年，在这间教室就有五年。想念不如相见。不由唏嘘长叹：同济同窗，你在何方？

遥想当年，毕业离校前夜，知己把盏话别。笔者不仅听见同学悻悻然说过，如何与某人结怨，此生必与其断交云云。可到如今，三十年过去了，却是另一种期盼，不是冤家不聚头。唯望重逢兄弟在，相见一笑泯恩仇。

1970年夏,毕业分配的全班35个同学,像天女散花似的分散各处,分布在20多个省市,或央企,或工厂,或村镇。其中有5对恋人,在分配时,虽说都照顾他们终成眷属,同时也让他们化解难题,有的便去了别人不愿意去的偏僻的远方。

到了1997年,一别近三十年,大家正处"五十知天命",忙忙碌碌大半生,工作上、生活上也正压力山大。有书信往来的寥寥无几,许多同学不仅杳无音讯,而且有可能见面也形同陌生人。匡正暌违,激扬郁滞。各人各想,各执己见。凭啥一定要在九十周年校庆日来同济重聚?想见就见,谈何容易!

有道是:"虎啸苍山衰草里,鹤鸣碧水黛岩边。"笔者从此暗下决心,以陆游笔下"少壮工夫老始成"的一番耐心和决心。积几年之功力,一个一个寻访,编个图册,先感动自己,再感动别人。坚信:定当团结全班同窗重聚同济!

四、苦涩回忆

期盼相聚,总难免会首先联想到分别时的人和事。

话说1969—1970年是六年大学同窗久合必分的一年,也是在同济因等待毕业分配,而备感煎熬的一年。1969年的夏天。全国高校1969届毕业生和1966届、1967届一样,均延期一年毕业分配。凭直觉,这年的夏天,本应如期毕业分配。由于种种原因,同济的应届毕业生无法按时毕业,需要等待分配。

唐代杜牧《赠猎骑》中云:

已落双雕血尚新,鸣鞭走马又翻身。

凭君莫射南来雁,恐有家书寄远人。

这正是当时大多数待分配毕业生的心态写照。

诗人雪莱有言:"冬天来了,春天还会远吗?"

1970年的7月初。苦苦地期盼终于熬到了尽头。全班正在上海郊区,宝山县罗泾公社某生产队。中午时分,一群待分配的同济学子正顶着当空的烈日,伴着聒噪的蝉鸣,还有潮湿而闷热的天气。同一群农民兄弟收起农活,返回驻地用餐。农民日出而作,日落而歇。吃饭、守望,还总算有家可归。大学生却没精打采地走在农村的田埂上,成天漫无目标。在望眼欲穿的期盼中,终于听见有人在远处放开嗓门呐喊:"毕业分配文件到了!"

大家顿时欣喜若狂，谁也不在乎大汗淋漓的一身，直奔农舍驻地。听候宣读1970年6月27日下达的毕业分配通知。文件一字一句铿锵有力："1969届大专院校毕业生，从今年7月份开始分配，一般于7月底前分配完毕。毕业生的工资从报到之日起发给。毕业生的工资待遇，仍按国家规定的大专院校毕业生工资标准发给工资。"事后方知，在苏州地区，此项大学生工资标准，与农村公社党委书记的工资行政22—23级标准持平。分配方案的角逐，迅速为大家所关注。分配走向天南地北，大致可分为三大类。

（1）中央部属单位或施工企业。
（2）省属预制构件厂及少量地方所属企业单位。
（3）直接向报到所在地的政府行政主管部门报到。

笔者所在的班级，真正明确能留在北京、上海的，只有4个名额。

五、得道多助

人世间有很多事情可以重来，但是没有一场大学的时光可以重来。想念不如相见，虽说顺其自然，但谋事还是要靠真诚、靠努力。

2006年，笔者从山东、北京、上海获取部分同学电话的线索，深得大家支持，编辑了两版全班名录，并与27位同学通了电话。得益于名录，当年在厦门、上海、武汉、西安、广州、深圳等地会见了阔别三十六年的13位同学。久别重逢，率真诚挚。同窗之情，溢于言表。

2007年恰逢百年校庆，笔者真诚感恩同济，想念四十二年前结识的34位大学同窗和同济的良师益友，欲在同济百年盛典之际，向各位奉献一本有关全班同学的纪念册。始料不及，"振臂一呼，应者云集"，在不到一周时间，全班同学纷纷寄来照片共73张。目睹这些跨越时空的影像，蓦然回首，往事历历在目。在同济求学六年，个人的经历和所思所想，都是限量版。淡化沧桑感，增强凝聚力，以感恩母校，传承纪念为脉络。只有得到大家支持，纪念册才有可能编成。

全班同学名录始编于2005年6月30日，仅收集22名，到2007年1月4日正式完版，共收集35名，全部到位。分别三十七年后，大家都已60岁上下了。所幸全班35人都健在，有的往返海外，有的多次跨省调动，还有的更名已久。

且不说秦浩、陈梅玲、顾龙飞是如何千方百计寻访到十几位上海同学，也不说已经改名的两位同学，又是如何通过长达一年的全国电话寻访而得知的，对最后一位山东同学的寻访，还是靠老班长林学良来大海捞针。在没有任何信息的迷茫中，他查遍了大江南北的名单网络，才为我们期待已久的完版名录画上句号。

2007年5月20日，艳阳高照。在这个喜庆的日子里，在国内外享有盛誉的同济大学迎来了百年华诞。整个校园内花团锦簇，到处都流淌着欢快的旋律，洋溢着祥和的气氛。笔者带着全班35名同学的真诚祝福，早早地来到同济学子心仪的神圣殿堂，在百年庆典的主会场，笔者用双手捧着这本精美的《班级纪念册》，站在主席台下的中央，留下了珍贵的影像，并刊载在2008年第1期《同济人》校刊上。真实地融入了全班35位同学对同济母校的感恩，以及对同窗及师长的深情厚谊。

毫不夸张地说，笔者自毕业离校，同济的光环一直在照耀着笔者前行。笔者也很看重自2008年以来，陆续在《同济人》校刊上相继发表的，由笔者撰写的十几篇文章，它真实地表达了笔者对同济母校的感恩情怀。

六、解读真情

平淡是真，散聚是缘。自2007年5月百年校庆以来，笔者真没想到这本纪念册当时会产生这么大的反响，受到母校的高度评价，同学和校友的赞美有加。

笔者统计了几组数字。仅作归纳随笔，也让大家在平淡中分享幸福与快乐。1964级混凝土及建筑制品专业33人，来自13个省市。加上插入本班学习的2人共35人。三十七年后全班人员健在，最小60岁，最大68岁，平均年龄62.8岁，已有7人改了名字。有30人会聚母校校园，参加了同济百年校庆及材料学院校院庆50年聚会，其中有8对夫妻，还有2个家庭三代人到会。有5人虽因特殊情况未能到会，其中2人及时打来电话祝贺，4人撰写了诗文祝贺。毕业后，有9人曾分别有过遭遇水淹、电击、坠落、坠坑、重大疾病、唐山大地震等危险情况，而又转危为安的沧桑经历。

有7人曾在仕途行走，分别在处级、厅级岗位，其中有1人于1983年作为全国铁路系统最年轻的干部，被提拔到正厅级领导岗位。有高级职称30人，教授级1人，国家一级注册机构建筑师、国家一级注册结构工程师4人，国家注册监理工程师8人，注册施工图审查工程师3人，一级项目经理5人。累计完成各类工程项目众多。全班10位同班同学结成5对恩爱夫妻，35位同学都有子女，已有第三代的同学共23人，孙辈共28人。儿女跨国联姻有3对，有8人旅居海外或常随子女往返国内外。

离校近四十年，头一次聚集到30人喜相逢，恍如隔世。大家在同济园手捧《班级纪念册》反复翻阅，爱不释手。2014年秋，由头是同济同班相识50年，新的一轮聚会应运而生。以"追梦同济50缘（1964—2014年）"为主旨，又缘聚到23人。这五日旅游聚会的120个小时，大家朝夕相处，直抒胸臆。夕阳已忘年岁，徜徉同济校园，览胜浦东高层，游览常熟景区，吃住"农家乐"，畅游"沙家浜"水乡。西安的蒋玉民，在途中小憩之际，清唱越剧《红楼梦》中的《问紫鹃》，还真的唱出了原汁原味，"那鹦哥也知情和义，世上的人儿不如它"。这次聚会之所以能像一团熊熊的烈火，其缘由也正是为着"情和义"！

2021年冬，已到了第二个七年。倏忽间，又想到湖南的刘桂芳同学，在2007年的同济百年华诞的班级宴席上，酒过三巡，豪情放言。他曾大喝一声："今天大家说定了！30年后再相聚，一个都不能少！"

年年岁岁花相似，岁岁年年人不同。走着走着，到了2022年春天，全班35人已有6位同学因病痛治疗无效，相继病故。有的说好明天见，可醒来就是天各一方。还有几位尚处术后治疗阶段，有待康复。2007年，有位同学紧紧握住笔者的双手，他言辞恳切地向笔者讲："好兄弟！咱们要做一辈子的好朋友。"可是，由于阿尔茨海默病的侵扰，一转身，此君本是最熟悉的人却已成了陌生人，他已认不出自己的妻儿家人了……

用"数字解读真情"并没有错。但见，岁暮霜露既降，自然木叶尽脱。"生死由命"的现实和大自然的规律就是如此冷酷无情。

2007年10月初稿于上海
2022年10月修改于厦门

岁寒知松柏之后凋
——追忆徐循初教授一二事

徐循初新疆天池留影
边经卫提供

在送别钢结构泰斗沈祖炎院士的日子里，党和国家的主要领导人纷纷送了花圈敬挽，哀荣至极。其同窗莫宝莹先生撰写的《别了，祖炎》一文，读悉感人至深，其中出现"徐循初"的名字，让笔者为之一震。原来他们曾经是一届的同济老同学，甚至同为室友，居然出了3位院士，令人钦佩。

徐循初老师和莫宝莹先生、董石麟院士，以及沈祖炎、范立础二位已故院士，曾经是室友，于1951年考入上海交通大学，1952年并入同济大学，直至1955年同济大学毕业。天不假年，天妒英才！恕笔者孤陋寡闻，徐循初教授后已成为我国著名的城市交通规划专家，硕士博士弟子如云。先生竟已辞世十一年，笔者方才知晓。悲哉，叹息。

其实，徐循初的名字仅仅在脑海中有一闪念，却突然唤起笔者五十多年前的记忆。笔者与他曾有过两次交集，仅此而已。思之再三，则渐行渐远，往事如烟。

一次是1968年初春，徐循初当时是中青年讲师，而笔者是即将毕业的学生，与他有过材料的交接。当时，徐老师急急忙忙从上海郊区农村赶来送件。在同济校园的胜利楼二楼办公室，笔者与徐老师初次相见，他行色匆匆，学者气质不减，穿着随意，言谈举止儒雅。当收件及登记会签手续完毕，笔者以茶水相待，寒暄聊叙一番，也是一个大四学生应尽的师生礼仪。这次偶遇因原收件人临时外出，笔者工作在岗代为收件。我曾担心此举会影响到本人即将面临的1969年毕业分配。所幸，后来我与徐老师都相安无事。但这次的不期而遇却给笔者留下了五十多年抹不掉的记忆。同时，也让我记住了徐老师的高尚人品和中年时的大致体貌。另一次大约在1968年初冬，同济园冷冷清清。图书馆西面的林荫道上，寒风正扫着落叶。笔者与徐循初又有过一次邂逅。只见他低着头，急急忙忙往前赶路。笔者一眼就认出并主动向他打招呼，"徐老师好！"他立即止步作出热情回应，笔者方知他刚从郊区农村赶回学校。后来，笔者向他抒发了自己的困惑，再过一年，就要离开同济。眼前课程荒芜，彷徨困惑之余，日后还能凭何真本事立足社会？危机感尤甚。徐老师干脆放下赶路时间，靠着工程试验馆前的木栏杆，与笔者交谈，其答言从容恳切，给笔者留下了难忘的记忆。

笔者对他直说，土木建筑是个大科目，建材制品只是其中一个并不起眼的枝节。笔者读中学就不怕数学难题，对数学力学有兴趣，很想从建筑结构、道路桥梁方面入手，学搞结构设计比较实在。不知可否？徐循初与笔者虽为萍水相逢，师生浅交，但相互凭直觉，笔者相信他有真才实学，他又相信笔者诚心求学。

徐循初很坦然地回答笔者："同济的专业确实分得太细，但学生的知识面还是要宽广些才好。不要急，你已经学完了专业基础理论课，今后干什么专业，用不着发愁，工作对不对口，要听组织安排，还要碰机会，人只要勤奋，就有希望。只要边干边学，就一定能行。凡同济毕业后从事专业工作的，出成绩的占多数，至少干得不错，还没听见过有谁不行。"这几句话，笔者听得舒坦、共鸣、鼓舞，也更让笔者记住了徐循初的务实。

倏忽间，当年的同济学子，如今也进入岁暮之年。徐老师也作古十一年。虽阅人无数，但徐循初的名字和道德良心，笔者没有忘记。他那些极其淡泊的语言，不仅被半个世纪的社会进程印证了，而且还要继续被证实，那也是同济人务实精神的真实写照。

2017年10月18日于厦门

最忆初闻此曲来
——回忆图书馆邂逅的歌唱家朱逢博演唱

  1964年年末,在刚落成的同济大学图书馆,邂逅一场文艺演出,给18岁的笔者,留下了难忘的记忆和感悟。上海的严冬,呵气成雾,寒气肆虐。同济校园内,树林无暖春之青翠,草坪多现萋萋枯萎之态。独有几朵艳红的玫瑰,绕着新图书馆东面的低矮护栏,傲然绽放在岩石边,格外引人注目。

  正当笔者在图书馆二楼大阅览室,静心伏案,温课备考之际,一个意外的文艺演出信息,引起笔者关注。笔者刚进校体操队,又对歌舞有着浓厚的观赏兴趣。这次巧合让笔者有机会在图书馆,第一次直面欣赏朱逢博的精彩演唱。

  在刚竣工的图书馆大厅,由校方举办一场小规模的"辞旧迎新联欢会"。对外并没有张贴宣传海报,只是以招待外国留学生为主,个别校、系领导及少量学生代表参加。笔者闻讯即感到好奇,心想演出的艺术水平应该不会差,值得观赏。

  夕阳西下,下午闭馆时间已经临近。在管理人员的催促下,学生读者纷纷离馆,大门随即关闭。笔者尽量避开驱赶视线,看准时机,躲在二楼阅览大厅的端头,择一书桌挡板后面,先关闭小日光台灯,潜下心来,不经意地翻翻书,做点笔记,静静地候着晚餐时光的流逝。

  笔者寻思,为了欣赏一场文艺晚会,放弃一顿饭菜又何妨!显然,一个普通新生,若不提前这两个时辰候着,出门容易进门难。当晚会行将开始,来宾也开始鱼贯而入。笔者顺势下楼,进入大厅,彬彬有礼,在最后面一个不起眼的位置落座。大约不到200人的临时席位,仅仅用桌椅围成一块演出空间。既无幕布亦无戏台,但热烈的气氛不减。听观众席上有人议论,坐在前排正中位置的,便是校党委副书记刘金鼎。除少数非洲留学生外,越南留学生占了大多数,虽说招待外国留学生为主,但中国学生也来了不少。

  节目依序进行。笔者入学只有半年,对朱逢博只是闻其名而不甚了解,没有想到朱逢博会光临文艺晚会。当主持人宣布，由学校领导特邀校友朱逢博演唱时，朱逢博风姿绰约的台风，观众雷鸣般的掌声，将晚会立即推向了高潮。

五十多年的光阴荏苒，对这次晚会的细节回忆，笔者几乎已荡然无存，但朱逢博独有的"北风那个吹……"的精妙唱腔，却令笔者终生难忘。加之早年，笔者曾在多种场合下，向友人惟妙惟肖地复述过这段回忆。这次朱逢博的独唱表演，在笔者五十多年的回忆中，说是一种大跨度的、经久不息的艺术时空荡漾，绝不为过。

借书大厅并非正规的演出场所，层高明显偏低，不可能达到音乐厅声学设计要求。只要有一把小号就足以在大厅吹得震天价响。同济的铜管乐队虽然强势，但也不能喧宾夺主压过独唱声。记得当时只有小提琴和口琴伴奏，其他笛子及打击乐器极其简单。谈不上文艺演出晚会，只是即兴清唱，外国留学生也出了一些节目，仅仅是联欢而已。

当观众还陶醉在朱逢博独唱"北风吹"的欢快旋律时，歌曲接近尾声，掌声待起，报幕未及，伴奏的接应还来不及反应，只见朱逢博就地转换台步位置，紧接着一侧身、一仰天。举手投足间，她就像换了一个人似的，突然唱起了呼天抢地的高音悲曲："刹时间，天昏地又暗，爹爹啊，爹爹，你死得惨……"转换自如的台风，突如其来的悲歌。那种反差之巨，大家无不为之震撼，甚至有人被感染得潸然泪下。笔者深深地记下了这一刻，歌唱的艺术魅力，竟然如此的神奇和震撼！

"随风潜入夜，润物细无声。"刚入学的一名普通大学生，真没有机会见识这种场面。从此，笔者更相信，只有在现场近距离观看表演，才最具冲击力和观赏效果。"此曲只应天上有，人间能得几回闻。"观赏文艺演出，尤其是欣赏高水平的声乐表演，只有在现场，才能感受到歌唱的艺术魅力。这种感悟，伴随了笔者一辈子。

正是这次喜剧与悲情绝唱的迅速转换，让笔者第一次在图书馆借阅大厅，而不是在歌剧院，记住了朱逢博。"清水出芙蓉，天然去雕饰。"依笔者的一己之见，原来世界上只有朱逢博才是"前无古人，后无来者"的真正的歌唱家！

几年后，笔者才详知，朱逢博是同济大学历史上绝无仅有的、极富演唱才华的著名女高音歌唱家。犹如锋利的锥子掉进布袋，总有机会脱颖而出。20

世纪60年代初，朱逢博的歌唱天赋和才华，虽被很多有识之士推崇，但真正的关键助力，还得依靠同济大学的组织人事安排。

据说，这位神州大地上冉冉升起的歌唱明星，还是得益于同济大学校领导刘金鼎的慧眼识真金。刘金鼎批准并推荐她代表同济大学参加"上海之春"演唱会而崭露头角，引起上海乃至全国音乐界和歌坛的极大关注，后正式调入上海歌剧院。朱逢博从此步入中国音乐殿堂。论资排辈，李谷一比朱逢博也晚了十年。于是，同济大学虽少了一名出色的建筑师弟子，一位女高音歌唱家却横空出世。

直到20世纪80年代初，朱逢博还将《橄榄树》《走在乡间的小路上》等耳熟能详的台湾校园歌曲，率先在大陆演唱传播。尤其是《年轻的朋友来相会》《我的小路》，以及获得金唱片奖的《那就是我》，其影响之广泛，呼声之高远，绝不会输给当下走红的任何一位歌星。

正因为同济大学有朱逢博这位歌唱天才脱颖而出，当年的同济文工团民歌队耳濡目染，深受影响，其队员的独唱水平，不高超也难。

当时，全国风行"乌兰牧骑"式的小分队，面向基层演出。学校文工团的民歌队，有时也会在晚自习前，被安排来到教学大楼教室，为班级学生进行短暂的演出，让低年级学生在埋头功课间，也能感受到歌唱艺术的情趣。其中《红梅赞》《珊瑚颂》《洪湖水浪打浪》《打靶归来》《长征组歌选段》等歌曲，被这些优秀歌手率先唱得荡气回肠，同济园内也随之广泛传唱。

伏案搁笔，诗兴袭来：

> 风华绝代登歌台，学子初闻此曲开。
> 悲喜转换听惊雷，五十年后眼前来。
> 唱彻江南第一人，敢教歌吟动地哀。
> 星才闪烁出同济，姹紫嫣红添异彩。

2017年5月10日于北京

同舟共济话赣州

一、三江波涛拥古城

这是一幅尚未公开面世的、20世纪80年代初赣州城全景鸟瞰写意素描。它出自笔者曾经的合作伙伴、同仁旧友、已故建筑师廖洪发之手。其画法老到洗练，落笔轻重有致，兴许若干年后，再来寻觅古城旧影，更能显现其艺术魅力与史料价值。

画面由远及近，是章、贡两江合流的赣江，形成奔腾不息的三江水，环抱着赣州古城。赣江由此一泻千里，流逝远去，汇入长江。近景焦点是以仿宋古建、赣州城的标志性建筑八境台为制高点，鸟瞰的范围依次展现。宋代古城墙的逶迤走势、郁孤台的依稀轮廓、蒋经国在赣州故居的历史痕迹、文庙慈云塔的朦胧方位、错落有致的城区建筑、星罗棋布的低矮民居、贯通城市的主要干道都一一呈现。有着千年习俗传统的南河人行浮桥，以及横跨江面的现代公路大桥都隐约可见。赣州古城的人文构筑，与周边绿水青山的映衬，让人们在视野里达到了完美的统一。

20世纪80年代初赣州古城全貌（廖洪发遗作）

赣州城，始建于汉高祖六年（公元前 201 年），距今已有 2200 多年历史。自东晋永和五年（349 年），赣州古城已初步形成为赣南政治、经济、文化和交通的中心。赣州的"赣"字，即由"章、贡、文"三字组成，意蕴章、贡两江合流和本土丰厚的人文积淀。1994 年，国务院公布赣州为国家历史文化名城。

抗日战争爆发，狼烟四起，战火纷飞，同济大学曾经大规模迁徙。同济师生为爱国护校积蓄力量，与中华民族共危亡，历时八年凄风苦雨、艰苦卓绝，和当年西南联合大学（清华大学、北京大学、南开大学）、中央博物馆等机构向大后方转移一样，是中国抗日救亡教育史和科技史上的一件大事。

据史料记载，自 1938 年 1 月 5 日到 8 月，赣州曾经是同济大学的迁徙地，同济师生在这座千年古城和"江南第一石窟"赣州通天岩，找到了一片绿荫与栖息之地。在通天岩的石壁上，还镌刻着"同济"二字，至今仍依稀可见。这是当年抗战爆发纪念日——1938 年 7 月 7 日，不愿做奴隶的同济人，集合野营于赣州通天岩的刻石纪念。又如四川李庄，也有着深深的同济烙印。

当这悲壮的历史一页被沉重地翻过去，斗转星移，现代赣州城的规划与建设，又正在刻录着或湮没着，一代代同济学子的奉献与似水年华。

二、决胜人文今犹在

赣州市老城区平面呈金龟状，八境台则坐落龟尾，掩映在树木葱葱的八境公园怀抱之中。章贡两江沿岸，保存着全国最完整的宋代古城墙，这是一座闻名遐迩的历史文化古城，八境台与苏东坡、郁孤台与辛弃疾的历史典故，也留下了绵绵不尽的千古佳话。

（一）蒋经国旧居

八境台往南约 1 公里处，为蒋经国先生于 1938 年至 1945 年，在赣南时的旧居，系一栋凸字形，砖木结构的欧式平房，总面积不足 200 平方米，有一间起居兼办公，三间卧室。简朴的客厅和拾级而上的小饭厅，掩映在一株茂密如盖的白玉兰树下。这株树就是蒋经国先生当年亲手栽植的。虽已人去楼空，旧居却修葺整理如故，参观游人络绎不绝。这里的一草一木及蒋经国先生曾经使用过的器具、老照片、文房四宝和《赣南家训》全文书写手迹，似乎仍在章江边，诉说一位杰出政治家在赣南起步的传奇。

抗战期间,蒋经国先生推行了著名的"赣南新政"。故居还陈列着蒋经国先生在当年《正气日报》上题写"大公无私,除暴安良;保护好人,打倒坏人"的题字影印件。他布衣草履下乡,打击烟、赌、娼成效显著,其廉政开明主张,在赣南曾经取得举世瞩目的成就。

(二)郁孤台与辛弃疾

宋代古建郁孤台,位于赣州贺兰山顶,与八境台沿江遥相呼应。以山势高峻,郁然孤峙而取名,以辛弃疾的著名词篇而流传千古。南宋爱国英杰辛弃疾,以其词奠定了他在文学史上的崇高地位。他忧国忧民,曾在郁孤台下,留下脍炙人口的激越悲壮词篇《菩萨蛮·书江西造口壁》:"郁孤台下清江水,中间多少行人泪?西北望长安,可怜无数山。青山遮不住,毕竟东流去。江晚正愁余,山深闻鹧鸪。"在题咏郁孤台的众多诗词中,尤以辛弃疾的这首词最为著名。其实,现今的郁孤台建筑规模,还远不及八境台雄伟壮观。

(三)八境台与苏东坡

1078年,八境台始建落成,原为木结构,在历史上多次被烧毁重建。据现保存的北宋城廓所建八境台资料,亦台亦楼,台上筑楼,楼台结合,四周设有炮眼,战时权作军事观察瞭望,平时可登高眺望三江与城内胜景。苏轼在《虔州八境图八首并序》中称赣州古城八景为:三台鼎峙(郁孤台、拜将台、章贡台),玉岩夜月(通天岩),储潭晓镜(储潭),马崖禅影(马祖岩),二水环流(章江、贡江),宝盖朝云,天竺晴岚(天竺山),雁塔文峰(舍利塔)。

1094年,苏轼被政敌所害遭贬至惠州,途经赣州尤称赣州十八滩之险要,留下名篇《过惶恐滩》。苏轼后又作《八境图后序》,从此八境台闻名遐迩。虽斗转星移,八境台周边的古城墙与青山绿水依旧。

(四)宋代古城墙

据史料记载,赣州古城墙的大规模兴建,始建于唐朝末年,先人以工程运筹学智慧,利用护城河开挖,即构筑土城墙约3900米,其中濒临章、贡两江3600米。距今已有1100余年的历史。可是,原土城墙每年都被江水泛滥冲毁。直到北宋嘉祐年间(1056—1063年),知州孔宗翰开始用砖石包砌城墙。砖城的修建使得城墙能够有效地抵御洪水侵袭。

从此，赣州砖城历经千年，成为全国罕见的、较为完好地保持着宋代城市格局的一座古城。赣州因城池坚固，又有江水相助，历史上易守难攻。

千年一叹，惊叹于赣州的古城墙！1996年，国务院将赣州古城墙列入全国重点文物保护单位。2013年，慈云寺塔被中华人民共和国国务院公布为第七批全国重点文物保护单位。赣州古城有着独具魅力的历史文化和精神载体，一代又一代的赣州人，总是引以为豪地传诵着这些古城的口碑。

三、胡耀邦的洞察力

20世纪80年代初，曾任中共中央主席和中共中央总书记胡耀邦视察了这座古城，在江西省及地方党政主要领导的陪同下，他踏上了保存完好的宋代古城墙，遥望着奔腾不息的三江水，脚下却是八境台的一片废墟。他在听完介绍后才了解到，八境台在历史上曾多次遭受战乱和火灾，屡烧屡建。

古城悠久的历史文化、八境台绝妙的坐落位置，以及政治家的洞察力，让面对八境台废墟的胡耀邦当机立断并立即指示："在民国时期八境台的火灾废墟上，要充分利用三江汇合和古城墙的占地优势，仿照宋代古建筑重建八境台。要经得起时间的检验，经得起历史的认可。"

1983年，该工程设计由赣南著名建筑师廖洪发领衔兼建筑专业负责人。笔者作为结构专业负责人，有幸独立完成了这座仿宋古建筑的全部结构施工图设计。那时，笔者供职于江西省赣南建筑勘察设计院。为了排除其他设计项目干扰，廖洪发同笔者被时任赣州市城建副市长的陈钟熹，特地安排在郁孤台下的赣州市博物馆内，自1983年6月到11月，在半封闭状态下完成了"八境台"施工图专项设计。该工程于1987年5月竣工。

新落成的八境台，北宋风貌浓郁，能观其襟带城墙，有控三江之气势。临江高峙，地势险要。登台俯瞰，三江波涛汹涌，江面千帆竞发。古城内外八景，意境尽收眼底。实现了胡耀邦的愿景，也完全符合设计者预想的隽永意境。

岁月蹉跎，三十年后再回首，如果没有胡耀邦当机立断的前瞻性发话，重建八境台的设计定位和重建走向，则很难预料是否有今日北宋古建筑的典雅境界。

廖洪发遗作

四、八境台的仿宋创意

梁架斗拱是了解中国古代建筑的钥匙，也是宋代《营造法式》的精华。能否将梁架斗拱既融入仿宋古建创意，又能与现代钢筋混凝土框架结构相匹配，成为八境台仿宋代古建筑设计成败的关键。

新建八境台为钢筋混凝土框架结构，只是按宋代《营造法式》力求达到仿木结构的古建筑效果。为了装饰需要，只能将木斗拱虚设就位，逐一用预埋螺栓锚固后，嵌入钢筋混凝土框架梁。1米高的上等樟木斗拱，不仅不能作为支点，反而加重了梁架的荷载。而梁架为了使观感精巧，其断面尺寸又受到严格限制。为此，加大了结构设计与施工的难度，但建筑效果甚佳，这也成就了八境台与古城墙交相辉映的一大亮点。

20世纪80年代初，整栋仿北宋的古建筑，继承了宋代《营造法式》，并用钢筋混凝土结构取代木结构的工程，在国内还未见先例。"八境台"的结构设计，则为此作了开创性的成功尝试。

现落成的八境台，各层檐下、柱间、柱头和柱角设计均为仿宋式琵琶造型。粗壮的主体、轻盈的飞檐和精巧的斗拱形成强烈对比，愈显雄奇壮美。鉴于古城墙基地所限，台柱平面为18米×12米，呈长方形，台体共三层。城墙高4.5米，建筑高度25.5米。其建筑体量与比例尺度，凸显了宋代楼阁建筑的美轮美奂。

底层南北屋面入口处增设抬檐一间，做成小歇山。瓦面全部采用碧绿色的琉璃瓦，使之与江水呼应。南北入口处正梁设有吊龙柱，各层有花格长窗。室内时有挂落和各层不一的天花藻井，配以红色为基调外明内暗的仿宋彩绘，使庞大的楼台不失精巧。台基和城墙，台体与公园，融为一体，相得益彰。

八境台的全过程设计，经历了资料收集、史料分析、方案创意、方案确定、技术论证、细部推敲，直到完成300多张施工详图的设计过程。其成功的奥秘就在于，按宋代《营造法式》的北宋古建，其飞檐、斗拱、梁架、抬檐、歇山、托枋……细部大样，在吸收了盛唐的建筑精华之后，独创了北宋的建筑经典与辉煌。从构图到大样，从设计到制作，具有独特的、高度精致、典雅和堂皇的风格特色。为其"独特的、高度精致、典雅和堂皇"，增加了钢筋混凝土结构设计与施工技术的难度，费工、费时、费料，使结构设计与施工工程师，都必须精益求精，独具匠心！

三十年后，笔者再次来到赣州，目睹八境台的雄姿和气势，方有略感，笔者当年总算没有辜负这座全国历史文化名城的历史重托。

五、桩基防洪保城墙

鉴于八境台在历史上屡遭战乱及火灾，主体改用钢筋混凝土仿木结构，虽无火灾之虞，却依然受洪水威胁。因为新建的万安水电站建成后，赣州城百年一遇的最高洪水位为吴淞高程+108.00米，恰好与新建的八境台室内标高相平。如果一旦"水漫金山"，夹包在城墙砖内的大量覆土，虽早已自重固结，但终因是泥土也难免因久泡洪水而下沉。建在城墙上的八境台，其基础则有可能因不均匀沉降出现倾斜，也有可能因沉降量超限，而危及整体结构的稳定与安全。

为了排除这百年一遇的洪水隐患，依据1980年国家颁发《工业与民用建筑灌注桩基础设计与施工规程》（JGJ 4—80），1983年，笔者首次在宋代古城墙上采用混凝土灌注桩基设计，作为八境台工程结构的防洪安全储备。由于笔者的结构设计贡献，新建八境台的基础施工，避免了因大开挖深埋，而拆除有悠久历史的宋代古城墙，完好地保存了赣州古城墙的历史原貌。赣州古城墙的每一块宋城墙砖，都为这座古城留下了不可磨灭的历史痕迹，让后人可以从中直接读取它的历史年轮。也确保了百年一遇的最高洪水位到来时，即使整个八境台基础随古城墙被洪水淹没，其上部荷载仍可有效地传递到灌注桩桩基，而八境台的筏片基础则可谓固若金汤。

意大利的比萨斜塔和中国苏州的千年虎丘塔，都是因为地基变形和基础不均匀沉降，导致上部建筑明显倾斜而著称于世。其中虎丘塔，在20世纪80年代，当地政府部门为保护古建名胜，曾不惜一切代价进行加固，才修复如旧。而比萨斜塔，却只有永远列为世界倾斜建筑之奇观。

现已建成的赣州标志建筑八境台，既防火灾、又防水淹倾斜，而且符合国家七度抗震烈度设防标准，只要没有战乱和人为破坏，将控三江之势，永远屹立在章贡两江汇合处的古城墙之上。许多赣州人提到当地名胜，言必称"八境台""郁孤台""慈云塔"，而国家历史文物主管部门和权威专家最看重的还是赣州宋代古城墙，它是全国唯一的、保存最完整的3664米宋代古城墙！

往事一旦成为历史，便不仅仅是往事。笔者当年在赣州完成的八境台结构设计，以及对古城墙的保护，随着三十年光阴的荏苒，也将成为历史而被记忆所铭刻。

六、赣江侧畔屹台阁

集天地之灵气，控三江转乾坤。现今八境台的坐落位置，按中国建筑风水运程学评断，绝对是成功之作。三十年前，在新建台址的选择上，曾经众说纷纭，也有过几个方案比较。实践证明，廖洪发的实施方案和笔者的附议是正确的。唯有以原废墟为坐标，将新台址沿城墙北移25米，尽量靠近三江汇合处的端头，形成"一览众山小"之态，雄踞在城北古城墙遗址之上。方能向世人展示，国运昌盛，千年八境台还看今朝！

竣工后的"八境台"，当年即成为江西省最大规模的仿宋古建，坐控赣江源头。两年后，南昌仿古建筑"滕王阁"，巍峨庄重，雄踞赣江之尾。沿着千里赣江，滕王阁与八境台南北遥相呼应。

八境台周围的环境保护，不仅避免了新世纪到来的某些开发性破坏，而且自然景观仍然有千年古建遗风，天人合一，得天独厚。再现了苏东坡九百多年前描绘的"八境见图画"的美妙意境。以古城墙和三江水相伴，掩映在八境公园的一片树木葱茏中，充分展示了古城历史文化和三江恢宏的气势。没有变化的仍旧是：沿市区蜿蜒的章江约30公里、贡江约12公里，二水奔腾不息，在八境台下汇聚成长江的第二大支流赣江。古城墙、八境台、郁孤台、文庙慈云塔、通天岩、蒋经国旧居，以及具有浓厚宋城格局的南市街、灶儿巷等历史风貌建筑。沿赣江屹立的南昌"滕王阁"，与赣州"八境台"两大名楼，在江西省全境南北遥相呼应，气势雄伟，其隽永意境也承载着江西省深厚的人文历史渊源。

七、经典作品源于人品

曾与笔者合作设计八境台的建筑师廖洪发，江西万安人，1963年毕业于江西工学院土建系。他在赣州的建筑设计作品甚丰，现今八境台就不失为其中的经典作品。他有着深厚的徒手绘画功底和良好的建筑艺术素养与天赋。当年在赣南建筑设计界闻名遐迩。廖洪发性格内向，敏行慎言，不苟言笑，比笔者年长9岁，颇具大哥风范。笔者与其私人情谊恰似一杯白开水。正因为这种君子之交，他更看重的是一名同济毕业的青年人所具备的结构设计能力，是否能与他并驾齐驱、配合默契。"文革"结束那年，笔者三十岁刚出头，承蒙他的信任，在地区级的赣南院，很早就在结构专业方面扛起大梁。如果在省级或国家级大设计院，论资排辈，担纲机遇甚微。

白驹过隙，往事已隔人神。人的一生极其短暂，能有配合默契的合作伙伴，共同做成几件事更是难能可贵。1986年，笔者与廖洪发惜别。五年后，我们合作设计的"八境台"与"赣州汽车站"两个项目，分获江西省优秀设计二等奖。这次他没有沉默，居然特地派人与笔者分享奖金的一半，从千里之外送到笔者南昌家中。笔者想，他绝非看重这点钱财，但他也没有留下任何赞誉或有关友谊的虚比浮词。

一眨眼又过了五年，笔者在厦门接到他儿子打来的噩耗电话，方知廖洪发在临终前有过遗嘱，令其长子一定要将他谢世的消息及时告诉笔者，笔者闻讯深受感动。廖洪发平时少语，临终有言，念及在赣州二人设计配合、心领神会、相互影响、彼此砥砺、渐行渐近，乃至肝胆相照的生命历程，使笔者不禁黯然神伤。

以矗立在赣江源头的八境台为坐标原点，赣江——江西的母亲河，径直北去湍流千里，纵贯江西省全境，流经省会南昌，由湖口入长江，奔流到海永不停息。如孔子所言，逝者如斯夫！站在章江、贡江两江汇合处，仰望着新世纪扩建的八境台景观工程，有楼、有阁、有碑、有亭、有栏、有鼎，还有客家南迁纪念坛，与主体建筑八境台交相辉映。可惜一代才俊廖洪发先生，积劳成疾天命难违，十七年前就英年早逝。物是人非，笔者内心也怆然默念："欲祭廖公疑君在，灵当重瞰八境台。古城岁月今胜昔，联袂设计难忘怀。"

八、前人栽树后人乘凉

忆及八境台设计的组织安排、桩基方案的敲定，以及避免宋城墙的拆除，还得益于一位明白人的定力。他，就是当年的市长陈钟熹。陈钟熹，一位20世纪80年代，连任八年的、赣州市有口皆碑的城建副市长。虽在十四年前就因在旅途中心肌梗塞而早已逝世，但话及赣州市早年的超前规划和基础建设，他的名字在老赣州人心目中，又何能湮没无闻。

他当年给人的第一印象：1.85米的个头，长得玉树临风，处事精明干练。青岛人，一口普通话字正腔圆，思维敏锐，尤其对有关城市建设概念性的数字，有着惊人的记忆。赣州市民亲切地称他为"高佬市长"。他是20世纪80年代初，被改革开放的大潮，推向领导岗位的一名普通的土建工程师。

回忆在赣州的那段岁月，没有他的当机立断，笔者和廖洪发不可能被安排在郁孤台下，集中精力并如期完成八境台设计。没有他对一位同济大学毕业的年轻人的信任，没有他敢于担当的定力，笔者首次在赣州设计的桩基，也有可能因无休止的技术性争议被延误，甚至有可能在八境台工程中流产。莫说实现八境台百年一遇的防洪，就是在基础施工中，也有可能因基础深埋，而使大片的宋代古城墙，难免遭受被拆除的厄运。

三十年前，毕业于同济大学的两位学子，1961年城市规划专业毕业的同班同学——朱承昌先生和何绿萍女士，分别受江西省建委指派和赣州市人民政府委托，分别代表江西省城市规划设计研究院与北京大学地理系《赣州市总体规划》编制组，向市政府首次提出了"保护古城，另建新城"的前瞻性科学规划设想。尤其对上述反映古城文化历史风貌的建筑和景区，一致要求重点保护，要"无为而治"，并提出将老城区南移西扩，或向东南方向扩移发展。实现大赣州的中远期发展目标，建成为集历史文化底蕴、城市园林山水于一体的现代滨江经济新城。

朱承昌先生还特别提到，对蒋经国在抗日年代，主政赣南的一大批遗址、旧居及建筑要有选择性地保护。要把统一祖国大业的设想，体现在规划理念和实施中。即便这仅仅是一份纲领性规划，但在当时全国县级城市中，已算是凤毛麟角。20世纪80年代初，赣州市虽为赣州行署、赣州地委所在地，但行政级别仍为县级市。时任副市长的陈钟熹，在三十年前就前瞻性地要求《赣州市总体规划》编制组，将这座县级古城的总体规划，按地级市的规模、按保护国家级历史文化名城的视角去谋篇布局。

对历史文化名城的保护，历来是同济大学城市规划专业一脉相承的显著亮点。同济大学的阮仪三教授现任国家历史文化名城研究中心主任，曾荣获联合国颁发的"亚太地区文化遗产保护杰出成就奖"。早年为赣州市规划作铺路石的这两位同济人，朱承昌先生、何绿萍女士和著名的阮仪三教授，也正是当年同济大学的同班同学。他们当年介入赣州市规划的身份和视角虽有所不同，却对《赣州市总体规划》编制文本的重要意见不谋而合。这无疑共同得益于早年在同济大学学习时的滋润与熏陶。

正因为有了同济人主持编制的这份规划大纲作基础，方见赣州市今日的城市规划建设，才有可能在"保护古城，另建新城"的框架下大展宏图。

九、"同济"石刻通天岩

2007年，原同济大学校长万钢，在百年校庆上作主题发言《百年同济，大学对社会的承诺》，有过如下历史回顾。

"1938年7月7日，在抗战艰难时期，同济迁校途经赣州，在山岩的石壁上刻下了'同济'两个大字，表达在艰难岁月共渡难关的决心。'同济'二字不仅雕刻在赣州石壁之上，也深深镌刻在一代又一代同济人的心中。"

抗战八年，同济大学六次迁校，行程两万多里。赣州城曾是同济20世纪30年代末的迁徙地之一。原同济医科大学副校长武忠弼曾撰文《我亲历的"同济长征"路线》（黄昌勇、干国华《老同济的故事》，南京：江苏文艺出版社，2007年，77-79页），有如下"南迁赣州"的历史记述："从南昌南去赣州有一条南北流向的赣江,学校便用木船分组分批将师生员工和校产陆续运往赣州，溯江而上，赣江的江水清澈见底，但因系逆流而上，船行缓慢，我们常跳下江中用力推船前行，终抵赣州。那时，我们医学院的后期则因附属医院的需要而设在赣州以北的吉安，学校的其他各院系则集中赣州。这时，我们还有许多位德国教授随同迁来赣州，其中包括一直陪同我们到全国解放后的生理学教授史图博（Prof. Stubel）。但由于

赣州通天岩景区内的"同济"石刻

条件贫乏，学校只好将当地原有的一些祠堂、衙门、庙宇等略加修缮，供各个单位勉强使用。好景不长，到1938年的秋天，在赣州只逗留了八个多月。当时的地下党员、学生会主席陶亨咸（中科院院士，已故）带头向校领导请愿迁校，在同学们的拥护和积极支持下，终于得以实现。这次迁校的目的地定为广西贺县的八步镇。"

位于赣州城西北郊约10公里处，有"江南第一石窟"的赣州通天岩，其名源于"石峰环列如屏，巅有一窍通天"，是一座开凿于晚唐，兴盛于北宋晚期的石窟寺。岩深谷邃，树木参天，丹崖绝壁，风景秀丽，不仅保存着唐宋以来几百尊摩崖造像，而且历代政要文人雅士的题刻比比皆是，王阳明、苏轼、文天祥……这里还保存着苏东坡拜访阳孝本的阳公祠旧址，既是中国明代最著名的思想家、文学家王阳明的讲习地，也是西安事变主角张学良先生的囚禁地。

1966年11月初，笔者来赣州，文芹是笔者的初恋，我俩同游通天岩时，在入口处的石壁上，第一次见到镌刻"同济"二字只有碗口大小，非常惊喜，作为同济大学的在读学生，虽引以为豪，但并不了解其丰富的历史内涵。"同济"二字石刻，也并非名家所刻，看似平淡无奇，也很容易进入游人视线。石刻虽立悬岩之上，但离地面仅一米有余，游人容易触摸。因石壁质地欠坚硬，属沙质岩体，显朱红色，虽已历经岁月侵蚀难以拓印描状，却深深嵌进石块依稀可见。

经查考赣州市博物馆《丹崖悠悠——赣州市通天岩摩岩石刻集锦》资料，"同济"石刻注文如下："同济露营纪念：抗日战争时期，上海同济大学迁来

赣州,于民国二十七年七月七日来通天岩作露营活动。"刻"同济"两字者,就是当年抗日流亡的同济大学学生!其落款为"二七•七•七露营纪念",推算民国二十七年为1938年,中国人民正陷于水深火热之中,中华民族到了最危险的时候。赣州"同济"石刻,承载了一段厚重的民族危亡史,也向世人展示了百年名校同济大学的人文轨迹,为弘扬同济传统精神,传播赣州古城历史文化,随着时间推移,"同济"石刻意蕴的深刻内涵,一定会不断启迪后人,弥足珍贵。

本文刊载于《江西文史》(2013年第7辑),收入本书时有修改。

世事纷繁兄弟在

"亦余心之所善兮,虽九死其犹未悔。"

笔者收到同济大学图书馆的一份邀请函,内心难以平静,感动于王新泉同学的义举和诚邀,三天后,笔者偕妻携孙专程从厦门飞沪,重返同济母校,为当年的学友王新泉捐书助阵,参加由同济图书馆、同济文库联合举行的"王新泉校友向同济文库捐赠学术著作仪式"。

笔者与王新泉虽不同系,却是1969年同届校友,同住西南二楼达五年之久。四十年后,笔者与王新泉久别重逢于郑州,方知其离校后的传奇经历。是金子总要发光。自步入社会四十余年,弘扬同济精神,始终锲而不舍,自强不息,论著等身。尤其他的通风工程学论著"过五关斩六将",被列为首批国家级"十二五"教材,殊非易事。他不仅是位大学教授、硕士生导师,而且已成为我国安全科学与工程领域方面颇负名望的专家。

21世纪,王新泉教授入选河南省政协常委。校友回报母校是天经地义,理所应当。他向同济大学图书馆捐赠历年已正式出版的,由其本人著、主编、参编学术著作共计43种70册。以深情感恩同济,诚非易事。

第二次世界大战的名将巴顿说过,"一个人攀登顶峰的高度,并非衡量人生成功的唯一标志。更精彩的是,要看他人生跌到低谷时的反弹力度"。王新泉的人生反弹力度,自然又让笔者感佩不已。王新泉的专著捐赠活动,由同济大学图书馆馆长慎金花博士主持,并为王新泉隆重颁发捐赠证书。台下坐着专程从郑州赶来的20余名硕士,都是王新泉教授的高足弟子。

会前,会场曾出现过短暂的宁静,只见一位长者步履维艰,姗姗来迟,却又似春风吹来了一阵惬意。王新泉是会议的主角,他的敏锐目光立即倾注在长者身上,霍地一下,起身相迎。随着他的大声呼唤:"肖教授来了!我的老师来了!"

全场为之一惊,两人在会场的初次见面,几乎是相拥而泣。长者正是同济大学机电系资深教授肖友瑟老先生，时年87岁。他刚落座不久，便又俯下身来，拿出一本《德国研究》杂志忙着题词，准备赠送给王新泉。只见他写道："老王同志，承蒙仍念旧情。无限感谢，我已步入暮年，已无扶犁之志，但留忆旧之情，谨以此赠40—50年前共同抬水的'牛'友。"

题词中的所谓"牛"友，指的是"文革"中肖友瑟和王新泉结成忘年之交。此情此景，似乎让王新泉勾起了往日的回忆。几度哽咽，潸然泪下。恰如季羡林在《牛棚杂忆》中所言："今天的青年人，你若同他们谈十年浩劫的灾难，他们往往吃惊地又疑惑地瞪大了眼睛，样子是不相信，天底下竟能有这样匪夷所思的事情。……真正的伤痕还深深埋在许多人的心中……"

"世事沧桑心事定，胸中海岳梦中飞。"王新泉捐赠的43种70册的论著，字数当在近千万，堆积起来可与小学生儿童身高相比。它既承载着艰辛和智慧，也重复着多少兴亡与宿命。难关虽已渡尽，年岁亦近黄昏。人有冲天之志，非运不能自通。运道在世事纷繁中，永远变幻莫测。王新泉能不被逆境下的时势所驱，不以物喜，不以己悲。胸怀祖国山岳湖海，最初的梦想还是在事业的天空翱翔，持之以恒，终究玉成。

肖友瑟教授不仅是王新泉的暖通专业恩师，而且彼此同为"文革""牛棚"的患难之交。肖友瑟当年备受煎熬，尚属中年，如今也已成深秋的树叶，渐趋凋零。"羁鸟恋旧林，池鱼思故渊。"直让王新泉禁不住一阵心酸难忍，以掩涕兮，哀人生之多艰。泪水在眼窝里打转。他一面不断对着台下茫然不知情由的中青年学者，一面又以极大的克制，读完了真情洋溢的书面发言。

当他再转身接过肖友瑟教授的赠书，并大声朗读其题词时，"牛友"二字，让他立马情不自禁了。他用双手紧握并抖动着肖友瑟的右手，顷刻间，老泪纵横乃至泣不成声。简洁而隆重的捐书仪式，就这样在"忆苦思甜"中拉开了序幕。

"操千曲而后晓声，观千剑而后识器。"原来肖友瑟教授于20世纪80年代，也曾有幸任职同济大学图书馆馆长，并曾任同济大学《德国研究》编委会主任。上海解放前夕，肖友瑟一介青年大学生，在上海解放前夕就加入了中共同济大学地下党。资格虽老，师生同难。今日的悲喜交加，也展示了一个时代渐渐落下了帷幕，台下的中青年又拉开了新时代的序幕。

笔者与王新泉合影
前排左起：徐仁心、王新泉、笔者及夫人孙儿
后排左起：肖小凌、胡克旭、徐立

难忘两师话甘霖

人活一世如长河缓流入海，即便成功，也是百川聚来的泓沛。回首人生漫漫路，关键也就那几步。读书改变命运，升学奠定前程。在"千军万马过独木桥"的应试年代，1964年高考迈开的一步，让笔者总是难以忘怀。

此文着重追忆了高考前，受教于南昌五中的语文老师王章庆先生和三角老师兼班主任张光才先生，怀念两位恩师，不敢妄语虚构。飞鸿雪爪，也折射出那个年代的社会背景。

一、高考状元，怎样炼成？

1957年，江西省第一高中（1958年易名南昌五中），师资力量雄厚，生源选拔优秀。学风校纪严明，俊彦英才云集。当年的高考成绩，恰似一声春雷让全省高中学界倍感震惊。

当是时也，江西省全省只有40名清华大学招生名额，省一高中，硬凭实力考取了清华大学21名，更兼有北京大学11名，还有上海交通大学、复旦大学、同济大学、中山大学、武汉大学……天时地利人拼搏，鸿运眷顾状元郎。其势如钱塘江的潮水，幸运学子一齐涌入了著名的高等学府，对南昌五中历届后生鼓励至巨。

时光荏苒，浅笑安然。

话说1964年春回大地，高考在即。高中同学朝夕相处，都是寄宿住校学生，学习氛围非常浓厚。"少壮不努力，老大徒伤悲"，谁都不想在人生高考的转折关口留下遗憾。人人充满必胜信心，"只知耕耘，不问收获"。

通过高考前一年的频繁模拟考试测验，笔者的成绩已突飞猛进，颇感豪迈自得。但是，若想在高手林立中拔尖，又自感天赋有限。不禁扪心默念：赶超同班赵长风，再三拼搏也落空！

赵长风何许人也？人称"书生"，班学习委员兼团支书。他是逢考夺魁的奇才。书香门第善读书，成绩顶尖人品好。高考前一年的"团支书"就非他莫属了。赵长风各门功课的大小考试成绩，总是稳稳当当名列前茅。他在笔者心中是立志赶超的崇高目标。

加上两人正处青少年，文体活动性情投合。长风的博闻强识，充分体现在"悟性特灵，善学专注"。他何时初学拉二胡？几乎没有印象。在笔者眼里，他似乎一开弓便将《赛马》《良宵》等名曲拉得出神入化，让笔者赞叹不已，长风也甚获鼓励。

在紧张的温课之余，两人还一道加入了学校体操队，彼此常在健身房的单双杠上翻腾，甚至晚自习后，还潜入健身房切磋体操技艺。只要对身心健康有利，无论学啥，彼此都能神情专注，如醉如痴，不在话下。洋溢着青春的活力，相互不断激励，两人渐成形影不离的知己学友。在交流学习心得时，长风曾作介绍说道："只要上课认真听讲，消化及时，作业顺利，课余也不会累。"说来轻巧，如蜻蜓点水，但他逢考却总是妥妥地力拔头筹！简直成了读书神仙。其实，现在看来，仍然如此：学生在课堂的专注力何其重要！

高考前一年，逢期末大考，全班同学都在紧张备考，唯独长风却受数学老师之托，鞍前马后，当起老师的助教。在教室一隅，静悄悄地摆桌伏案，并非自我温课，而是专为同学解答排难。考试后，他的各科成绩又总是齐头并进，拿下总分第一名。

"谈笑间，樯橹灰飞烟灭"，赵长风考前的潇洒淡定，暂且休表。话说1963年冬，期末考试前的某日中午。阴天小雨，路面打滑。五中大食堂，集体用膳已毕。长风端着空碗准备洗涮，刚从窗前台阶上跨一大步，却踩空两个台阶，不慎摔个跟斗，前脑门撞上砖砌洗碗池，头破血流。笔者赶紧扶着长风去校医务室，经包扎止血后，次日他继续参加多科期末考试。总分成绩，仍然稳居第一！不服不行。

笔者认定，笨鸟就得先飞。为应试而付出的拼搏，与卓别林在《摩登时代》中的昼夜不息的机器人相比，也不为过。几乎是没日没夜，忘我投入，但最终的应试成绩和长风相比，仍然是总差那一段，难望其项背，自愧不如。

1964年高考发榜后，班主任张光才老师喜形于色，他告诉笔者，赵长风不仅是南昌五中的优秀学子，他进入全省前三名，为五中争了光。因为数学单科满分成绩有上百人,赵长风与多名优秀考生并列数学榜首。他不仅顺利考入清华大学,北京的招考官还特别要他转入对数学有更高要求的工程力学数学系,后成为五中历史佳话。基因特好天赋高,认真努力时运到。高考状元就是这样顺其自然炼成的。

"近朱者赤,近墨者黑",笔者将如此优秀的知己学友,当成标杆来追逐,高考当年,学习成绩也自然进入了排头方阵。乘着理想的翅膀,踏着坚实的步伐前进。

二、作文猜题,如坠雾里

高考取胜的关键是六门功课必须齐头并进,任何一门课程出现低分,将会招致全盘皆输。唯有总分拔高,才是考取大学的敲门砖!

"数理化"的考试成绩是用答案数据说话。尤其是数学考试,解题要求缜密,标准答案是唯一的。最使人担忧的是语文作文,考题变幻莫测,成绩由批卷考官定夺。

1964年语文高考,单考一篇作文,占语文考分的100%。题目看似简单几个字,考前若无准备,下笔容易脱题。即便得心应手,自我感觉良好,也未必能感动考官赐予高分。作文因无标准答案,不确定因素太多,考分上下波动大。很容易拉下高考总分。如何填补这个漏洞?笔者忐忑不安。

话说陶伯英先生,1931年生人,江西省进贤县人,是京城中学语文教育界的名人,更是现代高考命题权威专家。他将高考命题原则总括为九个字:"猜不着、有得写、不犯忌",成为那几年高考命题的铁律。

"猜不着",在科举史上叫"反宿构",考生猜对了题,背熟了范文去应试叫"宿构"。从古至今,每逢国家级考试,都要严阵以待。泄题要判重刑,古代严重者甚至被砍头处死。对考题不仅要严守秘密,而且还要以重金,或委以重任高聘国士名流,绞尽脑汁命题。

让考生"猜不着"是设计考题的关键。在几百年科举史上,北宋政治家、文学家欧阳修,经仁宗皇帝钦准的考题《刑罚忠厚论》,是"猜不着"的考题典范。由现代作家、教育家叶圣陶设计的1962年高考题《雨后》,也是半个多世纪以来,被教育界公认的经典考题。

如果能让考生成为"宿构"考生,投机取巧,一旦得逞,则堪比中了彩票头等奖。那比一般考生作文至少要高出5~10分。而这几分极可能成为是否录取,是否进重点高校的关键。至于"有得写、不犯忌"的后两条,那就完全靠现场发挥语文功底。只有蓄之愈深,方能发之愈力。

三、师门轮值,拜王章庆

"一朵乌云起天末,倏忽长驱半天阔。"1962年秋天,正值语文老师大换班。王章庆先生是笔者读高中最后两年的语文老师。追忆在此之前的语文老师王竹茵女士,那也是绕不开的话题。笔者只记得,王竹茵老师,一眼看上去,很像老电影中民国时期的知识女性。风韵有致,容颜温婉,身材颀长,衣着考究。对学生颇有亲和力,但骨子里却高冷霸气。

王章庆先生(1915—2010年)

虽说20世纪60年代初,社会风气提倡艰苦朴素,但王竹茵老师颇具个性。面对一群少年学生,她举手投足如登艺术舞台,形象端庄,言语干练。在巡视学生晨读时,还真有点"行动好比风拂柳"。在其过往处,总能隐约闻到一阵阵檀香飘逸。只要她一登上讲台,那气质和风度立马让年少的高中生倍加注目。乍看,真不失为一位华丽的优秀节目主持人。她知识面宽,妙语连珠。那一口字正腔圆的普通话,语调"说得比唱得好听",令教台下的学生个个聚精会神。

但令笔者窝火的是,她对学生作文阅卷给分似乎男女有别。对个别成绩优秀的女生,常蒙高分青睐。而对一大群男生给分吝啬。即便高分,也只能在70分上下徘徊。笔者满肚委屈,又不敢言语。

当轮值王章庆先生执鞭语文课时,风向说变就变。笔者突然发现作文评语字里行间竟焕然一新,甚至不乏"行文流畅简洁,想象丰富合理""古训引言得当,切题达意有趣"。先生如是鼓励,直让笔者热血沸腾,感激涕零,对语文课学习激情也陡然高涨。

王章庆老师,魅力何在?其实,王先生个子不高,相貌平平。虽乡音浓重,却满腹经纶。谈起道德文章、诗词声韵,或正襟危坐,或踱着方步,娓娓道来,尽是拿手好戏。20世纪40年代,先生毕业于南昌中正大学历史系,文史功底深厚，对外虽沉默不语，内心却是在忍辱负重，并深爱着自己的学生。他用鄱阳腔认真讲解古文，难懂无味的《楚辞》《史记》篇章，被这位先生摇头晃脑、声情并茂地讲得出神入化。一群热衷数理化的"理工班"学生，居然也听得津津有味。他用心讲解的神情和抑扬顿挫的声调，笔者至今难忘。

"旦出扶桑路，遥升若木枝。"确切讲，王章庆先生不仅是笔者在"理工班"念高二时的语文老师，也是笔者文言文学习的启蒙恩师。正因为承受了先生所赐雨露阳光，笔者始对中国古典文学产生了浓厚兴趣。

半个世纪过去了，笔者自己也感到奇怪，长期从事建筑结构专业设计，却为什么这么多年过去了，还能将《过秦论》《孔雀东南飞》等名篇，说背及诵，这似乎也是对他师生情结的延续。相比之下，笔者在进入不惑之年后，初读王勃的《滕王阁序》，一时兴来，在去南昌出公差时，也曾试着反复背诵玩味，却总是丢三忘四，无以成诵。

可见，少年遇良师何其幸运！

四、抓题应试，何以解惑？

古代官吏出考题"反宿构"，考场舞弊案仍然层出不穷。现代教师是否就更有能耐合理合法抓题应试？智者见智，仁者见仁。设法猜准作文考题和语文基本功的夯实。二者都不可偏废，这对考生既是考验，也是激励，甚至心存敬畏。颇感考语文比学数理化更具有难以捉摸的魅力。

先让时光倒移至1963年的秋天，再纵观那时的全国统一高考作文考题。如1961年的《我学习毛主席著作以后》。1962年除了著名考题《雨后》外，还有一道备选考题《说不怕鬼》。1963年的《唱国际歌时所想起的》和《五一（国际劳动节）日记》二题任选一题。或散文议事，或即景抒情，或时政评论，或道德文章，或放飞理想，不一而足。

高考的前一个学期，如何抓住1964年作文考题，一时风生水起。如果单靠临场作文想获取高分，希望甚是渺茫。可是，猜题交流越频繁，猜题范围越广泛，则更不着边际。作文猜题，如坠雾里。如切如磋，如琢如磨。不少学生理解为将《中国青年》杂志的时政要闻和青春寄语范文，多朗读、多背诵，要用撒网的办法抓题应试。其中要耗费多少时间与精力，但又不失为无奈之举中的良策。

　　王章庆先生对"宿构"应试神器，也有过他自己的独特看法，答案玄乎，全在领悟。先生讲过，无论"宿构"与否，为了写好应用文，熟读时政要文和青春寄语固然重要，但真正要夯实文化基础，熟读背诵唐诗宋词及文言文的名篇则更重要。"以不变应万变"老老实实打好基本功，猜题莫如本领硬，才对得起自己的好年华。多朗读，熟背诵就是学好语文的基本功，也可以说是童子功。这也正是王章庆老师的正直为人和教书之道，不要靠投机取巧获得成功！

　　1963年，全国反"苏修"声势浩大，中央台播《国际歌》在神州大地不绝于耳。南昌五中校园每天早起晚睡都会广播一遍威武雄壮的《国际歌》。据说，南昌三中反应更加敏锐，竟在全天的课余时间，不断强势循环播唱《国际歌》。高考之后，居然有人煞有介事，举报南昌三中有泄题暗示之嫌。庸人自扰，甚是荒唐。

　　对此，王章庆先生也曾讲过：去年《雨后》刚过，今年便是《国际歌》。明年有谁还敢去猜题？言毕，先生哈哈一笑，对着教室一边扫视，一边踱着方步，拂袖而去，仿佛在示意，猜不猜题？各人自定。我王某人岂是"蓬蒿人"？我行我素，决不猜题。

　　1963年秋，笔者受《雨后》考题的影响，也写了一篇类似的习作《晚秋》，其中不乏引述了唐诗宋词中的经典名句。先生对这篇散文颇为赞赏，并作为范文张贴在教学楼的公共走廊上，供同学交流欣赏，仅此而已，却使笔者获得对语文课从未有过的自信和兴趣，从此笔者对文言文名篇中的经典名句，更加赏心，以常背诵引用为乐事。

　　毋庸讳言，先生的猜题能耐就搁在那儿，只是从未显山露水。他对1964年极有可能出现时政评论类的考题，曾经在课堂上有过重要暗示。比如：他专题开课并重点解说如何写好学习毛主席著作的心得体会，并在全班公开点名赵长风的"三部曲"写得最好！先感动自己，再感动别人。①首先描写事情的原委。②从"毛著"中引经据典切题。③最后重点写好光辉照耀。

　　讲到关键点时，先生还一边用扭动的肢体语言比喻，一边夸奖赵长风的文章写得似龙头摆尾。全篇1500个字语言生动，引文精准，最后画龙点睛，突出光辉照耀。全班同学一见平时正襟危坐的授课先生，竟以手舞足蹈状来点评文章，不禁哈哈大笑。"醉翁之意不在酒"，先生如此剖析学生范文，实属罕见，其重点推介之用心良苦，也曾吸引笔者对时政评论文章的高度注意力。

正是王章庆先生此番"坐在城楼观山景"的猜题智慧，犹如诸葛亮"抚琴退兵"般神机妙算。1964年的高考作文题《读报有感》，果然是考一篇时政评论，题旨为"一方有难，八方支援"的社会主义优越性礼赞。其弟子见题，多喜上心头，信手妙笔生花，也就不在话下。往事如烟，但作文"宿构"成功的事实又怎能忘记！

五、敢为一说，鱼跃龙门

随着时光流逝，记忆会悄悄消磨殆尽。但先生敢为一说的"鱼跃龙门"，却让笔者留下了深刻印象。1963年的初冬，那是一个周末的下午。按校规，住宿学生每周一次难得回家的机会到了，当大家匆匆赶回宿舍拾收行装之际，三楼的教室，学生寥寥无几，显得格外宁静。此时此刻，笔者偶然遇到王章庆先生来教室巡视。

一番寒暄之后，先生慢条斯理地打开了话匣子。他为了抒发己见，鼓励学生，但在当时的政治形势下，又必须避开一些麻烦，于是在对笔者讲了如下的一番话之后，又在心中构思了一副对联。他说："在中国历史上，鱼跃龙门比喻科举考试金榜题名。古往今来，相传黄河奔流至壶口，两岸石壁峭立，河口收束狭险。黄河壶口大瀑布附近的鲤鱼群，也有传说是河南洛阳伊水龙门山的鲤鱼群，每逢春天则逆寒流竞相而上，历来为人称道：'有幸能越过龙门者，即可化身为龙。'于是，古代秀才们梦想的是'朝为田舍郎，暮登天子堂'。通过科举考试，只望一朝及第，即能为官入仕，飞黄腾达……现代年轻学生，虽各有抱负理想，但谁都指望通过高考获得一把云梯，再展望前程，绝对是一致的愿望。高考就是人生最重要的当口，通过高考，或钻进水塘变鱼，来日成为食客的盘中餐。或一跃能鱼跃龙门鹏程万里，前景不可估量……"

听罢先生此番高论，对笔者来说真是振聋发聩，醍醐灌顶！几十年后，再回忆先生笑谈人生的励志箴言，教笔者如何不怀念。

1964年的初春，高考临近，全班同学都沉浸在紧张的备考之中，先生为了激励大家积极向上，义无反顾撰写了这副对联：

上联：时至鱼龙多变幻

下联：春来桃李竞芳菲

横额：壮志凌云

亲自张贴在教室门口，看似一副平淡无奇的对联，当时在考生中议论纷纷，特别醒目提神。高考就是人生一搏！至于考进大学后如何如何，想得并非太多。笔者曾留有一首打油诗为证。

高考迫在眉睫，最后一搏作别。

命运叩问苍天，龙门高于一切。

1958年，容国团（1937—1968年）是我国第一个世界乒乓冠军，在那个年代，容国团就是全国家喻户晓的民族英雄，尤其在"三年困难时期"，他为当时的中国人带来了精神鼓舞和希望。如容国团尝言："人生能有几回搏？"这句时代英雄的慷慨名言，让即将参加高考的青年学生感触尤深。笔者心目中的"几回搏"就是要在"鱼龙多变幻"中，实现跳入同济大学的龙门。

后来，先生在逆境中洞明世事，以对生命价值的理解和百折不挠的精神，继续坚持在中学教书授课，直至退休后三十年，仍诗书不断、笔耕不辍。有诗为证：

王章庆《九十生辰感怀》

驹隙浮生梦未圆，干旋坤转九旬年。

继晷求知知有限，与时俱进进无涯。

幸全肤发佣回首，独领荣施愧可言。

得际治平尊憗老，和谐长展舜尧天。

六、授业解惑，用心良苦

笔者将先生的教诲，看作是"随风潜入夜，润物细无声"，常怀感激之情。尤其对先生的人品与学问，尊崇之至。先生见笔者对文言文学习有浓厚兴趣且颇有感悟，也甚是喜欢。当先生身陷囹圄，精神压抑时，笔者表示了应有的尊重和同情，彼此心领神会日久，方见得师生情谊比人好。

先生在笔者临填写志愿时，特地鼓励报考文史类，复旦大学的中文、历史、新闻专业，都是很好的选项。当他知道笔者早已决意以同济大学为第一志愿报考理工科时，先生以他丰富的社会历史人文知识，又转而讲到同济大学在历史上，不仅医科、理工科很有名气，出了很多名人，而且有文学院、法学院也出了很多名人，为笔者报考同济大学多加鼓励。其实，在"军人校长"弹压下，先生自知已如"泥菩萨过河，自身难保"，但只要对学生发展有利，他也无所顾忌了。

20世纪五六十年代，整个社会和学校风行"重理工、医农，轻视文科"，而且报考文科能录取名校的概率又偏低。笔者血气方刚却不谙世事，又安知王章庆先生鼓励报考文科的用心良苦……

七、高中四年，奇葩溯源

两个班为何遭到集体"留级"，读四年高中？

南昌五中1964年第8届高中毕业生有8个班，约计400名应届毕业生。其中有两个班的生源颇具传奇色彩。1958年国家开展"大跃进"运动，教育界也只得跟风，于是让一群半大不小的孩子（约十三四岁）于1958—1960年秋，只读了二年初中"跃进班"，便稀里糊涂考进了南昌五中读高中。

计划不如变化。这奇葩"跃进班"到底何时毕业？完全由学校行政命令说了算。1960年秋，"大跃进"气息尚存。这批"跃进班"的孩子刚进五中大门，紧接着又不明就里分别进入"理工班"和"医农班"读高中。还听说，继续乘着快车，只读两年高中，定于1962年夏毕业，并参加全国统一高考。于是，按文理分科应试要求，大量压缩教材，如"理工班"取消历史、地理、生物等课程。

说时迟，那时快！到了1962年，形势骤变。这两个"跃进班"的高中全部课程，虽已上课完毕却如浮光掠影。当学生正坐着过山车时，又忽然得到新通知，再延期一年，至1963年夏毕业。"欲速则不达"，到了1963年年初，中央的"调整、巩固、充实、提高"八字方针，在全国各行各业初见成效，同样也迎来了中等教育传统学制的大回潮。

1963年年初，春回大地，万物生机勃勃。

话说在一次全校大会上，罕遇张鹏校长发言。他是有文化的南下干部，思维敏捷转弯快，能说会道有权威。学生在台下听他讲话的气势，真犹如《三国演义》里的张飞在"当阳桥"上，大喝一声，如雷贯耳。两道剑眉，体魄壮实。一言九鼎，让你难忘。但见他开门见山说道："跃进班的！要按规矩来，初中你们只读了二年，高中就得读四年，中学一律要求读完六年才能高中毕业……撤销1960年的'理工班''医农班'，一律按常规补足普通高中课程，统一安排到1964年毕业参加高考。"这响当当的发言，果然敲定了1964届这两个"奇葩"班级的毕业命运。阴错阳差，却也歪打正着。虽说高中历经四年的寒窗苦读，到了第四年，已没新的课程可读。"数理化"除了课堂炒现饭，全部进入"题海战术"阶段。学生个个摩拳擦掌，人人温故知新，基本上都练成了应试高手！

八、背影定格，教诲犹存

飘浮的思绪犹如决了堤的洪水。当历史已经蒙上尘埃，记忆已被冲刷，王章庆先生的神态与"鱼跃龙门"的对联故事，却在笔者的脑际永远不会消失。

1964年5月，初夏若雨。备考已进入白热化阶段。如何抓准"数理化"的考题？又成了新的热门话题。理工科的考生只会围着"数理化"教师打转。对语文课的复习早已开始冷落。高考作文题既然"反宿构"，大家都已背诵多篇时政要闻，就等着碰碰运气了，先生看在眼里，急在心上。他只有选择每天晨读时间在教室来回巡视，但见学生只是点头向先生致意，而先生又总是希望有学生再向他个别提问。虽然事与愿违，"知人者智，自知者明"，当先生缓步离开教室时，他也会不时地转过身来，本能地回望教室的门楣入口，仍然贴着那副"鱼跃龙门"的对联。

先生的体格并非伟岸，言语从未铿锵。那"小老头"的慈祥形象与精干背影，恰似朱自清在《背影》中描述他的父亲一样。半个世纪过去了，千帆过尽，世事无数，而先生的教诲和激励，却在笔者心中定格。

近半个世纪过去了，笔者又得知，先生正因为当年鼓励学生"鱼跃龙门"

被校方严厉追责。1965年,王章庆先生就被强令调离南昌五中。在政治运动频发、阶级斗争不断的年代,像先生这样的中学教师精英们,历经磨难,有的甚至过早地付出了生命。他们奉献于社会,但从未企求,也并未得到应有的回报。

1992年,王章庆先生以七十五古稀之年,拿定主意去家乡江西鄱阳省亲。时值隆冬,独自踏雪寻得南宋名著《容斋随笔》作者洪迈墓地遗址,并高风亮节出资修复,洪迈墓后成为江西省鄱阳县县级文物保护单位,在当地政府和民间传为佳话。

人海茫茫,世事沧桑。在与先生一别五十四年后,笔者因校庆撰文《难忘南昌五中》在老校友群中产生一定影响,方寻得王章庆先生的确切消息,让笔者喜出望外。其长子王三田同学电话告知,先生一辈子劳神苦体,契阔勤思,虽已93岁高龄,但仍耳聪目明,身体康健。不仅能生活自理,还能与时俱进,坚持读书、看报、看电视,并指着屏幕高谈阔论,点评时事。恰儿孙满堂,正颐养天年。

笔者听悉,非常高兴。怀感恩之情撰文《难报三春晖》并向先生致函亲切问候。随后又收集到先生旧体诗选30首及文章,顺势编入由笔者主编的《50年的回眸——难忘南昌五中》一书。

次年的金秋10月,所幸先生及时披阅了该书,甚悦。情至深处,竟爱不释手。听其家人电话告知,有几天时间,先生还将此书搁在床前,早晨起床或晚安关灯前夕,还乐于浏览翻阅一会儿。他还诙谐地叹曰:"这书的印刷和纸质像《人民画报》,档次也太高了,可能有点铺张浪费吧!"

先生的幽默说笑和健康状况,却让笔者疏忽了奔百岁老人已时不可待的常理,竟延期安排在2011年清明到南昌拜访先生。

"天有不测风云",2010年11月23日,其长子王三田同学突然告知,王章庆老师在家中溘然长逝,安详驾鹤西去,享年95岁。噩耗传来,笔者非常悲痛。追思王章庆恩师的道德文章恰如其人,恩师无愧是道德崇高的真君子,他一生忍辱负重,胸怀宽广,常怀仁爱之心,也正应了孔子在《论语》中所述"仁者寿"的基本规律。甚是慰藉。

九、有口皆碑，"三角大王"

饮水思源，只要提起当年如何考进同济，笔者就会怀念敬爱的高中班主任、诲人不倦的"三角大王"张光才老师。何以称"三角大王"？张先生因为在三角函数教学方面有很深的造诣，历届学生给他起了个"三角大王"的美称。

高中阶段的代数难点在于对算式的演绎推导，平面几何难点在于对"点线面"间的求证与关联，立体几何难点则在平面几何的基础上，演绎空间关联。而三角的惟妙却在代数、几何之间的夹缝里，如何游刃有余。解三角形问题也一直是历年高考的热点。尤其是当三角函数遇上与代数及几何相关联的难点求解，便显出三角的变化魅力。其中必须熟练运用的如正弦、余弦、正切、余切，但要将三角与代数、几何、向量等要素融会贯通，那难度就绝非背诵记诵十几个常用公式了。

张光才先生（1928—2005 年）

代数、几何两门课程笔者在初中已有启蒙，而三角只有在高中阶段才涉猎，也为高中数学学习开了一扇崭新的天窗。一到闭卷考试，无数学用表可查，稍不留神，三角课程的考分，极易在学生间陡然拉大距离。优秀的可在 95 分以上，成绩差的甚至在 30 分以下。如何寻求良方让"三角"提分？

完全靠题海战术，靠死记公式，只能是事倍功半，难见成效。三角老师为学生"解惑"就显得至关重要。为何没有"代数大王""几何大王"？而唯独有"三角大王"！其中也体现多少学子对三角课程难点的敬畏。先生的"三角大王"美名，也就应运而生了。

张光才先生就是当年南昌五中三角课老师的佼佼者，一大群学子在张先生授课下，三角课的考试成绩突飞猛进，青年学子掩盖不住内心的喜悦，怀着对张先生的敬佩，将"三角大王"的美称，在一夜之间传遍校园。

1983 年深秋，笔者偶然在江西的数学类期刊上，拜读到张光才先生的教学论文，异常兴奋。当笔者从千里之外，专程找到南昌市第 16 中学时，一群高中生听说有老学生来寻访张光才老师，竟率性直言脱口而出，言必称"三角大王"！让笔者甚感惊讶。但见一名阳光青年率性开言："'三角大王'已经脑梗中风了，退休了！"另一位扎着马尾辫的小姑娘接着补充说："他还是我们的'三角大王',还经常会来上'三角'课解答疑,幸亏'三角大王'已经恢复了,虽然手脚慢点,但身体和以前一样。"说着,几名活泼的中学生,热心地引领着笔者来到校园附近的教师公寓楼,中学生一推开"三角大王"家的房门,笔者立即见到张光才老师,拜访恩师的喜悦场景难以形容,暂且休表。

没有轰轰烈烈,也没有高调激扬。有道是"人的名,树的影,风吹扬花远扬名。"张光才先生德教双馨、终身敬业,让"三角大王"的美名,不仅跨越了几所中学,更绵延了几代学子。"三角大王"如此有口皆碑,真让后生晚辈敬佩不已。

十、尊师重教,滋润无声

"宝剑锋从磨砺出,梅花香自苦寒来",笔者深知自己并没有无师自通的悟性,更与天才无缘。只有坚定信念和超常勤奋,全力争取更优越的成绩才有可能向成功靠近。

1963年暑假,为躲避南昌城区的喧嚣,笔者随外婆到三江口乡村老屋,独辟一处,静心温课。出行前,经几番努力,总算从上届数学拔尖学友的手中,搜寻到四省一市的数学高考复资料集,分别为江西省、安徽省、浙江省、福建省及上海市,不说一网打尽,也基本集结了近几年各类数学高考题的类型与难点。

题海战术,虽能迅速提高攻克数学难题的技能,但由于求解了大量数学题,却无法找到正确答案核对。开学返校后的某日,笔者在数学教研室,当着几位数学老师的面,曾专门找过张光才老师求教。笔者将一摞稿纸,如几本书厚实地叠在一起,似"竹筒子内倒豆子",竟无所顾忌,拿出了各种类型的,少说也有几千道数学题的运算过程和答案。

先生见状,也顾不得教研室的繁忙,立即放下教案,二话不讲,先悉数收下一堆计算稿纸。硬是挤出约一个月的休息时间,陆陆续续逐题批改。笔者在认真阅读完先生的批改件后,不仅茅塞顿开,获益甚丰,而且对先生诲人不倦的精神和解题的深厚功力愈发崇敬。

与此同时,笔者还带着一批代数难题作业,专门寻访到邓志揆老师的住房内求教。邓老师是资深的高三代数老师,为历届毕业班学生敬仰爱戴。平时不苟言笑,诲人不倦,教学经验丰富且精益求精。尤其擅长黑板演算,课堂求解分析时,少许功夫,连讲带写,竟从黑板左上角,有条不紊地演算到右下角。粉笔行间条理清晰,演算层次简明易懂。

1963年上半年,邓老师只教过笔者一个学期,师生相识时间较短,在众多学生中,先生对笔者也未必很了解。笔者仰慕邓老师的代数教得好,但难以启齿要求先生额外批改大量习题。

不久,笔者在校园察觉到一个生活细节,每日傍晚,邓老师会艰难地自提着白铁皮制的水桶,盛着满满的温热水,直上四楼,那是学校为部分资深教师临时休息而特供的单身住房。

见此光景,笔者寻思,凭借在体操队练就的臂力,双手提两桶水上四楼,也不费吹灰之力。如果有机会经常帮助邓老师提水,也是做学生的本分,完全是发自内心的,并不是希望一定要获得回报。笔者第一次帮助提水完后,邓老师面带悦色讲了一句:"谢谢同学!你学雷锋了。"笔者也只回敬了一句:"邓老师辛苦了,我是你的学生叫闵强,这是我应当做的。"

自此,笔者准时准点提水,日复一日坚持。师生情感逐渐弥深。再往后,弟子学而不厌,虔诚求教代数难题。先生诲人不倦,精心批改题海作业。精诚所至,金石为开。笔者从邓志揆老师的作业批改中又大获教益。自然又是一番诉说不尽的感恩戴德,暂且免提。

大恩不言谢。在尊师重教的年代,先生默默地为个别学生额外批改海量作业,那师生相互间情感的真挚,宛如荷塘月色一般平静自然。笔者对张光才老师和邓志揆老师,虽无感激涕零的话语,却一生心存感恩,格外铭记。

十一、威严生事,胆怯慎微

20世纪60年代初,笔者约十四岁寄宿住堂,和同学一齐早起夜读,朝朝暮暮在校园,接受严格的准军事化管理。环顾校园外四周,满目荒郊滩涂。只有在周末步行约10公里回家一次,方能感受到大饥荒年代家庭物资关怀的温暖。少年的困惑与烦恼,既无解亦无奈。

"军人校长"张鹏,训责师生,八面威风。在笔者的记忆中,同龄学友因周末赶路返校,仅仅因为抄近路翻墙进入校园,遭张鹏逮住后,令其站在食堂大门前，以严惩不贷的气势，滔滔不绝地训斥。让受责少年羞愧难当、无地自容。笔者虽为少年观众也不寒而栗。

1962年冬，某日中午，学校的大门口。由于寄宿学校位于市郊，平时总是静悄悄。笔者只因去校门口理发信步于此，忽闻一中年男子操着南昌普通话不断咆哮，当跨过传达室的小门，定睛一看，原来是教体育的艾老师，站在校门外的空旷地，竟犹如吃了豹子胆似的，一边指着紧闭的大门，一边大骂校长张鹏："不地道！不干净！冤枉人！"那咆哮场面，恍如《红楼梦》中的赖大，醉酒后站在贾府门外，大骂贾府肮脏，只有门口两只石头狮子干净。平日里在健身房，笔者对艾老师也只是混个脸熟而已。此时，他突然见笔者来到现场，即招手示意靠近，他那一股浓重的醉酒熏味迎面而来，艾老师脱口而出："闵强同学，张鹏冤枉了我，今天我在这里割开喉咙透透气啊！"笔者大感惊讶，赶忙劝他中午休息，并转身躲避。艾老师破口大骂的内容早已记不清了。场景倒是罕见，也留下深刻印象。

难忘高中岁月，更难忘张鹏校长及厉根生老师的威严。厉根生任专职团委书记兼学校高考政审专职负责人。平日里，笔者一心只读书本，既无底气，也无胆量去写入团申请书。笔者想到"军人校长"张鹏的盛气凌人，想到操刀政审大权的厉根生，对这两位大人，望而生畏，敬而远之，避之而不及。

在五中读了四年书，笔者没有与张鹏校长对过一句话，也有幸没挨过他的一句训斥。当然，他也没进过本班教室的一次门。五十五年后，笔者满怀对母校的感恩，撰文《洗净铅华忆五中》，虽洋洋万言，却对张鹏校长并无赞语。回首两鬓白发，转身已成陌人。而听邓庆余老师说，当张校长读悉笔者此文后，他开心言道："我过去在五中可能是太严了！但这学生还能记住我，为五中写了这么长的文章，我很高兴。"

没过几年，张鹏校长因病医治无效逝世。笔者同众校友分别撰写了诗文沉痛悼念，并载入了校友系列丛书。前几年，笔者又闻讯厉根生老师大病初愈，顿感歉疚如梦，似一觉醒来无处追寻，便立即寻找联络办法，怀着感恩的深情，亲切致电问候。通话不到三分钟，当厉老师最后在电话中用虚弱的声音言道："谢谢你的问候，请原谅我已记不起你的名字是谁了。"笔者颇感这已经不重要了。

重要的是，半个多世纪过去了，在他大病初愈或生命垂危之际，只要还有学生在真情实意地关心他、祝福他，甚至对他感激涕零，这也是人生的一种欣慰。次年，厉根生老师的噩耗又至。更让笔者深切缅怀，甚是慨叹：

青春撞上偏见，老来尚存前嫌。

往事浪花淘尽，梦醒方知感恩。

拜张鹏校长和厉根生老师的在天之灵，谨以杜甫的二句诗言祭奠："蓝水远从千涧落，玉山高并两峰寒。"

伏惟尚飨。

十二、萌生之春，指点迷津

随着高考步伐的逼近，笔者在临考前的半年，在1963年年底的期末考试各科成绩拔了尖，总分硬指标名列前茅。由班主任推荐，由学校评定为年度全校的优秀学生，并由总务科通知本人持券，去一家有名的照相馆拍单人照，和好友赵长风共同登上有玻璃橱窗的"南昌五中优秀学生光荣榜"向全校彰显鼓励，这对笔者更是激赏有加，鞭策有力。

紧接着1964年春天，在一次全校数学竞赛复赛中，笔者又意外获得第二名的好成绩。自感有如此优异成绩和应试实力，其含金量之高，早已豪气冲天。于是，笔者在确定第一志愿报考同济后，又专门找过张老师作试探性要求，能否将第一志愿改报清华？先生的性格外冷内热，见此事非同小可，立马对笔者的提问以责备开言："填报志愿大事，怎能说变就变！"接着先生又以极大的耐心，和风细雨地对笔者有过"点对点"的指导：一是报考清华不仅成绩要又稳又尖，学校通过各班平衡，今年全校计划不超过5人。二是政审结果能否达到"绝密专业或机密专业"要求？笔者自己应当心中有数。三是笔者要求第一志愿报考同济，已经是非常恰当的选择，笔者也是班上唯一报考上海的名额，不能改变。

直到改革开放以后多年，笔者才明白，政审表格不仅不得与本人见面，班主任和其他教师也不允许过目。但有时对报考有一定限制的考生，政审机构仅仅会给班主任略作提醒，但也不能透露具体内容。班主任教师往往会感到意外，甚至大吃一惊，一些最钟爱的好学生、学生干部，怎么在政审第一关，就注定与升入高等学校的机会绝缘！

张老师还对笔者有过"泼冷水"的批评："你全校数学竞赛复赛虽然获第二名，但前三名的成绩都在70分以内，学校数学教研室出的题目，也不至于很难吧！全校的尖子也没有全部参加，至少我们班的赵长风、简德邻，因为临时有事也缺席了吧！你不能有一点骄傲，骄傲就会失败……我班的舒华同学已多次连续上光荣榜橱窗，填了广州的志愿定了就定了。你刚评上全校的优秀学生，头一回上光荣榜橱窗，怎能随便开口改报清华？"张老师批评恳切，让笔者触动灵魂，大受感动。

多少年后再回首，张光才先生就是遮阴避雨的"好大一棵树"，犹如田震唱得那样荡气回肠：

> 好大一棵树，任你狂风呼。
> 绿叶中留下多少故事。有乐也有苦。
> 欢乐你不笑，痛苦你不哭。
> 撒给大地多少绿荫，那是爱的音符。
> 风是你的歌，云是你脚步。
> 无论白天和黑夜，都为人类造福。
> 你的胸怀在蓝天，深情藏沃土。

托物言志，寓意深刻。受人恩泽，敬仰释怀。

1963年年末，正是张光才老师向学校推荐笔者为年度全校优秀学生。1964年年初，正是张光才老师的鼓励和促成笔者参加全校数学竞赛复赛，虽仅获第二名，这本是一个容易被忽略的次一档排名，而对笔者来讲，却激情高涨，精神振奋。1964年5月，高考政审已进入尾声，允许报考"一般机密专业"，便是笔者最后的政审结论。

在高考冲刺的半年时间里，有班主任张老师鼎力相助，能敲定这三件事，对笔者何其重要！在那个年代，笔者能得到先生指点迷津，话已讲到那个份上，这不是久旱中降临的雨露甘霖，还能为何物？萌生之春，指点迷津。浮想联翩，感激涕零。

十三、顶风冒雨，急中传讯

1964 年盛夏，高考结束后不久的一个傍晚，雷阵雨劈头盖脸下个不停，一位全身淋湿的中年男子，急急忙忙从南昌市的东郊赶到城西的万寿宫，一边在雨中打听笔者家庭住址，一边在寻找万寿宫 16 号的门牌位置。当笔者闻其声，立即从楼上飞奔到家门口，迎来了班主任张光才老师。方知张老师还来不及吃晚饭，就冒着倾盆大雨，步行 10 余公里，赶来紧急通知笔者，明早必须赶到省招生办去当面答疑。

不知是什么问题？十七八岁的笔者已成惊弓之鸟，彻夜难眠。次日清晨，怀着忐忑不安的心情，独自来到戒备森严的江西省高招办重地，也是笔者读初中时的江西省重点中学，即南昌二中校园，位于闹市中心地段，坐落在风景秀丽的东湖湖畔。

当笔者初次见到同济的招生大员，第一眼就看见台上有一叠信笺纸，信头上赫然标着"同济大学"四个红色大字，有如一个人从自己生死簿上一瞥，得知可以长命百岁的秘密，令笔者又惊又喜。事后才明白，同济大学已按第一志愿将笔者录取，只是体检表中的正常视力只有零点几，矫正视力却 1.5，疑有高度近视。招生要严控 500 度以上的高度近视。要求其本人，面见同济的招生老师，并需要当场核查矫正视力，甚至摘下眼镜让招生人员过目。笔者急忙摘下眼镜解释："近视眼镜只有 220 度"，经考官当场复验，并要求医院补充证明材料。复查通过，笔者如释重负。

1987 年，因同班同学聚会，又见过张老师几面，他康复后的精神状态不错，吐字准确，语言平缓而清晰，行动亦无大碍，他还高高兴兴同自己门下的十七名弟子，一齐汇集在有名的真真照相馆集体合影。只是因大家久别重逢，谈兴正浓，也没有来得及与张老师深谈。话题只是围绕先生脑梗后应如何加强保养与康复治疗，让他从中获得更多欣慰。

笔者曾几次向先生提起："当年，张老师为了弟子录取同济，顶风冒雨，急中传讯，学生终生不忘，感激不尽。"先生却轻描淡写地回了一句话："已

1987年秋，张光才老师和南昌五中部分1964届学生合影
前排左起：罗来法、张光才、聂金泉、徐远光
中排左起：舒华、杨曼云、朱立中、徐中和
后排左起：罗智三、张国安、笔者、林必胜、唐国强

记不清了，不要放在心上。大家高兴就好。"

多少年后，张老师的长子张灵山在一次聚会时，告诉笔者，他的母亲还记得，1964年夏，先生为了跑去万寿宫找学生转达"省高招办"的重要讯息，像着了迷似的，不顾一切。不仅不听家人劝说，不吃晚饭，披着一件雨衣，便冒着倾盆大雨走出家门，往返步行10余公里路，而且在回家的路上又跌入学校附近的渠道滩涂，浑身是泥，直至深夜赶回家中，毫无怨言。笔者闻讯百感交集，不禁怆然，老泪纵横。

岁月蹉跎。张光才老师于2005年7月25日因病医治无效逝世，享年77岁。噩耗传来，不胜悲恸。每念及此，甚感歉疚。饮水思源，只要提起当年如何考进同济，笔者就会怀念恩重如山的高中班主任老师，一位仁慈的、诲人不倦的"三角大王"张光才先生。

搁笔静思，偶得四句：

师恩难忘情意浓，甘霖雨露久旱中。
跌宕起伏坎坷路，唯愿桃李别样红。

2022年11月10日于厦门

翩翩年少话沧桑

近日，由清华友人罗保林以人性反思，情义交融，写下了《龚建国的告别》一文。读悉，竟在笔者的脑海里"一石激起千层浪"。

20多年前，笔者曾苦苦寻觅的发小少年郎龚建国，总算有了结果。龚建国自1968年毕业于清华，到20世纪80年代初，他已从四川调回家乡南昌工作。后又因诸事不顺，旧病复发。精神恍惚，最终轻生。呜呼哀哉，龚建国在轻生之前，总自以为"怀瑾握瑜""蝉蜕于浊秽，以浮游尘埃之外"。

1966年9月12日于广州中山医学院
左起：龚建国、笔者

可是，岂能想到家人却跟着悲痛欲绝。30年后，他清华的同班同学李自茂先生，自上海驱车南昌，感念大学同窗情谊，专门写下一篇沉雄悲壮的祭文。

1966年9月，笔者与他在广州有过合影，一对二十岁上下的小青年，并肩走在广州中山医学院的林荫道下。峥嵘岁月豪迈，洒脱竟成诀别。如果龚建国在1963年高考失手，就在江西因利乘便，读一所普通的理工大学，甚至落榜下放去北郊林场，他的所思所想，可能会更冷静淡泊，也许就绕过了这个人生急转弯，至多也不过跌宕起伏而后生。总不至于效仿屈原自沉汨罗，投河自尽。

笔者想，还是通过追忆龚建国高中同学的一些往事，或许更实在地还原其本人的面貌和素养。我们无法决定自己的命运，但却可以在苦难中作出适当的选择。

一、年少携手求学路

笔者和龚建国,有过从发小延续到"文革"初的友谊,对其为人、人品、才华和抱负还是有了解的。失去的风景,走散的人。老来易忘事,少时的记忆却总是刻骨铭心。仅从浮光掠影的回忆中,实实在在地拾其只言片语,再现一个青少年的龚建国,或许更能让他音容宛在,秉性犹存。

在笔者少年的记忆中,龚建国其貌不扬。即便他后来戴了一副近视眼镜,具有很高的智商,尤其在临近高考的一年,各科的学习成绩优秀,甚至拔尖,但我仍然想象着他永远是一个长不大的、南昌市老城区的、诚实勤恳、敏感灵动、聪明上进的小个男孩。

1960年秋,笔者在二中只读了二年初中,按跃进班毕业,和读三年初中的龚建国,同年考入南昌五中。大饥荒年代读高中,十四五岁的少年,本应懂得愁滋味,但我们有家庭呵护,仍然是不知天高地厚、懵懵懂懂,甚至迷茫幼稚的。又因为五中寄宿缘故,学校的作息起居制度严格,住校学生每周只能回家一次,次日必须准点返校,并点着名上晚自习。五中位于城市东郊,到老城区中心,公交不便,往返步行有几十里路。我俩人家庭住处,都是靠着珠市小学方向,回家主要路径相同,加上谈吐投合,便有相约为伴的机会。经常边走边谈,海阔天空。也许班级不同,彼此私语更容易放松。适逢青春年少,笔者和他的交往和友谊,还是有一定的深度。

二、爱憎分明性耿直

初读五中,经常半饥不饱,加上学校的准军事化管理,少年学生都感到很难适应。尤其是寒冬腊月,天还没亮,广播就开始尖叫喧闹,一个个被催命似的逼着起床,甚至在吆喝中强行离开热被窝。

某日清晨集合,少年龚建国动作迟缓,丈二和尚摸不着头脑,在操场上遭到张鹏校长的一顿当众训斥。又因为周末返校,仅仅为了抄近路而翻墙进入校园,再次被张鹏逮着,又在校园遭到当众训斥。龚建国只有低头挨骂,犹如犯了滔天大罪,一时羞愧难当而无地自容。

他对张鹏又怕又恨。为此,他悻悻然对笔者讲过:"我恨死了张鹏……这些话对其他人又说不得,等张鹏抓到了辫子,就完蛋了。"

读高一时，笔者在校门口理发室剃头，目睹很多女生，都在理发室争着要剪李静的发式。笔者问龚建国，你班里的李静，真的好漂亮吗？他不假思索立即答道："不要听这些人乱说！李静女扮男装的短头发，有什么漂亮？又有什么用？我们是来读书，成绩好，我才看得起。成绩差，不管是男是女，我都不会搭理这些人"。

一个小男孩原生态的爱憎分明，三言两语，昭然若揭。

三、争强好胜读书人

读到高二，他的数理成绩越显拔尖。1962年年初，五中的应届毕业生罗伟民，拿了全国省会城市南昌市赛区的冠军，传说那是大数学家华罗庚，为选拔高中的数学尖子，而组织的全国会考。

龚建国对笔者讲过，"没什么了不起，罗伟民考南昌第一，读北大。我要考全省第一，读清华……大学的微积分书，我也看过，没那么复杂。微分就是掰烧饼，越灭越小，比芝麻还小。积分就是拿烧饼屑末子粘起来，还是烧饼。"

有一次，我俩经过八一广场，他指着一个馒头大小的石头，对笔者讲："算你闵强双杠玩得好，不怕你比我高，力气比我大，我们来比踢石头。一脚过去，看谁踢得远，脚又踢不痛。谁输了，谁就到小卖部买三根冰棒吃。"紧接着他就认认真真比画姿势。原来他要表达的关键，在于脚掌要往上微微一跷，才能让石头踢出一元二次方程的抛物线。接着又是力的矢量分析，力点、大小和方向，又如何如何，煞有介事。

当笔者向他炫耀能娴熟地背诵《屈原列传》《过秦论》等古典文学中的课本章节时，他却不感兴趣。他讲："背古文没有用的，语文高考，就是一篇作文。要多看《中国青年》，背几篇学习毛主席著作的体会，才能保证高考作文得高分。"

笔者始终认为，我俩都有一颗善良的心，彼此言谈也就从不设防。任凭岁月荏苒，最能坦露少时心迹的言语，却又最能直叩心扉而难以忘记。只因为年少不知愁滋味，彼此都不需要"装"，更不要讲大道理，而又最能打动对方的内心，直至形成记忆中的烙印。

四、世事纷纭难为人

回忆中,每当龚建国对笔者直言,酣畅淋漓之后,他又总会稍作停顿,总是习惯性地重复一句老话:"这些话,讲不得哟,我这个班,是全校的红旗班!"此时已进入高二或高三了,对不合时宜的话,他已初步感到,要当心祸从口出,开始心有余悸了。照说,他的情商已有进步了。

对班集体,他也有个说法"有些人成绩嗦拉稀(差强人意),话又讲得当当响。一开口就讲张鹏的指示,听得恶心,我从来不理这种人。"笔者隐约感到,他在班级不太合群。率性耿直,讲话直白。其实,他并不善言辞,处事不会圆滑,容易得罪一些人。乍看,情商有点低。但事实上,与身边的人相处久了,大家也会尊重他的耿直。

每个礼拜,在和笔者周末同路往返学校时,一路谈笑风生。出言无所顾忌,也不乏讥讽时弊。笔者一直认为他是一个很单纯的人,爱你、恨你,一碗清水见到底。在学习方面,好胜心极强。他唯一的精神支柱是,独善其身,学习成绩求高分。他还讲道,班里有好几个人,同时经常考数学满分,都怪数学老师爱面子,考题不难,弄得分不出前几名。几个人都100分,同时第一名,真没劲。

对物理成绩,他很佩服班里有高手。物理考分差距容易拉大,考满分者极少,第一名很突出。他说:"跟这个人还是有点比拼。"但笔者已记不清,他讲要"比拼"的人姓甚名谁?估计此人,就是后来在诺贝尔奖得主李政道手下的洋博士后,从事色心物理研究并卓有建树的扬以鸿同学。可是,这两位五中同一个班出道的高才生,最后的命运都很悲惨。

扬以鸿读北京师范大学,在"文革"中受苦,改革开放后出国求学深造,学成回国报效之时,又积劳成疾。应了杜甫《蜀相》中的诗言"出师未捷身先死,长使英雄泪满襟",他与龚建国都在20世纪80年代中期,英年早逝。

行文至此,笔者也为同班的高中同学朱立中痛惜。他也是五中的数理高才生,物理课代表。那年,他在听完龚生松老师的光学授课后,刚刚认知光具有粒子性与波动性,而且在理论方面,已形成两种截然不同的学说。没几天,朱立中在教室很认真地对龚老师放言,星期天他在江西省图书馆查看了很多资料,并经研究认证。倏忽间,俨然成了光学学者。他表示不同意光谱波动学派,只认同光学的粒子学派,并且要为之奋斗一生。语出惊人!他虽成绩优秀,却因家庭背景，高考还是出局。五十年后，又因证券失利，上吊自杀身亡。

对这三位南昌五中同学的生命结局，笔者甚是慨叹：

> 智商甚高数三君，情商跛脚丢了命。
> 叩问苍天究其故，世事纷纭难为人。

五、西风愁起叶凋零

20世纪五六十年代，考入名校的青年学生，如何正确对待名校中的冷门专业，也大致能预示其未来走向。"文革"前的大学生，虽不愁找工作，但对计划经济下设置的冷门专业，多少都有不适情绪，甚至有性格乖僻的人，总是惶恐不安，更欢喜钻牛角尖，将冷门热门、名校与否，看得比天还大。

在南昌五中，龚建国多次向笔者谈到，他一心想考清华大学的工程物理，只有去研究导弹火箭，能出科研成果，才算不负少年志。他不会讲假话，不为别的，他是以一颗金子般的赤胆忠心，只想投奔清华大学学好本领，当科学家来报效国家。

可是，他却认为事与愿违，读的是清华大学"动力与农业机械系汽车拖拉机"专业。20世纪60年代初，社会上有一句热门语"农业的根本出路在于机械化"，该专业也是社会需求的呼唤，本无可厚非。但是，龚建国曾在给笔者的通信中，抱怨自己读的是清华大学最差的专业。别人读的是导弹、自控、物理、化学等尖端技术学科，他进清华是在蒙羞。他还提醒笔者，千万要选好专业……

龚建国出身贫寒，却心气高远，他能从南昌五中考入清华大学，已是百里挑一。可惜，他对所学"汽拖"专业的鄙薄，多次溢于言表，几乎无人能够开导。起初，笔者还以为他只是在私信中随意谈谈，发泄一点苦闷而已。不曾想，他已为此而影响到学习情绪，并付出了不应有的代价。

大约在一次期末考试前夕，他告诉笔者，曾偷闲跑到故宫去放松放松，还用尺子测量了一些感兴趣的古迹尺寸，其中包括光绪皇帝的珍妃，对其投井自尽的井圈直径也进行测量记录。剑走偏锋后，他后来有点后悔，因为那次考试成绩很不理想。从他的来信中，笔者发现其思维过激之端倪，朦胧中感到他今后有可能会面临危机。笔者对他故意自我解嘲，排解郁闷。总想以相互安慰，才能维持友谊。

笔者曾在回信中讲过："我们'同是天涯沦落人'，我在同济所学的冷门专业，比你"汽拖"还要冷十几度。"当然，笔者能实现第一个志愿，顺利考进同济，已算万幸。感恩珍惜有余，唯有拼命读书，哪还来得及考虑冷门热门。

六、广州邂逅成诀别

1966年8月21日，笔者和同济同学一行三人初到清华园，首先找到高中的知己好友、清华力02班的赵长风寻求帮助。当时，清华大学校方接待站的师生，满腔热情地将我们三人安顿在清华园，一次性解决十天的全程食宿。没几天，笔者又设法找到龚建国，他似乎很忙。他是什么角色？有什么职务？笔者也一头雾水。只觉得他口气大了，不再是同伴上学的少年郎，也不再是闹专业情绪的大学生了。

我们只在清华食堂有过一次面谈，直到用膳者全都退场，他仍滔滔不绝地讲，笔者只是洗耳恭听。本久别重逢，见其亢奋状，笔者也很少搭话。

笔者和龚建国的详细交谈，早已烟消云散。总体印象是：他也曾满怀革命豪情，指点江山，无非是一介书生空议论。

半个多月后，我们竟然又在广州中山医学院邂逅。一旦离开了清华那个政治敏感地带，谈话内容立即平淡了，只谈广州的生活习俗、人文历史、参观景点和个人友谊。

仅从清华的罗保林撰《龚建国的告别》一文中得知，龚建国的广州之行，是和罗保林、陈群秀等清华五中同学结伴而行，当时还多少肩负着革命的使命，且都在中山医学院投宿。但龚建国对笔者只字不提。

笔者后来才感到，当年，龚建国和笔者有发小少年之交，但他并不愿意让他的朋友都认识笔者。其实，1964年8月，罗保林和笔者曾经因为分赴京沪去大学报到，而在列车上进行过彻夜难眠的亲密交谈。否则，笔者在广州一定会去见罗保林，且彼此免不了又是一番久别重逢的喜悦。

笔者在广州与龚建国相处，整整一天。笔者备有几十元钱就算是富有的，合拍了一卷135型的胶卷。在越秀公园、中山纪念堂，农民运动讲习所等处均留有我俩的单照或合影。他比笔者更为健谈，笔者总是依着他，彼此毫无顾忌。轻松快乐，交流融洽。现在回忆起来，颇感怀念。

广州市的名校很多，笔者为什么从上海直奔广州中山医学院？

二十岁的青春芳华，正渴望着拜访仰慕已久的五中同班同学舒华。她是高中四年全班公认的优秀学生，娴静端庄，不苟言笑，成绩拔尖，才貌俱佳。可是，在拼命读书，艰苦求学的高中岁月里，笔者从未与她单独讲过一句话。各自读大学后，也从未有过通信或照片往来。当笔者满腔热忱来到广州中山医学院校园，不巧，她已从广州去北京。

20多年后，欣逢一次同学聚会，彼此才有机会见见面而已。后来，再过几年，十几年，二十几年，相见更少，照片所见同学，多已白头。这次广州的旅程，没见到舒华，一时颇感怅然若失。却让笔者始料不及邂逅了龚建国。二人都充满了"他乡遇故知"的喜悦。几十年后，却使笔者更为感慨，它竟成了笔者和龚建国"生死两茫茫"的诀别。

七、无可奈何花落去

大学毕业进入社会后，人各依天命。清华大学毕业的，既可以成为璀璨的光环，也可以因异议而备受"关注"。20世纪80年代，他从四川调回南昌老家后，在单位又感到诸事不顺，个人生活方面又屡遭挫折。关于龚建国之死，众说纷纭，传闻不一。

社会在变迁。一门专业的冷热，一张高考试卷，又岂能真正决定一个人的终身。"曾经沧海难为水"，那岁月，一旦跨入校门，专业又岂能随意变更。如果仅仅因为专业冷门而自卑，反而容易使青年人总感到无法超越别人。这种心理压力，慢慢就会积淀成为一种潜意识，一种企图。总想另辟蹊径，在别处去超越他人，梦想以别样的成功，来抚平倾斜的心理场。其实，潜伏着更凶险的危机。

"无可奈何花落去，似曾相识燕归来。"从老五中的青山湖畔，到新五中的红谷滩，三十年弹指一挥间。那处事威严的"军人校长"张鹏，他做梦也想不到，此时张校长的新思维，正在积极倡导"男生要练成绅士，女生要养成淑女""修身成人、良方提分"，公开鼓励情商智商并重。

这些创新思维，对上述三位老五中"死读书、读死书、读书死"的高才学子既是怜惜，也是呐喊。他们三人都英年早逝，已非个案。学校和教育界，亲属和家庭、也应当痛定思痛。情商与智商，德智体并重，何其重要！

　　现代化社会是社会变迁的一种特殊形式。有各种本事和背景的人，八仙过海多得去，马云三年高考落榜却成了当下首富。会读书并能考进名牌大学，也不是改变命运的唯一机会。世界上本来就不存在一气呵成的人生。我们都是凡人，还是要适应社会变迁，不可能要求社会来适应个人。

　　"悲凉千里道，凄断百年身。"直到2007年，通过他的同班同学才确证了龚建国的噩耗，让笔者震惊之余，痛惜不已。笔者曾赋成八段五言诗，追思缅怀悼龚君。

　　　　　　《悼龚建国君》
　　　　　人似鸟雀讯，京穗又逢君。
　　　　　年少促膝话，志高精气神。
　　　　　惜汝发小情，风华追浮云。
　　　　　风霜刀剑日，世事怎厘清。
　　　　　同济听涛声，清华论时政。
　　　　　峣峣者易折，佼佼者难寻。
　　　　　抑郁向谁语？投江友惊心。
　　　　　质本洁来去，才子孤芳名。

谨以此文纪念龚建国同学。

　　　　　　　　　　　　　　　　　　2017年7月25日于厦门
　　　　　　　　　　　　　　　　　　2022年11月20日修改

追忆儿时万寿宫

追憶兒時萬壽宮
閔強文福亭题

王福亭书法

笔者于1957年留影

老南昌万寿宫的建筑已然灰飞烟灭,却记载着一个城市的道观兴亡与人世浮沉。追忆童年与万寿宫结缘的这段往事,亦让笔者魂牵梦萦。

一、道观肃穆万寿宫

20世纪50年代初,笔者自幼家居南昌市万寿宫16号,也是外公自营"成记席号"的店铺,颇具商业规模,前店后屋,安居兴业,距万寿宫大殿仅一箭之地。晨钟暮鼓,声声相闻。殿前顽童,日日常客。万寿宫氛围,如春风化雨,也给笔者的童年带来过欢乐与迷茫。

俗话说:"三岁看小,七岁看老。"迟暮之年来追忆儿时万寿宫,感慨万端、不胜唏嘘之余,也应该和小孩一样童言无忌。

20世纪50年代初,南昌人看万寿宫,犹如北京人看王府井、上海人看城隍庙、南京人看夫子庙、西安人看钟鼓楼。老万寿宫是一处历史悠久、气势恢宏的道观,也是道教建筑史上的里程碑。站在五十米开外的大门牌楼望去,屋顶的建筑体量,远远压过底层。建筑巍峨、金碧辉煌、庭院开阔、道观肃穆,是一具有典型明清二代风格的重要建筑。三层重檐歇山式大屋顶,金黄色的琉璃瓦,四角飞檐呈弯曲状,翘向上,配以四落水的坡屋面,天际线独显堂皇。福主许逊真君置于正殿。妙相庄严,令人肃然敬畏。

万寿宫的总平面呈凹字形布置,纵向达150余米。门前有一条30多米宽的街道，充作前庭的集散广场。越过这条街道，有一被称为"明塘"的水域，约三四亩地面积大小。正对着万寿宫大门的中轴线，一直贯穿到道观的后殿。

"明塘"虽已跨越大门，但从晋朝郭璞首倡的风水运程学看，"风水之法，得水为上"。"明塘"的一鉴池水，天光云影，位于这条中轴线的南端，而中轴线又是万寿宫的脊柱线，所以"明塘"也就成为整个道观的风水要冲。围绕着"明塘"四周，形成一条U字形商业廊道。以塘的水面为基准，路面由低到高，几十米长的内廊呈坡面，廊道宽度约二米，游客只能像上下坡一样缓行。

沿"明塘"周边的铺面鳞次栉比，前店后屋。主要经营日用小百货，包括五金交电、碗盆厨具、针织毛线、裁剪缝补，以及钓鱼捕鼠驱蚊工具。突出一个小字，商品样式俱全。附近有翠花街、棋盘街、翘步街、合同巷、萝卜市、棉花市、带子市、广润门，等等。街巷如织，车水马龙。各类商铺批零，来往商贾云集。

万寿宫老街区是一个历史形成的老街区。追溯到16世纪，意大利传教士利玛窦于明万历二十三年（1595年）来赣，偶然观览铁柱宫，他在传记内写道："庙宇建设宏伟，里外都是做生意的，好像天天开商展会似的，极为热闹。"可见万寿宫的生意兴隆，远在四百多年前就流传海外，载誉欧洲。

二、死里逃生明塘险

当笔者长到五六岁时，某日，只为赶热闹看大人跳入"明塘"游泳，猛地钻入人群，不慎从约2米高的池塘边沿跌入水中，几近淹死。"明塘"近旁有家"胡大隆号"胡琴店，胡老板平常善拉二胡，琴声引人驻足称道。危急间，说时迟，那时快。只见那四十岁光景的胡老板身手敏捷，闻讯扔掉二胡，跃出店铺，奋不顾身跳入水中，经一番紧急抢救，才使笔者有延续第二次生命的机会。

再谈万寿宫，首先让笔者终生难忘的是，那差点要了小命的"明塘"和救命恩人胡老板。冥冥之中，从那时起，"佛教修来世，道教话今生"的理念，以及对二胡琴艺的情有独钟，已在笔者心中播下了种子。对儿时万寿宫的记忆，绝非浮光掠影。那宫观、殿堂、过廊、八角井、花圃、菜地、庭院，正是我们几个小屁孩每天都要光顾的"儿童乐园"。

当然，笔者对"明塘"的记忆，尤其刻骨铭心。对其方位、环境、氛围的描述，已极尽深沉回忆，愈显详尽。

主持老道姓胡，名廷芝，时称"大当家的胡道长"，终日蓄着盘顶辫发，一袭长袍，尤以一脸严肃让小孩辈敬而远之。在同样打扮的老道士中，也有一位平易近人的熊道士，待孩子和颜悦色。见面时，笔者偶然会向他微微敬个礼，并叫他一声"熊公公好！"便可领到一小串鞭炮。

还有位不到20岁的小道士，听说是道长的亲戚，剃着板刷平头，无正规道教衣着。身材修长，青年老成，少言寡语，又因营养不良而面色蜡黄，被戏称"黄病""黄泥巴"的小王师傅。伴随着童年的成长经历，笔者与他有过近十年称兄道弟的交往。

对宫观道士的真实生活，"黄泥巴"口风很严，从未敢吐露一个字。有一次，笔者善意地缠住他问："为什么脸黄？"他才开口微言："天天吃干粥菜饭，黄菜和黄萝卜干又多，脸也就吃黄了。黄脸就黄脸！只要盐吃够了，有力气就没关系。"笔者也信以为真，同情小道士的清苦，再也不敢多问。

1965年同济大学放寒假，笔者从上海返南昌次日，没有忘记拜访万寿宫。还虔诚地带着伴手礼，一包咸瓜子和十几包火柴盒大小的红纸包酥糖。对笔者的拜访，"黄泥巴"和昔日板着面孔的老道长，都能笑脸相迎，相谈甚欢。胡道长还数落了笔者同一群小伙伴，曾经在万寿宫的恶作剧"罪状"，彼此开怀，一笑置之。

三、千年道观成祖庭

据查，普天下的万寿宫有1400余座，皆源于南昌万寿宫，所以南昌万寿宫被称为天下万寿宫的"祖庭"，道教文化底蕴极其深厚。其主要建筑，分前后两大殿。童年时，笔者只记得前殿端坐的福主，有彩绘的许逊真君大仙。后殿及各路神仙却难记圣名。

小时候，只听道士称后殿为"凌霄宝殿"，却不知供奉的是哪方神仙。唯有万寿宫前有许真君殿，接人间地气，妇孺皆知，众人皆拜。直到成年方知，后面供奉的是玉皇大帝，"凌霄宝殿"就是玉皇殿，乃承天上神圣。此外，还有铁柱井、钟楼、鼓楼，东为谌母殿，西为斗姆殿，后为玉册阁，即老君殿，殿内正中供奉道家与道教开山祖师太上老君汉白玉雕像。殿内还存放宋末元初书法家赵孟頫书写的《道德经》《阴符经》两经石刻。

据史料查考，南昌万寿宫，又称铁柱万寿宫，约有1700年的悠久历史，始建于晋永嘉六年（312年），因为纪念道教净明派祖师许逊"诛蛟治水"而建，初名"旌阳古祠"。唐代，懿宗赐名"铁柱观"。宋代，真宗改名为"景德观"，徽宗改名为"延真观"，宁宗升观为宫，赐额"铁柱延真之宫"。元代，成宗改名为"铁柱延真万宁宫"。明代正德六年（1511年），武宗赐金修葺，后来，世宗赐名"妙济万寿宫"，与原先武宗赐名的西山"玉隆万寿宫"并立，堪称孪生的万寿宫祖庭。

明清时期，江西经济发达，经营瓷器、茶叶、大米、木材和丝绸的赣籍商人行走神州大地，并在全国星罗棋布，修建了不同规模的万寿宫。万寿宫也成为外地江西同乡的"江西会馆"。清代同治六年（1867年），在江西巡抚刘坤一的主持下，南昌万寿宫进行了大规模的修建。进入民国时期，历届商会又曾对其进行不同程度的修缮。所幸，近代兵燹虽曾殃及，但尚未洗劫宫殿。经修缮，南昌万寿宫才能在20世纪50年代初仍然展示着宫殿辉煌。

道教施教地能被称为"宫"，一般都是要经过封建帝王的特许或"赐额"。宫是道教庙宇最隆盛的称谓。南昌万寿宫，不仅自晋、唐、宋、元、明、清，历代帝王易号赐名，而且历代文人墨客都留有诗文篇章。王羲之题写的"铁柱仙踪""永镇江城"，苏东坡题写的"昌大南疆"和黄庭坚题写的"西江福地"，等等，气势雄巍，墨宝流芳。

万寿宫在近代的政治、经济、文化方面，都留有深厚的人文历史积淀。清光绪三十三年（1907年），在此设立江西省成立总商会。民国元年（1912年）江西都督李烈钧，盛邀孙中山先生在此发表过重要演说。

1966年，万寿宫遭损毁。除了残垣破壁，整个道观宫殿荡然无存，正是：

千年祖庭万寿宫，祝融横祸一场空。

儿时浸润儒释道，天人合一存遗风。

四、竹马泥蛋干坏事

20世纪的50年代，万寿宫前殿东边厢，有一排二十几米的单层青砖黛瓦屋房，另一端头与入口大门邻近。供十几名道士居住及寺庙管理使用。平日里，盘着头发的老道士总是严肃有加。

寒冬某日的夜晚，为了报复老道在白天对小屁孩违规犯事的呵斥，曾由"孩子王"带领大家备好皮弹弓，先看准射击距离，选好迅速撤退的通道，五六个顽童站成一排，瞄准坡顶屋面。在"孩子王"的一声令下，石子飞弹一齐打在屋面的青瓦上，并连续沿着坡屋面滚落，"噼里啪啦，噼里啪啦"声响大作，犹如大火锅里炒蚕豆。

当老道士带领小道士开门追赶时，顽童们早已逃得无影无踪。不到半小时，又由"孩子王"召集，在月光下，恶作剧又开始循环一两次。隆冬时节，南昌天寒地冻，老道士刚脱衣服，正想入被取暖，被一阵阵惊扰折腾得实在无法入睡，气得七窍生烟。直到他率领小道士，站在万寿宫的牌楼大门口，对着过往市民，破口放出狠话，这群小屁孩才感到后怕，立即作鸟兽散。笔者也几次跟风参与过类似恶作剧。

万寿宫正殿的西侧，有高墙分隔。其中段，有一个明显的石砌门洞入口处。拾级而下，柳暗花明，曲径通幽。很难想象里面还有一座与世隔绝的小庙，其前庭有半个篮球场大小，平时紧闭双门。平添几分神秘与猜想。后来才得知，此为夫人殿。

万寿宫正殿的两侧外廊，供香客作歇脚通道，配有几十米长的木格低栅栏。也是男孩玩"官兵捉强盗"游戏时，拼命奔跑兼跳跃跨栏的好去处。正殿沿麻石台阶而上，正前方悬挂着"忠孝神仙"巨幅牌匾。听老道士正儿八经地讲过，那就是许逊真君降龙斩妖的招牌，谁也不准碰它。同时，也是许逊真君将净明忠孝之道，归纳为"忠、孝、廉、慎、宽、裕、容、忍"八字，称为"八字垂训"。"忠孝神仙"那四个金色大字，直让笔者从小就肃然敬畏，并留下深刻记忆。牌匾大约有十几米高，也是冬天在大殿前，拼命向上踢毽子高度的极限参照点，所以记忆特别清晰。

前殿广场，有两个精制的八角铸铁香炉，1958年全民大炼钢铁时，已熔入炼钢炉。香炉后改为砖砌，大小相同。平时香烛旺盛，烟雾缭绕，每年的农历八月十五,是许逊真君"升仙日",几乎连续一个月为"净月",朝仙香客,人山人海。香烛爆竹,通宵达旦。无论是铸铁还是砖砌的香炉,几乎成了香客供奉的精神寄托。朝拜时进香插烛,离开则鸣放鞭炮。

在这里,也是考验顽童胆量和勇气的地方。只要香客将点燃的爆竹抛向铸铁香炉旁,抢撕爆竹的顽童一拥而上。无论鞭炮是以小带大的"猪婆带崽",还是一串三四米长的"扫机关枪",顽童们冒着震天价响和火光四射,无所畏惧,双手提起正在鸣放的鞭炮,用手指直接从中间掐断,剩余熄灭的一段爆竹,便成了顽童的战利品。

当然,笔者也不甘示弱,同样有过这种冒险的经历,并引以为自豪。"黄泥巴"曾向笔者传话说,老道士认为,小孩抢撕爆竹玩,也是为了燃放爆竹,只会更热闹,许逊真君神仙不会怪罪。但不要伤及眼睛。

离开"忠孝神仙"的前殿,沿石阶而下,前面是一条方块麻石路面,一直通向正大门,约有三四十米远。道路两侧,有三四亩瓜果菜地和少量的盆景花圃。有低矮的绿化带或竹篱笆围隔,而花圃则特别用花格砖墙封堵防盗。

盆栽以茉莉花居多。又听"黄泥巴"讲,老道常因为有人偷摘茉莉花而站在花圃旁,仰面朝天念咒语,以泄怨愤。因为老道很看重茉莉花的洁白与玲珑,诚心用来供奉许逊真君的圣台。为此"黄泥巴"向笔者暗示,偷摘上供的茉莉花很危险,会遭现世报应,甚至生死难料。笔者听此语,非常恐怖。所幸,笔者和小伙伴从未有过采花的恶劣行径,因为我们对茉莉花毫无兴趣。

左边菜地有一口八边形石井,号称"八角锁龙井"。据说,许逊把那条恶龙用铁链锁在里面。井口用木板盖着,铁链一头锚固在井圈外,一头穿过木板伸入井内。"黄泥巴"小道士和笔者的外公、外婆曾有过警告,井里面有妖怪蛟龙,小孩不能靠近。有故事又有实物,小伙伴宁可信其真,所以望而生畏。胆大的顽童也只不过抖动几下铁链,试试井里有无动静而已。这口井与"天柱宫"的传说密切相关,其锁龙镇妖细节,也被演绎得五花八门。善男信女只祈祷保佑平安。孩子将信将疑,只求玩得欢天喜地。谁也不会去质疑传说是真是假。

进门的右边靠花园旁,有一口四角方井。小道士每天都要来此挑水,石栏板和地面都很光滑。大人担心孩子跌入井内,便故意危言耸听,说这口饮用水井里也有小妖怪。似乎凡是到过万寿宫的孩子,都要受到惊吓才能长大成人。

万寿宫的正大门是一座牌楼式古建筑。在万寿宫的集市街坊心目中，生意再兴隆，店面再紧俏，也只能在门前的石狮旁摆地摊叫卖，谁也不敢跨越万寿宫大门半步，去争赚菩萨的香火钱。

那牌楼上的"万寿宫"三个红色大字，传说由省里一位自清代以来的"三朝元老"欧阳武先生题写，时任副省长。20世纪50年代初的某日，但见这位德高望重的长者来到万寿宫，飘逸着丰满的白色胡须，道骨仙风。在笔者幼小的心灵上，留下了无限的敬畏与尊崇。也让宫观平添了几分历史厚重与庄严。

大殿前有千余平方米的广场供香客人流集散。庙堂基调为墨黑色，深沉有余。多用生漆反复打磨，愈显黑中有亮，亮中有黑。门框、门楣配以大红色调渲染。气氛肃穆，殿堂庄严。笔者总感到殿堂内的光线阴暗，金刚双目怒对，多呈威严，既神秘又恐怖，使人不敢驻足观望。

顽童中也有特例，近邻熊老板家一小孩，是笔者发小同班同学。夏天某日中午。户外赤日炎炎，殿内清风来去。他竟敢趁道士中餐后昏昏欲睡之际，偷偷爬至具有三只神眼的菩萨头顶，约有3米高，从菩萨的背面，左手抱住菩萨的颈脖，右手迅速将菩萨的眼珠剥下。平日里，他站在菩萨底下仰望，发现菩萨的眼珠会闪闪发亮，遂生歹念，并幻想那一定是颗很高级的玻璃球，如果能弄下当作游戏弹子在地上玩耍，一定是颗王牌弹子球，可以战胜任何小伙伴。蓄谋已久，一旦有机可乘，便胆大妄为，竟"三下五除二"干下偷剥菩萨眼珠的勾当。其慈母闻讯，立即呼天号地"孽子罪该万死啊！"先追回菩萨眼珠清洗干净，立即重置菩萨眼眶，再向菩萨跪拜多日，携子磕头谢罪，恳求神仙宽恕。

几十年过去，雨过天晴，又承蒙菩萨普度众生，悲悯天下。在六十年过后，笔者还与发小同学聚会，但见他体魄健硕，思维敏捷。三言两语过后，便"竹筒子里倒豆子"，将剥下菩萨眼珠当弹子打的行径往事，绘声绘色，描述一遍。既刻骨铭心，又追悔莫及。慨叹年幼无知冒犯菩萨，并为此付出了沉重代价，真的得罪不起。如有来生，再也不敢冒犯了。

安坐在万寿宫前殿正中的许逊真君大菩萨，从面孔到全身服饰都是用彩绘美化，凸显在万寿宫的地位至高无上。老少道徒也每天在此大厅为其诵经颂德，香客无不虔诚敬奉。笔者耳濡目染，自幼崇敬之至。

整个前殿，雕梁画栋。也只有许逊真君这尊大神仙，面向大门，光线充沛。

所以每当夏天中午纳凉时，只要见大殿内有大人出没殿堂，孩子才敢靠近面对正门的大菩萨，大家排坐在约一尺高的木门槛上，仰望许逊真君的慈眉善目，乐于在正中大厅尽兴玩耍。有一次天色已晚，"孩子王"却在这儿活灵活现、栩栩如生讲地狱中的妖怪故事。让大家听得胆战心惊，甚至有一个年幼的男孩，吓得从门槛上仰面翻身落地，所幸有惊无险。

因1953年水灾患难，安徽、河南乞讨要饭的难民，还有以杂技谋生的，大多涌入南昌万寿宫，占据二侧全部外廊通道，长年打通铺，席地而卧。笔者自六七岁时，对翻筋斗特别有兴趣，经常在殿堂之上，模仿杂技队的师傅练功，偷偷学成侧身翻和徒手空翻。为了答谢习武师傅，外公外婆得知后，还捐献了几床草席和一点粮食给难民。笔者的这点童子功，也为日后进同济大学体操队创造了条件。

五、顽童不乏状元郎

万寿宫的市井平民子弟，都有结伴来万寿宫玩耍的经历。在一群顽童中，也出了一些优秀的读书郎。万寿宫附近的箩巷街，家做竹器生意的，名叫保子。住在"明塘"边，家做小百货生意的，雷姓弟子，二人都在20世纪60年代初，先后考入清华大学。还有一个叫金水上胡姓船家子弟，和笔者同届高中毕业，考入上海交通大学。"孩子王"于1964年毕业于复旦大学生物系，他的老师是谈家桢教授，是国际遗传学家、中国现代遗传学奠基人。"孩子王"顶着"复旦谈家桢弟子"的这项桂冠，1964年跻身于中国科学院研究生行列，从事古脊椎动物与古人类研究。"孩子王"的父母居住在万寿宫附近的萝卜市街，以做糯米年糕小吃为生计，一家培养了三名大学生，在万寿宫邻里间传为美谈。

1964年，全国人口略超7亿人，招考大学生13万名，研究生不足100人。岁月荏苒，斗转星移。如今14亿人口的盛世中华，每年招考大学生近1000万人、研究生约50万人。新生增量已不可同日而语。半个多世纪前的"孩子王"，就是那全国只有不足百名研究生之一的"天之骄子"。他从复旦毕业后，直接考入中科院的研究生，前程锦绣。

就在他获得录取进中科院通知后，1964年暑假，适逢南昌盛夏，万寿宫大门前面的一株盆景昙花即将盛开，人声鼎沸，围观者众。笔者的高中同窗好友罗保林和赵长风,刚接到清华大学的录取通知书,也兴高采烈地赶着来看"昙花"的热闹。

所谓"昙花一现"也就在那时那刻的一个美丽瞬间而已,恰似清风冷月看人生。昙花一现过后,说凋谢,便立即打蔫。再过一会,也就垂枝败叶了。"孩子王"也自然出现在观赏人群里,只是今非昔比,他已成为中科院的新科研究生,他的那份傲气和淡定,反而让笔者更加佩服。当笔者满腔热情地告诉"孩子王",刚刚收到录取同济大学通知书,并询问"孩子王":"听说复旦和同济是邻居,你去同济看过吗?"

此时的"孩子王"却像变了一个人似的,他似乎不屑一顾,竟冷冷地说了句:"我读的是复旦,为什么要去同济看看?"当时,笔者还不足18岁,历经寒窗苦读,方得同济功名。尊崇同济大学,已成心目中的一片天。"孩子王"的傲慢与轻浮,让笔者顿感心寒语塞。彼此在万寿宫结下的发小友情,始由疏远到失联,直至再也没有往来。

"无可奈何花落去,似曾相识燕归来。"几十年后,又听街坊老人传说,"孩子王"的确才华横溢,心高气盛,总以为他会成为科学家或大人物。可是,他的人生道路已然跌宕起伏。

当笔者闻讯"孩子王"已亡故多年,深感震撼。毕竟在万寿宫青梅竹马一场,痛惜伤感之余,也立马想到,儿时乳臭未干,无知莽撞,真不该在万寿宫道教圣地,跟风从众,干些泥蛋坏事。昙花有知,也曾以即开即谢,警示人生。人活一世,花谢一时。躬身自问,深为慨叹:"知人者智,自知者明。"仕途上因恃才自傲而中箭落马者,又何在少数?正是:

儿时孩子王,聪颖少年狂。术有专攻在,何愁孚众望。
山外眺青山,宦海遇巨浪。何为折翼故?相惜正彷徨。

六、再无儿时万寿宫

往事如烟,追忆童年与万寿宫结缘的这段往事,让笔者魂牵梦萦。那时,虽弄不明白信仰为何物?但菩萨的慈眉、金刚的威严、道教的神圣、信徒的虔诚、建筑的辉煌,以及香火鼎盛、朝圣氛围,均对笔者早年的成长经历,甚至造就性格，有过潜移默化的影响。半个多世纪过去，将有关万寿宫的人和事、景和物，几乎被岁月沉积遗忘的历史，又再次翻腾出来。时移世易，或许只有上了年纪，读点道教典籍，更能对道教的要义有所感悟。尤其对老子提出的"上善若水、厚德载物"的含义会有更深刻的理解。

笔者于戊戌清明节前夕，写下初稿，并打印若干份，趁赴南昌祭祖之际，特地带给胞弟及万寿宫的发小同学及友人过目。言谈间，不仅核实了60多年前，文中记载有关万寿宫的人和事、景和物，而且通过相互启发，把被岁月沉积遗忘的历史，又再次勾陈出来，印证并充实了本文的内容。

适逢国运昌盛，复建铁柱万寿宫，再现万寿宫历史文化街区，使市井民情的商品市场和特色街区更臻辉煌，并在原址成立南昌万寿宫博物院。发展经济，不忘延续城市文脉。丰富城市景观虽妙，可是，纵然社会物质极大丰富，再造金碧辉煌的仿古建筑，追忆儿时的万寿宫，终究是一去不复返了。

20世纪50年代，南昌万寿宫正殿旧照

2018年清明节于南昌

本文刊载于《江西文艺史料》（2018年，总第37期，676-685页），收入本书时有修改。

情义企业文化
——由《惜别》诗作所想

2015年2月6日企业为罗华昌（右三）先生饯行

"与善人居，如入芝兰之室，久而不闻其香。"

老罗，一位企业的资深管理人员，自机构初创以来，恪尽职守12年。现年届古稀，告老返京安享天伦。共事久而久之，大家习以为常，"久而不闻其香"。临行时，才颇感其人品可谓之"深谷幽兰"。大家依依不舍，又恰遇岁末聚会。企业为他举办了50位同事和友人的敬酒饯行，亦属人之常情。

笔者意犹未尽，于2015年2月7日清晨，亲自驾车，四次跨海往返于厦门海沧大桥、厦漳跨海大桥，偕夫人文芹陪同老罗夫妇一行四人，漫步漳州静湖公园。但见明水如镜、青山环抱，此地是著名的漳州滨海火山地质地貌风景区之一，是2200万年前火山喷发而成的天然湖泊，原名"加走湖"，现改称"静湖"。观赏大自然的鬼斧神工，难免触景生情。

在静湖送别老罗伉俪后，返家休息，偶得一首，浅吟《惜别》释怀。

远古火山喷涌来，静谧安宁镜湖开。

忆君闻声奔初创。俯首甘作一台阶。

久合必分弘毅在，雁过留声人自爱。

平生知己金不换，挥泪惜别祈康泰。

若仿效古时贤达，局限于私人情谊圈，吟唱离别情怀，也非笔者初衷。"醉翁之意不在酒，在乎山水之间也"，历史上的醉翁，从来就不仅仅在于酒和诗。十二年前，闻讯老罗企业创办，听从安排，义无反顾置身异地窗口，独当一面，振奋精神。十二年如一日恪尽职守，明明白白，干干净净。别离岗位时，在经历钱行礼遇之后，又有谁能真实感受到惜别的文化内涵？

"察己则可以知人，察今则可以知古。"我们都是凡人，凡人间也以推崇情义为荣。一个企业的风气和氛围，更要让正气抬头。企业初创，管理人员除了每月应得的酬劳，还少不了建设企业文化进行精神支撑。如果基层人员都不务实求真，一路看着眼色来混迹；如果中层干部都但求无过，并效仿热播的电剧中的千人一面，信奉"人不为己，天诛地灭"，时刻只为生存术来打太极；如果领导层不敢于担当，则鼠目寸光的人也来上演《宫心计》，那这个企业或机构的命运，绝对一败涂地。

为了机构的生存发展，德高望重的资深管理人员行将离别，可不能"浮华褪尽，人比烟花寂寞"，而应给予充分肯定，并在钱行时安排适当礼遇。其目的就是让正气抬头，凝聚各位专家和职员的力量。以现代企业管理中的"学者的智慧，商人的理念，江湖的情怀"，从细微处入手，将"情义"两字上升到企业文化层面。

"情义"文化首先应崇尚"守法、敬业、明伦理"，面对激烈的社会竞争，企业管理者和员工更应当以多种方式，以人为本，融情义为理智，达成企业发展方向上的深度融合。这就不是单凭"重赏之下必有勇夫"，或光靠名目繁多的奖金能取代的。

虽无须说教，但也要让大家心知肚明："铁打的衙门流水的官"，咱们也并非"衙门"，只要政策允许企业一直办下去，谁都会老，谁都会退。跳槽也很正常。无论老少，谁都在岗位上回避不了双向选择。

金庸笔下《笑傲江湖》的风清扬，也算江湖上绝顶高手，志得意满，归隐后,也面临双向选择,即便在世外桃源,也要为乡亲父老接受,风清扬也得先从众合群,才可能有潇洒飘逸之气。工作年限已不能成为个人本钱,谁都要努力,不能以己之长比他人之短,谁都要与时俱进。企业的前景还是要依靠中青年去打拼,活力源自同舟共济、齐心协力。

"待人以诚,人亦以诚待我",情义原本就是一对孪生兄弟。你对企业有情,企业才对你有义。对企业的忠诚度,历来就是人事管理的核心主张。孔孟本身所求的虽是中庸之道,但儒家思想的根仍是"仁义礼智信"。

"三国演义"中的关羽,在历史上,其人并不完美,却因为关羽特别重情义,而成为了一个民族万人敬仰的"关圣人"、绵延世代的精神偶像,被后人顶礼膜拜千年。"情义"也反映中华民族儒家文化的延续传承,符合大部分中国人的价值取向。有情有义、内外和谐、凝聚人心、规范行为。用儒家文化引领并促进机构发展,同样是不可或缺的。

《惜别》诗作的意境,实际已超越了个人情谊,"君子坦荡荡,小人长戚戚"。让情义企业文化深入人心,上效下行,是为笔者平时用心良苦,倡导团队"守法敬业、明伦理、重情义"的真实情感寄托。

2015 年 3 月 5 日于厦门

本文刊载于《科学中国人》(2015 年 4 月 1 日),收入本书时有修改。

一语成谶悼陈君

2016 年合影留念
左起：陈莉、赖文芹、刘玉敏、笔者、徐益人

此刻，2016 年 9 月 2 日，16：45。

受台风影响，水平兄的闽南家乡上空，黑云压城。厦门市中心城区，更是乌云密布。细雨伴着天色，犹如夜幕一样，说时迟，那时快，突然就降临了。按常规，这个季节的晴日时辰，原本是夕阳正红，天空和万物都格外亮堂，甚至会出现"火烧云"的璀璨辉煌。可是，今天的午后，真的就破例了。

上苍也在为水平兄三天前，在北京驾鹤西去哭泣啊！家乡的天空，也在为他明日将在福建惠安老家下葬落泪。

人总是要回归自然的。古稀之龄，叶落归根，入土为安，云云，贤妻文芹如是说，并不断在笔者耳边叨念着、安抚着。笔者内心却无法宁静，本能地独自站在阳台上眺望，总想在暮色的视野中，寻找到万石植物园的山麓天际线。那是他在厦门的故居方向。平日依稀可见。可是，眼下却乌云遮蔽，天昏昏，地暗暗，再也看不清了。无以自慰，脑际顿时回荡着一段二十七年前的对白。

那是我俩久别近二十年后的一次不期而遇。

1989年初秋，笔者刚来厦门主持设计分院工作。他却从东北调厦门华建房地产开发公司，任副总已有一年，笔者茫然不知。当笔者登门造访另一位故交。他却在他的办公室，偶然听见笔者的声音，久违而又熟悉。他闻声识友，立即走出办公室与笔者相认。当时久别重逢的惊喜状，让旁人也为之愕然。

　　在茫茫人海中邂逅，彼此惜缘。次日，两人来到鼓浪屿的海边漫步。忆同济、议时政、谈生活、话未来，讲了很多很多。没想到，正是这次不期而遇的长谈，竟一语成谶："厦门不错，我们好好在厦门过。最后，不是我送你，就是你送我。"

　　倏忽间，已然二十七个春秋。鬓已如霜，言犹在耳，却人隔阴阳。呜呼！教笔者怎不黯然神伤。泪水模糊了笔者的眼睛，脑海一片茫然。凭谁问：春朝鬓秋风流，世人有谁不死？

　　陈水平君安息。伏惟尚飨。

2016年9月2日于厦门凤凰山庄

岁寒三友

甲辰酷暑,洪城骄阳当空,高考发榜在即。赵长风、笔者、左俊明三君年方十八,移步南昌青山湖畔,义结金兰。三日后,分别按第一志愿录取清华大学、同济大学、武汉大学。入学后,京沪汉三地书信轮回不断,相互激励,似感仍在同窗共读。

乙巳盛夏,同济暑假。1965年夏,笔者被派往东海舰队当兵锻炼。乘载的军舰,正奉命航行在茫茫的东海洋面上,南昌老家却不幸遭祝融之灾。住房即成废墟。家徒四壁,阮囊羞涩。长风、俊明两位至交均在父母不知情的状况下,节衣缩食赞助了一笔可观的生活费助笔者渡过难关。

丙午夏末,1966年9月,我们相聚在武汉长江大桥畔共诉衷肠。夕阳照来,但见黄鹤楼前,俊明玉树临风,已成舞林高手。金秋时节,长风才俊依旧,信

1964年8月高考发榜前夕于南昌

1966年9月赵长风、笔者、左俊明于武汉

步北京奥林匹克森林公园。此情此景，欣得联句："岁寒三友松竹梅，春风一家桃李杏。"

2022年2月15日于厦门

2022年春，笔者与王福亭联句书法作品为伴

石刻：我心依旧

歌翁吟记

天道轮回，岁在庚子，寒露之初，会于万商云集之沪上，聚李公寓所会客厅也。临席八君，贤能荟萃。悠吟少林，情溢江河。虽为旧友知音重唱和韵，胜似高山流水茂林掩映。当是时也，秋高气爽，梧桐叶黄。静安寺侧，霓虹堂皇。十里长街，攘来熙往。重拾插曲，少林为尚。天马行空，乐趣飞扬。

一歌一咏，宗尧钢琴声铿锵。一挥一拍，柏贤指尖皆有章。

品茗午时，感挚友肺腑之言。列坐软椅，观影像视听之乐。

余生诚可贵，曲终人未散。

倾诉冬春新冠猖獗之淡定，畅叙夏秋疫情缓解之愉悦。

纵览浮世繁华，彼岸风谲云诡。念天地之悠悠，叹沧海之一粟。不如听君四重唱：故事神奇源远流长，英雄豪杰万众景仰。

曾记否？初悉故友有恙，不解说走手扬。基因拜父母所赐，寿命倚自身修养。纵有米寿期颐，何能益寿无疆？风雨催醒旧梦，夕阳已忘年岁。欲问延年何方？皆推歌咏首倡。老之将至何忧？少林万古流芳。

同济文工团老团长叶祖攸等8位老团员
钢琴伴奏四重唱《少林少林》

叙时人多耄耋，然言蕴哲理，豁达动容。其唱功深厚，意切情真。盖千帆过尽，心欲淡然。录其慨言，名列诸君：叶祖攸、艾鸿远、冯桂烜、吴寿岭、徐桃荣、鲍惠棠、李宗尧、刘柏贤。皆为半个多世纪前同济文工团文艺达人矣。

曾经用尽洪荒力，几许年华已皓首。后人观今，亦犹当下视昔。拙文供世用，意欲读友共。感于斯文者，唯望求大同。谨效王羲之《兰亭集序》之美意撰《歌翁吟记》。

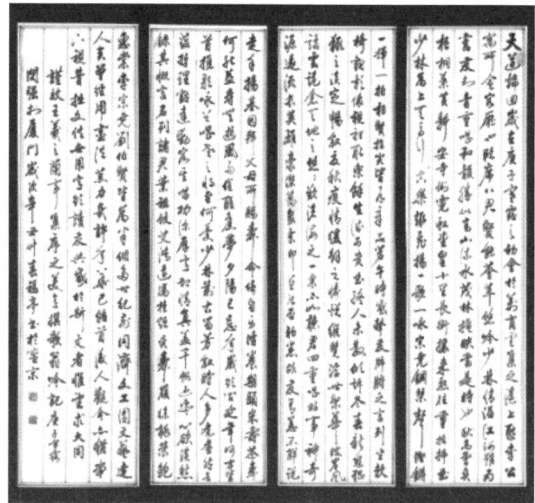

王福亭书法四条屏笔者撰《歌翁吟记》

2020 年 10 月 09 日于厦门

本文刊载于《同济人》（2021 年第 1 期），收入本书时有修改。

梅花香自苦寒来
——致罗奇峰教授

南昌初遇，已然八载。印象深刻，并不仅仅因为你是我目前唯一的"三同"校友——同高中、同大学、同专业领域。

"十里一走马，五里一扬鞭。""关山正飞雪，烽戍断无烟。"王维写的是军情紧急，驿马遇险急驰。你在命运折转关头遭头破血流，仍然策马扬鞭的精神，真正让我深受感动自愧不如。

上山下乡浪滔天，中流击水十余年。1977年恢复高考，你终于爬出矿山洞口，千辛万苦考进南方某大学，板凳还没坐热，便遭不实之责退学之难。你处之泰然，发奋图强，奔西北择良师，攻读地震学业，竟弯道超车，直接考研获硕士学位。紧接着又赴东北，师从地震工程学界泰斗胡聿贤院士，1990年获博士学位。马不停蹄，不屈不挠。这也体现了鲁迅先生讲的"中国人的脊梁"，值得赞扬。

诚然，土木建筑结构抗震是同济的传统优势学科。院士教授，握灵蛇之珠。人才济济，抱荆山之玉。而地震工程学科还正亟待输入新生力量。苍天不负，应运而生。1993年，你及时被同济大学引进，方得历练为教授、博士生导师。硕果累累，不在话下。

"安得广厦千万间"，建筑防火与结构抗震，永远是关乎国计民生的重要课题。你在强手林立的同济防灾减灾学科方向自立自强，为报效国家，作出了应有奉献。

自汶川与雅安地震后，你曾多次在上海"东方卫视"等电视台担任直播专家，或交流答疑，或接受采访。2019年6月17日，四川长宁地震后，你在华盛顿近郊探亲小住，央视记者通过同济大学联系，第二天《新闻1+1》节目中，仍然出现你接受中央台的定时采访。充分发挥了专业特长，起到了安抚人心，稳定民情的作用。不负同济母校培养，获得了社会的高度信任与赞誉。

"宝剑锋从磨砺出,梅花香自苦寒来。"无疑这与你在南昌五中三年(1963—1966年),走艰苦求学之路,夯实了文化基础密切相关。无论岁月如何变迁,对母校赋予完整的高中文化教育,心存感恩,永远不变。寥寥数语,略表赞佩之意。

2014年秋,罗奇峰与笔者于南昌五中六十周年华诞酒会初识
左起:罗奇峰、笔者

2022 年 12 月 5 日于上海

随 感 录

德化避暑散记

丁酉盛夏，厦门热浪袭人。虽已立秋，三伏天的暑气不见尽头。笔者携妻自驾游，往返约五百公里，分别至德化九仙山景区和石牛山国家地质公园景区，避暑十日。置身海拔近1800米高的野山闲云间，耳目一新，顿感神清气爽，换了人间。

首日，风尘仆仆，猎奇尤盛。行至九仙山，属福建境内戴云山脉主峰之一。车临山足，仰望山巅，见一线陡峭木栈道，高200余米，可拾级攀至峰顶。登山者皆中青少年。翁妪结伴同行，颇为罕见。招致青春伴侣称道，兴致平添。山腰处，存始建于唐开元四年（716年）的灵鹫岩寺遗址，又依稀可见标注"一方净土"残缺石坊之仿古修复，还有邹公祖师有求必应之传说记载。尤以唐代石刻巨幅弥勒造像而闻名。近观幽洞，奇岩兀立。登高远眺，峰峦叠嶂。在山巅风雨亭内歇脚，频感秋风萧瑟、寒意阵阵。与闹市蒸笼般暑气相比，恍如隔界。

次日，心静如水，渐入疗养佳境。九仙山景区住地海拔约1000米，依山傍势，错落有致，建成北欧风格小木屋别墅约50幢，餐饮及观景车辆一应俱全。养精蓄锐，更觉光阴似箭。谈笑间，又见夕阳无声地迷失在山麓之中。入夜，曲径漫步通幽，空翠落庭悦目。

第三天中午，艳阳当空。茂林掩映石铺路，山谷步行千余米。沿途溪水潺潺，满目石怪树奇。穿过一片茂林修竹，却见一方平静湖水，约二十亩大小。正疑空山无去处，却临天池好观鱼。山林鸟语不断。湖面有桥有亭。天地山水林间，小隐而享万物。

第四至六日，为解寂寞，自驾游方圆十公里范围，于乡镇集市间信马由缰体察民俗风情为乐事。或于湖畔观鱼垂钓，或于市场买卖砍价，或与村民闲聊生计。老伴品尝白鸭熬汤，称其清香是此山独有。

第七日，转道石牛山主峰景区，此地冠名"国家地质公园"，乘车绕行九九八十一圈，至海拔1780米高处之山顶。放眼四周的山峦天际线，平坦无奇。

只缘身在此山中，难识此山真面目。峰顶醒目处，坐卧双牛石雕，是村民热心捐建，貌似宏大，热闹凑趣。笔者却颇感此石雕坐落位置，与景区总体规划有失均衡。至于多处呈锥状花岗岩奇石，碑文刻注为"天网"，亦难以让人置信。该罕遇地质地貌，虽极具观赏颜值，也应由国家权威机构论证发布，以正视听，以扬其名。

第八日夜，位于海拔800余米高程之景区住地，突现电闪雷鸣，随即大雨倾盆。晚餐间，邂逅泉州市府公派石牛山旅游资源考察队，冒雨兼程，显专业素养，赞敬业有加。交谈间，叹惜游人稀疏，客源不出泉厦，提升旅游品质尚任重道远。

第九日清晨。行至隶属石牛山景区之"岱仙瀑布"顿感柳暗花明。如北宋王安石在《游褒禅山记》中所言"世之奇伟、瑰怪、非常之观，常在于险远""入之愈深，其进愈难，而其见愈奇"。笔者只闻"岱仙瀑布"其名，而不知是石牛山的组成部分，更未见其壮观实景。今日一面，如梦初醒，惊叹石牛山景区果然不负"国家地质公园"盛名。

从德化县城驱车约40分钟，再乘景观车4公里。年轻人在山涧步行兼攀登木栈道约15分钟，而笔者以古稀之龄，携老伴亦步亦趋，以30分钟抵达木栈道平台而驻足，再行攀登则望梯兴叹。此时，洪水宣泄声已由远而近传来。稍倾，透过茂密枝叶，找准最佳视角，即可遥望瀑布全景。只见悬泉飞漱，沿峭壁汹涌而下。而另一侧瀑布，则如涓涓细流，顺着石壁呈连续带状，缓缓溢出。

诧异中又闻导游眉飞色舞，炫耀称道："大水季节，这里的瀑布整体宽度达100米，高度110米，从石壁飞流直下，大有银河落九天之壮观。甚至可与贵州的黄果树瀑布、美国和加拿大边境的尼亚加拉瀑布媲美。"

话虽如此，念及北宋苏轼在《石钟山记》所言："事不目见耳闻，而臆断其有无。"笔者将信将疑。唯感天下景点，多先声夺人。石牛山有如此壮观之瀑布，却名不见经传。感慨之余，迅即摄像。顷刻间，瀑布散落无数水汽点滴，在日照下，眼前竟莫名出现彩虹。彩虹稍纵即逝，无论是摄影者，还是观影者，有幸能零距离见此景象，此生还有几回？笔者窃喜，可谓本命年巧遇彩虹之鸿运。

挚友赵长风在目睹照片后，从北京发来即兴五言诗，丁酉盛夏，闵强伉俪三伏之石牛山采风偶感：

> 漫步野山腰，仰观闲云飘。
> 踏溪淋飞瀑，凭栏暑顿消。

笔者久居厦门，早知德化以瓷器闻名天下，享有瓷都美誉。而对邻近二山避暑胜地，则孤陋寡闻。岁暮已忘夕阳，难得闲情逸致。蒙德化友人其明兄热忱接待，推荐引导，方得开窍，一行顺畅。

第十日返程。早餐毕。避暑意犹未尽，临时擅改行程。由高德地图导航，试探性驱车60公里，就近寻迹永春牛姆林"国际生态植物园景区"。结果事与愿违，竟误闯深山老林几公里，方见告示：为提升景区品质，已全面封林，谢绝参观。无奈，悻悻然打道回厦。翁妪作伴当人生无悔，旅游歧途亦随遇而安。

下山绕行后，又途经七八处隧道群，长则三四千米，短亦四五十米，隧道间隔也只有百米余。驱车每每进出洞口，如动漫过山车之起伏。所幸涵洞照明均达国标。闽南山区高速公路，建设诚非易事。

笔者顾影自怜，全程自驾往返，何以乐此不疲？

其实，盘旋山路虽望而生畏，却有游览专车效劳。仅首日启程180公里，第十日返程310公里，全程高速，每百公里在服务区略作休憩，疲惫无存。平日，车停景区驻地，如李白之五花马羁于门前，静如处子，动如脱兔。积十五年之驾车经验，以古稀人之心态沉稳，每日在周边自驾代步。少则几公里，多则十几公里。以车代步，何累之有？行文至此，至交徐远光从微信中读悉此文初稿，又赋诗助兴如下：

> 信步千字文，下笔自芳芬。
> 心无一点尘，清静在音闻。
> 情怀韬瀚海，野山渡闲云。
> 盛年又重来，老骥自蹄奋。

周游旅行的意义，并非向别人炫耀去过什么佳境胜地。只是用新的视角去

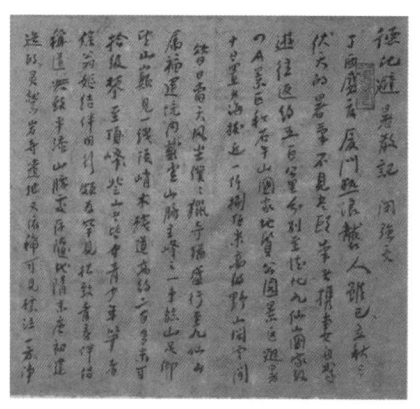
郭均西手书全卷局部

2017年,"九仙山"山腰处遇湖泊

观察,去适应属于自己的岁暮生涯而已。在简约的旅行时光里,乐与老伴共度一段夕阳红。千帆过尽,阅人无数。舍得舍得,此有所失,彼有所得。

是为《德化避暑散记》,以叙鄙怀。

2017年8月25日于厦门

本文已刊《同济人》(2017年第4期),收入本书时有修改。

郭钧西书法德化避暑散记导读

　　一篇悠闲的千字散文《德化避暑散记》原本只为高情厚谊，供亲友交流而已。始料不及，有幸为母校同济大学刊物《同济人》刊载。好事成双，书画界朋友、远在西安的郭钧西先生赏析此文后，心有灵犀，玄妙入神；遒劲挥毫，一气呵成，书就六米长卷，读来酣畅淋漓。西北望长安，笔者却愧对书法作者。本应"玄鉴精通"者鉴赏书法之美，而笔者并不甚懂书法之奥妙。有道是，天行有常，书法有规。先求平正，创新追险。复归平正，方见珍迹。按照常理，非人书俱老，难炉火纯青。此手卷亦显示郭钧西先生之书法艺术正是循此规律，彰显其气势恢宏、飘逸潇洒之美。如何客观地观赏与准确地品评这件书法作品？谨摘录当代三位名家的评价，以他们知微见著之洞察力，对郭钧西书画艺术的玄鉴与卓识激赏，以飨读者。

　　（1）贾平凹先生在《郭钧西书画集》序中写道："郭钧西的字不错，花鸟亦不错，他有天马行空之志，强暴霸悍之气……多与社会接近，多与自然接近，多与哲学接近，通贯人生宇宙之道，那么就有自己的思想，自己的角度。大的艺术家，要学技巧，但不是凭技巧成功，而是有他的形而上的意象的世界为体系的。祝贺郭氏的艺术取得了成功。"

　　（2）刘兆英先生在《郭钧西草书：长恨歌》序言中，"郭钧西在书法上是认真下过工夫的，《长恨歌》是其代表。打开长卷，一字字看去，犹入苏州园林，步移景异，妙趣横生，似能听到'大珠小珠落玉盘'的声音；一行行看过去，顿觉有一股气势扑面而来，风起云涌，有若龙游天表，神采飞扬；细细看过去，则莺歌燕舞，姿态妙曼，无一丝造作。这真是一种心灵的舞蹈，心灵的音乐，心灵的画卷！书法的艺术魅力，正在于它能够打动我们的心灵而与之共舞。艺术之道乃寂寞之道。对书法艺术而言，更是寂寞加清苦才能使功力渐进。白纸黑字，这是来不得半点虚假的。郭钧西的书法无愧于古人，无卑于今人，卓然而独立，可以《长恨歌》为证。"

（3）李正峰先生在《郭钧西草书：长恨歌》跋中评道："跌宕起伏，气韵生动，六米长卷，一气呵成。如同一首霓裳古曲，优美而动人。'草圣最为难，龙蛇竞笔端。'钧西的草书不仅写得好，而且在以下几个方面尤为出色。首先，气贯通篇，无滞无碍。一般人用连绵、映带的办法，而他却以写章草的古法来写今草，字字独立，在不着笔墨的空白处，充盈着流动之气，做到了形散而神聚。其次，笔力雄沉，不漂不浮。钧西避开了通常那种外在形式上的拓张与飞扬，而以国画中的'骨法用笔'，来保证筋强骨健，力在字中，不瘟不火，达到了力与势的统一。依我看，他是深味怀素小草《千字文》与于右任《标准草书》的精髓。再次，草书之作，尤重情韵。欣赏钧西的《长恨歌》，我觉得他在濡墨走笔之际，自己仿佛已经化为白香山，在动情地叙述发生在天宝年间这段缠绵悱恻的爱情故事。起初，笔致平和，娓娓而道。随着故事情节的发展，又由乐转哀，书家的情绪开始波澜起伏，笔墨也发生种种情调上的变化。这标志着钧西的草书已经进入艺术的较高境界。"

综述三位名家的品评论定，真可谓"仰之弥高，钻之弥坚"。丁酉小雪清晨，在中国美术馆长廊，沐浴着京城冬日的阳光，由笔者和文中的引诗作者赵长风，抚轴展开郭钧西的草书长卷。虽展示不足一半的卷面，亦难掩其书法行云流水之瑰丽，山峦起伏之壮阔。草行裹锋运笔端，浑融奔逸称谲奇。笔者怀仰慕之心，原本欲求钧西馈赠一片枫叶，他却赐笔者一片枫林。以过七望八之龄，洋洋洒洒，书下长卷。慨叹之余，欣然作诗一首：

《刻神龟》

欲撷红叶开心扉，君赐枫林心力费。
长安一面相识晚，慵懒缱绻避暑归。
幸为同济刊文去，又睹玲珑珠玑飞。
天马行空豪气在，饱墨笔力透纸背。
霓裳古曲听奏鸣，形散神聚将毫挥。
庙堂富绅烟云散，万年甲文刻神龟。

是为导读。

笔者（右）和文赵长风（左），抚轴展开郭钧西草书长卷

丁酉初冬于北京

两次跨海采杨梅

清明刚过,杨梅成熟的季节到了。笔者携妻携孙驱车40多公里,经两次跨海来到漳州杨梅基地汤洋村。笔者虽过六靠七,平生却首次采摘杨梅,享受自然野趣。

当小车行至汤洋村,站在公路上放眼望去,满目湖光山色,郁郁葱葱的杨梅树漫山遍野,绿荫掩映着上千亩丘陵山地。果园是全开放的,也可以从山脚下爬坡而上。我们沿着正式的便道步行,陡峭的水泥路只有2米宽。采运杨梅外销的摩托车,忙忙碌碌,忽上忽下,与我们一行人擦肩呼啸而过。尤其是下山的果农车手满载着杨梅,摆弄车技而习以为常,便道上的游客则颇感有惊无险。

初见杨梅树的形态,约2米多高,低处不足1米,枝叶茂密,呈雨伞状覆盖,犹如常见的桃树。深红色的杨梅果挂满了枝头,凝翠流碧,闪红烁紫,点缀着一片深绿色的果园。杨梅果多已熟透,表面毛茸茸的,细皮嫩肉。咬一口,甘酸梅汁充满口腔,甜中带着微微的酸味,沁入心肺,令人神清气爽。几经改良后的杨梅,个头均匀,恰似乒乓球大小。站在树下,抬头伸手可摘。6岁的孙儿欢天喜地,迅即攀爬树干。可是,等不及幼童采摘,只要树枝被轻轻摇晃,熟透了的杨梅果就应声落地,纷纷滚下山坡,颇为可惜。

杨梅基地所处山坡南向偏东,占有明显的天时地利优势。日晒充足,通风顺畅。易熟,色泽艳丽。酸甜醇正,味道爽口。而极少量隐藏在枝叶最深处的杨梅,背阴日晒欠缺,色青酸涩难咽。过了时节,又被世人弃之。只有等待果农剪枝,来年再沐阳光雨露。世人的命运乃至宇宙的万物又何尝不是这样,真犹如杨梅的青涩与成熟,最后还是取决于背阴和受阳。

据果农介绍,眼前这20亩山地,杨梅有近十个品种,要想尝鲜品味,劝大家要多分散在几棵树上采摘。而果树外观的差异,犹如中国人眼里看西洋人,难以区分。在果园里采摘当季水果,现吃品尝是免费的,数量虽不受限制,却要自备矿泉水清洗杨梅。果农言，这是生态果园，不打农药，尽管边采边吃！但谁也不敢相信，杨梅照样清洗，矿泉水瓶俯拾皆是。采摘约为1小时，限每人一筐不足100颗，按市价结算兜着回家。

杨梅功效历来为世人称道，有"果中玛瑙"之誉。而漳州汤洋的杨梅，在厦门更有名气。水分丰富，甜中微酸。能生津止渴、健脾开胃。甚至超量多食几十个，不仅无伤脾胃，且有解毒祛寒之功效。明朝医药学家李时珍，曾在《本草纲目》中记载，"杨梅可止渴、和五脏、能涤肠胃、除烦愦恶气"。

《三国志》中也有"望梅止渴"的典故，虽没有查考到是南方的杨梅还是北方的青梅，亦尽显曹操的魄力与狡黠。在大军断绝水源、士卒渴难的行军途中，曹操煞有介事地催马扬鞭，大声咆哮："前面就有好吃的梅子！又甜又酸！"不仅使士兵的味觉神经引起条件反射暂解干渴之苦，而且也鼓舞士气，加速了行军步伐。

自海沧跨海大桥驶离厦门岛，沿着马青大道直奔，约30分钟可达厦漳跨海大桥。站在桥头极目远眺，厦漳大桥的桥身透延伸向茫茫远方，漳州辖区隔海相望。长期从事建筑结构设计的职业惯性，也使笔者对大桥的主要结构参数尤为关注。据查考，厦漳大桥斜拉桥主跨780米，大桥长9公里有余。加上引桥总长为12.3公里、宽33米，双向6车道高速路面。从外观上看，4扇斜拉桥索颇为壮观，犹如4架巨无霸竖琴的琴弦，横空出世，令人惊叹。大桥间还有座海门小岛，成为厦漳大桥的天然支点，结构最可靠，投资最节省。

在厦门遥望海沧跨海大桥，其桥面"超薄"犹如一张牛皮纸，却能昼夜复始负重运行。"超薄"为何能"四两挑千斤"？其中蕴含的结构奥妙鲜为人知。海沧大桥为当年号称世界第二、仅次于丹麦的三跨连续全漂浮钢箱梁悬索桥，也代表着20世纪末中国建桥水平最高成就。其造价也不菲，2000年为28亿元，时至今日至少56亿元，几乎与同期落成的上海88层金茂大厦造价相等。

厦漳大桥与海沧大桥皆属跨海大桥，在视觉上，前者的桥身更漫长、更遥远、更浩大。其实，就海水深度、结构形式、功能要求、港口地位等诸多方面，二桥几乎没有可比性。尤其是交通运行使用效率，门庭冷落的厦漳大桥与车水马龙的海沧大桥相比真有天壤之别。

厦漳大桥虽说也可满足3万吨级集装箱货轮安全通航。可是，站在桥头眺望，航道上的过往船舶冷冷清清，大船巨舰更是无影无踪，其码头远远不及海沧大桥下的厦门东渡港繁忙。厦漳大桥只是厦漳两地通道之一，竣工虽有两年多，过往车辆稀少，桥面愈显空旷。笔者安分守己以60公里时速，在宽阔的桥面上孤寂地缓缓行驶，跑了几公里才偶然遇见一两辆小车往返。小轿车往返过桥费60元。而游客乘轮渡往返，每人也只要20元。大中型客车、货车过桥费则更为昂贵，不少跑运输的司机们宁可绕道而行，对厦漳大桥只有慕而避之。

有诗云："五月杨梅已满林，初疑一颗值千金。味比河朔葡萄重，色比泸南荔枝深。"细算此行采杨梅的代价，虽一颗值不了千金，但可能高于厦门的龙虾鲍鱼海鲜。结伴采摘杨梅，不惜两次跨海，其费也奢，其行也乐，其品也高。

笔者偕妻携孙采杨梅合影留念

2014年6月12日于厦门凤凰山庄

本文刊载于《科学中国人》（2014年12月5日）

追忆同济的文体盛宴

读悉秦浩同学参演《长征组歌》的追忆文章，感慨系之。让笔者唤起在同济校园的一段短暂而充满诗意的美好回忆，也让思绪飘浮到了当年同济体操队的快乐时光。彼时功课虽很紧张，但业余文体活动却充满青春活力，实难忘怀。

笔者在南昌五中艰苦求学、寄宿读完高中。14岁就有早睡早起的好习惯。甚至半夜三更也偷偷起床，约好体操队的队友去健身房切磋翻杠技巧。进同济后，与只靠体育课训练体操的同学相比，显然也就算"出类拔萃"了。1964年秋，同济大学有8个系30多个专业，万余名学生。校体操队男队员只有12名，新队员必须要通过测试。光凭兴趣，没有体操的基本功底，是进不了体操队的。

当时是也，徐教练首先要求报考人演示自选动作，看看身手如何。笔者站在健身房考场中央，当着30多位考生的面，在徐教练一声令下，在双杠下摆回转270°，接杠上倒立静停3秒，接转90°下摆，直角静停3秒。这是二级运动员双杠项目最出彩的关键动作。幅度大、难度高、观赏性强。虽只有几秒钟的"三脚猫"功夫，却是笔者平时显摆本领的拿手好戏。从伴随鱼跃起身，双手抓住双杠开始，身体呈悬浮状，全身大幅下摆舒展，然后借180°全幅摆动的惯性冲力，一跃翻至双杠上方，瞬即呈双臂支撑倒立。一气呵成，干净利落。待选考生也都发出唏嘘，甚至徐教练也有点始料不及。笔者却觉得意犹未

1965年笔者于同济大学西南二楼前晨练

尽，还想卖弄一下本领，未经考官允许，便紧接着随手又在地面上接连空翻了几个跟斗。徐教练见状，果然身手不凡，显然有过训练经历。连声称道："够了！够了！"当即决定录取笔者进入同济大学体操队。

一年后，在一次偶然的体能训练中，笔者用山寨版的高立翻动作，轻易挺起了 90 公斤杠铃，偶然引起了体育教授许鸣寰的关注。经一番询问后，许教授发现笔者有举重潜力，当即承诺要笔者加入举重队试试。随后，挤出几个月的课余时间，专项安排了举重计划与训练达标。当抓杠、翻腕、举臂、深蹲、起腿、直腰等关键性的动作进入规范训练后，挺举成绩骤增，让笔者始料不及。竟然由 90 公斤挺举猛增到 115 公斤，抓举由 70 公斤增加到 82 公斤，进步之快，队员们也甚为赞叹。笔者内心充满了成长的喜悦和自豪。许教授还曾鼓励笔者，体重要严格控制在次轻量级（60 公斤）以下，争取再挖潜力提高成绩，可望 1966 年秋，在上海市 11 所高校举重比赛中名列前茅。正当笔者对杠铃兴趣正酣，摩拳擦掌之际，1966 年 6 月，受"文革"影响，训练也戛然而止。

年方十八进同济，兴趣广泛成动力。笔者虽顺利考进体操队，偶然候补举重队，显摆肌肉之余，这山望着那山高，却又妄想进入文工团。"其文若何，龙游曲沼"，具备才艺天赋也事关一个大学生的形象、品位，甚至在班级的地位。年轻人至少也应能识谱唱歌，或舞蹈，或朗诵。入学不久，全班 35 人中就有 8 人分别选择了吹拉弹唱及话剧表演，蜂拥而入校文工团。浦东小个子顾龙飞，是校铜管乐队出色的小号手，吹奏《海军进行曲》，可以达到出神入化的境界。就是在课间休息或公共场所，他也会自我陶醉，半闭着眼睛的同时，嘴里不断发出轻微的乐曲节拍声："嘟嘟……哒哒……嘟嘟哒……"志趣专注，神情投入。见此情景，外班同学甚不明就里，甚感奇怪。

1964 年，笔者欣赏大型歌剧《长征组歌》，羡慕其旋律优美动听、词句掷地有声。其舞台艺术表现力与当时千篇一律的革命化演唱相比，令人耳目一新，极具艺术创意。唱词、唱腔，以及独唱、对唱、合唱、领唱，无不声情并茂。尤其是其中的经典流行唱段，在课间的同济校园，传唱声不绝于耳。既有唱"五彩云霞金丝鸟"的婉转绕梁，又有"大渡桥横铁索寒"的气势磅礴，直让青年学生无不震撼得热血沸腾。可惜，最后笔者还是和文工团失之交臂，一直引以为憾。

薄壳猜想记

追忆起一鳞半爪的文体往事,当年的业余文体活动简直就是一场奢侈的"文体盛宴"。尽管那时的情景,与当下无时不有的歌舞升平还格格不入,但让同龄长者回味,让青春后生想象,当有裨益。

本文刊载于《致青春——同济大学学生文工团(1950—1970)》(上海:同济大学出版社,2016年,385-387页),收入本书时有修改。

皇家加勒比邮轮游记

在厦门过冬避寒,和在庐山夏天避暑一样,确有得天独厚的优势。可是,在厦门要想登上美国皇家加勒比"海洋量子号"邮轮旅行,却又远不如在香港、上海、天津邮轮母港那样便利。漫说价格高出30%,每年途经厦门港停泊的机会,大约只有两次,几乎闻讯便稍纵即逝。

乙未年中秋节刚过,获悉世界最大十艘邮轮之一的"海洋量子"号,将于圣诞节前夕,由香港驶经厦门。笔者立马备齐护照去旅行社签单,捷足先登预订到两间位于十三层楼、有阳台的标准间卧房。航海的故事由此展开……

一、离厦航海

"千呼万唤始出来",艨艟巨船泊厦门。在静候近两个月后,笔者终于偕家人登上邮轮,开启了四夜五昼的海上行程。站在厦门港的码头,竟无法首尾相连看清其庞然大物的全貌。懵懵懂懂上了船,便一脚跨进第五层集散大厅,犹如置身于一家超五星级酒店的大堂,拔高约9米的共享空间,壁柱、墙面与天棚的装潢,到处充溢着玫瑰红暖色基调,让客人温馨尤甚。辉煌的水晶吊灯,富丽堂皇的场景,在向乘客们昭示,这就是最具现代感的世界一流邮轮。

这艘巨无霸"海洋量子号"是美国皇家加勒比游轮公司量子系列的第一艘邮轮,总吨数约17万吨,长约350米、宽约50米,几乎有三个足球场大小,吃水约9米,平均航速约15节,被称为当今科技含量最高的邮轮。该邮轮共16层,有几十部观光垂直电梯,船上有来自60余个国家的旅客4000多名。拥有各类型客房2100间。感佩之余,偶得四句:

足球绿茵小七分,肩比十六高层群。
十七万吨十五节,设施领先全球闻。

从厦门出发,穿过台湾海峡,当晚便进入东海洋面。家人带着小孙儿早已欢天喜地赶往五花八门的游乐场,去闹腾、去打探。夜幕也已降临了。笔者趁此机会,想闹中取静站在卧房的阳台上独处一会。

阳台的玻璃栏板,全方位透明。位处 13 层楼,视点离海面约有 40 米高,视觉上前无任何遮挡,人体似乎更贴近海面。望着一片漆黑的大海,深不可测。沉思片刻,目光巡视着船体前后的边沿。但见光照昏暗,孤寂不见人影。十几艘鲜橙色的救生艇,静静地紧贴着船身待命。船体在行进中劈浪,黑色的海涛汹涌翻滚,溅起的浪花一波高过一波。伴随着耳闻游轮发动机的轰鸣声,犹如超低频声波在怒吼,又沉闷又嘈杂。此情此景,难免居安思危,心情顿感压抑、不安乃至恐怖。

脑海立即掠过"泰坦尼克号"世纪沉船故事的阴影,内心莫名地倒吸了一口凉气。瞬即转身入室,关上高度密封的落地门窗。客房立即悄然无声,内心的阴霾似乎得以缓解一些,心情也慢慢宁静下来。游轮震动甚微,航行平稳,人在船上宛如闲庭信步,感受几乎同陆地生活相差无几。

白天,当头顶苍穹,眺望茫茫大海,又会切身感到,即便是"巨无霸"邮轮,一旦进入海域,那也是渺小的,又使笔者对大自然顿生敬畏之情。从航行路线中判断,船已进入琉球海域,几乎与钓鱼岛擦肩而过。海面上沉寂无事,不仅未见舰艇巡弋,连过往船只也不见踪影,更不可能目睹军事对峙。内心暗中思忖:

> 汪洋水天极目舒,巨轮骇浪如行步。
> 居安思危忆泰坦,杞人忧天磐石数。

二、感受邮轮

驶离冲绳港前夕,终于找到拍摄邮轮全景的唯一机会。在远离码头 200 余米的视野中,毫无港口设施遮挡。于是,一家老小四口与这艘"巨无霸"立此存照。

当晚即启航开往上海吴淞码头。

笔者平生只有过一次航海经历。1965 年夏天,笔者还是个不满 20 岁的大二学生,奉命来到东海舰队当兵锻炼,随舰艇出海后,不要说在海面上颠簸晕船,睡床狭小得像档案柜,双腿屈伸艰难;单说烈日当空的军训,反复练习炮弹进膛和周而复始地擦洗甲板,就叫人精疲力尽。彼时,枕戈待旦、准备海战。此时,吃喝玩乐,逍遥海游。五十年后,再次航海,由此及彼,浮想联翩。实不可同日而语。

虽说在邮轮航海逍遥历时短暂,四夜五昼而已。始料不及,原计划带上船阅读的一部书,却从来没有时间翻上一页。邮轮上的奢华享受,吃喝玩乐会让人无法消停。

民以食为天,餐饮极其丰富与方便。邮轮上的"各尽所能,各取所需"真的让人开了眼界,只要有海量消受,无须再付一分钱。定时供应的十座大型豪华餐厅,有各种风情,各种口味的美食。虽然中文有时不能交流,但所有餐饮服务人员均以和颜悦色相待,以乘客光顾为幸事。乘客用完大餐,也无须登记或出示房卡。随处可见的酒吧、咖啡厅,让游客24小时各取所需,甚至允许随意带入卧室享用。而卧房的整理,几乎是前足关门,后脚跟进开门,年轻的外籍服务生随时打理照应。

帷幕开闭无倦意,每日盛宴安排精。美食佳肴中西味,日夜供应皆宴会。刚等海鲜收拾去,又是山珍送到位。天上真会掉馅饼吗?其实,船上的吃喝玩乐所有费用,以每人每天1800~2000元人民币消费计入船票。下船时的附加费用,约再增加10%,这也是促进全体乘客涌向游乐场所的动力。只有在吃喝玩乐得精疲力尽时,大家才甘心进入卧室休息。

体育运动及游乐设施集中在十五、十六层甲板上。其中邮轮顶端,设有"北极星"瞭望球,是游客观光最抢眼的亮点,游客被十几米长的悬臂置于顶端,并按270°旋转瞭望,茫茫大洋的海面上,真会让身临其境者造成幻觉:仰望蓝天,俯瞰洋面。大千世界,舍我其谁?可是,只有从母港登陆的旅客提前预约并经核定,才有这种幸运光顾。因为最抢眼的项目最刺激、最危险,管理也最严格。站在"北极星"瞭望球下,遥望蓝天,油然叹服:

穹顶之下邮轮小,会当船顶仰天笑。

悬臂擎柱北极星,凌空摸天已非遥。

薄壳猜想记

其实，众目所瞩的海上冲浪池也不亚于"北极星"。人工造波虽说是靠电机驱动，但上下左右的起伏非常逼真，在三四百平方米的水面上。头顶蓝天，脚踏海浪汹涌，助威观众如潮，也让冲浪爱好者踏着冲浪板，尽情感受到夏威夷的洋面浪漫，释放了各国青年男女的激情。

据来自香港的邮轮常客点评，该轮最大的特点是"最先进、最具未来范儿"。有许多超乎想象的高科技设施，如机械手臂调酒师、"北极星"高空胶囊舱、依靠风洞技术实现的海上跳伞、依靠波浪发生器建设的冲浪池，等等。至于堂皇的歌剧院、多功能的运动场馆、甲板上的攀岩、室内游泳池、名目繁多的健身中心、皇家娱乐场等设施都是免费向乘客全方位开放的。

游乐场是儿童的天堂，邮轮专门开辟了几百平方米的儿童活动室，有几十部电动碰碰车，有最新的欧美软件，配有几十部大屏幕电视投影。当笔者驻足观望反恐游戏内容，实为其逼真生动而感叹。

所谓的船甲板上的海上跳伞，实际为拥有高科技含量的惊险"风洞"游戏。在一个密闭的高十几米，直径约3米的全透明玻璃圆筒内，由教练员贴身带领，让体验者全副武装，头戴盔甲，四肢略微收缩，且身体呈倾斜状，以减小受风面，才能完成腾空。一旦进入密封筒仓，便随着底部的加压送风，不到3秒钟，人体立即呼啸升空至顶部。然后，在教练员指导下，双臂双腿舒展，人立即又因扩大受压面积迎风，阻力剧增，真犹如跳伞运动员一样，趴在高空，徐徐降落。上上下下，周而复始几个来回，不断体验着失重的宇航感。体验者似神仙飘然下凡，优哉游哉。其实，升空怕碰头，下降怕坠地。有的中年体验者事过之后，脸色苍白地对笔者讲，"玩不得，不好玩！"犹如大难不死，有惊无险。笔者想，宇航员超重或失重训练的物理原理，也大抵如是。

健身中心设有上千平方米的几个篮球场、排球场。加上周边的空中走廊，其体量之庞大绝不会亚于标准赛场。尤其是科学管理，使用效率极高。既可立即转换成小足球场、滑冰场，也可在瞬间转换成大型游乐场。

购物天堂设在五楼的接待大厅两侧。门庭若市可与北京的秀水街一比，既有大打折扣的时髦时令生活用品，也有国际著名品牌的精品时装，名牌西服、手包、手表、时钟及化妆用品。邮轮的"大雅之堂"，尤其需要国际著名品牌来装点，最醒目的仍然是欧米茄与劳力士瑞士表专卖店。由于邮轮具有免税优势，只要购得一块普及型的欧米茄表三万元，则比国内差价低30%，几乎是一张船票的费用。这种邮轮潜在的优势，也并非人人都会重视。专卖店的光顾者毕竟稀疏，而专卖店仍然以豪华、孤傲、内敛的绅士风度，不卑不亢维持着店面的品牌尊严。

位于大堂的缓冲休息空间，处处摆放着工艺珍品，或以现代美术作品展览，或以极具创意的科幻模型，或以巨大的水晶球构成精巧的多面体，让人引起视觉震撼或无限的遐想。

总之，邮轮从宏观到微观，每一个细微空间和环节，似乎都在体察人性，以人为本，能让乘客倍感亲切、愉悦，物有所值。

皇家歌剧院、音乐厅分别设在四层的船头船尾。剧场的升降活动舞台，其面积之大、数量之多、形态之各异，在国内外均为罕见。至于面向大众品位的表演与水准，笔者见识过澳门的大型艳舞，也观赏过巴黎的红磨坊劲舞。但没想到邮轮上的奥德赛歌剧，居然演绎得如此典雅堂皇。皇家歌剧院舞台的一角，琴师站在独有的旋转舞台上，用二三十米长的电光琴弦伴奏，琴声悦耳动听，琴弦随着旋律的起伏，闪烁着七彩微光。这是笔者跑遍了欧美俄、日澳韩见所未见的。笔者特地靠近琴师探个究竟，却百思不得其解。笔者观赏了三座大型剧场的通俗歌舞表演。即便有异国风情的热歌劲舞也好，轻歌曼舞也罢，演员卖力，演艺精湛，甚至比国内的某些商演还要规范，邮轮上的游乐，最能让笔者留下的印象是：

歌剧劲舞异国情，冲浪跳伞惊断魂。
吃喝玩乐有趣味，登舱方知不夜城。

四千乘客海上城，客房二千管理真。如何保证四千多人的垂直交通畅行无阻？几十部观光电梯几乎成了邮轮交通的大通道。客房从船头到船尾有300多米长，以八部电梯为一个组团，约有四五个组团，均匀分布在客房通道的集散地。它是连接客房与起居活动的主要交通工具。乘客，电梯运行频繁。每次上下往返，电梯前室或电梯间内从未发生过拥堵。

客房的钥匙卡几乎成了每位乘客的护照和护身符。忘记了房号，丢失钥匙卡，如要找回居所则如掉入了迷宫，且手机信号为零，只有在支付每天10美元的电讯费用后，方可有效使用通信。

三、上海彼岸

在航程即将结束的前一天傍晚，儿孙爷俩兴趣正酣，仍在忙着球类游乐。笔者偕夫人怀着对大海的眷恋和共同的志趣，来到第十六层甲板尾部，一起观赏了茫茫大海上的落日夕照。不出所料，的确比陆地上的夕阳红，愈显辽阔与美艳。在海水共长天一色间，夕阳下的一抹胭脂，很快就落在青苍底的上面。说时迟，那时快。金色的太阳正慢慢地下垂。倏忽间，几乎可误认为是旭日东升。又像朝霞，又像晚霞，阳光几乎贴着海面，同样是那样的灿烂辉煌。再过一会儿，海洋与天边的颜色也开始瞬息万变。夕阳无限好，任凭是黄昏！

据邮轮上的长者言，海水颜色时绿、时蓝、时深、时淡，并非因海洋深度而变化，而取决于天气的阴晴。那天观赏夕阳的真实感觉是，再过半个多小时的光景，只见天边渐渐的玫瑰色、渐渐的暗红色、渐渐的紫色，终于出现暮色，最后海天共相拥抱，沉浸在一片深蓝色乃至漆黑色的大海之中。

次日的黎明时分，一觉醒来。拉开落地门窗，站在阳台上眺望，天只有蒙蒙亮，行进中的波涛荡然无存。灯光虽依稀可见，但仍有几十公里之遥。经打听，方知邮轮已经停靠内海，正在听候上海吴淞港口指挥，还需停泊两个小时才能靠岸。

笔者与家人在邮轮前合影留念

在丰盛的早餐席上,笔者试问二年级的小学生、八岁的小孙儿:"咱们不要念书,天天这样吃喝玩乐好吗?"小男儿一边瞪大眼睛看着笔者,一边大声说:"那怎么行?"笔者接着问:"为什么不行?"他立即回答:"我读幼儿园大班时老师就讲过,少壮不努力,老大徒伤悲!"一家人不觉哑然失笑。谨以此结束这次美国皇家加勒比"海洋量子号"邮轮航海旅行。

2016年1月20日于厦门凤凰山庄书房

南靖印象

丙申正月初九,笔者得隙携二童孙,自厦门返其外婆家省亲于南靖县城。南靖系世界文化遗产福建土楼故里,自元至治二年(1322年)始称兰水县。森林覆盖比肩北欧,树海竹洋名实其符。

是日黄昏,春雨霏霏。沿沈海高速,驾车二百里。忽逢茂林修竹,又见水系环城。下公路进城关镇,穿大街入庭院深。大厦无几,民屋俨然。歇息世居独幢楼房,晨起漫步南苑眺望。桃源美景,豁然开朗,殷红翠绿,养眼难忘。目尽青山轮廓依稀,近观古树茂林掩映。俯瞰碧水清澈荡漾,琉璃亭阁点缀万象。美少妇足立春江水,濯衣清漪排列成行。忽闻锣鼓喧天,舞龙游街纷起。初九闹至元宵,祈福人财两旺。无论贫富,捐资解囊。金童玉女盛装扮才子佳人。堂堂男孩俨然成帝王将相。无意春寒料峭,家门洞开纳福。宁可裹披寒衣,闲置升温热机。挚爱亲朋促膝,彼此怡然自乐。

闻有厦门客人,邻里咸来问询。长者丰衣足食,居家不复出焉。儿为前程奔都市,今春归来泪满巾。为何居者难有其屋?不知房奴天价有几?云云。

2016年正月初十晨,南靖县城的"桃花源"美景

工程师审图为业，房地产难释微妙。南靖商品房每平方米三四千元，不及厦门一二成。楼面地价飙升进官府，造价占比骤降于楼盘。纷答质疑，问者略悟。

赞叹乡人也善，民风淳朴知足常乐。惋怜邻居也痴，盲为离乡奈何前途。惊叹涤妇也勤，春寒急流竟洗衣被。君不见勤俭蔚然成风，都市丽人娇娇少妇，其实难望其项背乎。以陶令公桃花源记开篇意韵，记实省亲浮光掠影南靖印象。

丙申正月十八日于厦门

本文刊载于《同济人》（2016年第2期），收入本书时有修改。

文盲达人写招牌

古有盲人骑着瞎马扬鞭驰骋，今有达人开着倒车在高速公路上奔跑。你听过不识字的文盲，也能为店铺写出一手好字做招牌吗？

话说六十多年前，笔者孩提时家住的南昌市闹市区万寿宫16号，兼开草席专卖店铺。外公名玉成，店铺冠名"成记席号"。前店及中厢二层由自家独用。后库三层虽住有几户邻居，但厅堂部分1~3层，可堆放大量成捆的商品草席。以万寿宫寺庙为地标，周围商店毗连云集，街巷错列。从市内的居家百姓，到乡下的贩夫走卒，千家万户再贫困也少不了一床草席。那时，"公私合营"运动还没有开始，外公的"成记席号"一时还算买卖兴隆，颇具规模。

隔壁14号，有个漆匠邻居，虽不苟言笑但对小孩和气。父子俩相依为命，就住在后院一间房里，靠为商铺做油漆兼写招牌谋生。他家住房虽小，却在公共走廊处腾出一片白粉墙，专门用来练习写大字。那时候，笔者大约五岁，虽说已念私塾，后又在棉花市小学读初小，其实在地上用粉笔写字，早已从三四岁就开始了。笔者只记得那时蹲在地上，由大人哄着，不断地写一大堆的繁体字，人又小而且蹲着写字，慢慢发现周围尽是大人的脚在团团地围着笔者。笔者不敢抬头仰望，也不知个由，只顾埋头写数不尽的繁体字。事后，外公、外婆鼓励说，那是大人们的好奇围观和一种夸奖。于是，笔者也就渐渐喜欢上了写字。后来，只要听说漆匠父子在那片白墙上练大字，笔者就常常会溜到隔壁去看看热闹。只见他俩一边对照字帖，一边高悬着手臂，用又长又粗的大号笔，蘸着淡淡的煤灰汁液，龙飞凤舞地写出一个个形体饱满的大号繁体字。当空白墙面全部写满后，他们又呼啦啦地刷上一层石灰水，等到明天石灰水干了，又是一片白粉墙，又接着依葫芦画瓢写大字。

外公还告诉笔者，原来这个漆匠很有本事，算得上南昌市的一支笔，因为"税务局"的招牌就是他写的。还有老南昌最有名的"李祥泰绸布店"那横竖两块大招牌也是他写的。他写了不少招牌大字，都悬挂在中山路洗马池闹市区，那可是车水马龙、万人瞩目。可是谁又知道漆匠是个文盲,除自己的姓名外,认识不了几个字。因为没有文化,父子俩还得靠老板先接到生意,才有油漆写字的活儿干。平时,也只有我们熟悉的邻居才略知他们是如何勤学苦练,如何在自家的专用墙壁上一边看着字帖,一边依葫芦画瓢写大字!

听后,笔者感到奇怪并对外公讲,自己也不想念私塾,专门看着字帖来练大字。外公趁机又教训笔者,人生在世不仅要学会写字,更要会读书,长大才有出息。要不,那只能像漆匠父子,做一天练二天,还要挑着油漆桶东奔西跑,一年到头赚的钱,只够喝几碗稀饭加腌菜填肚子。他们为"成记席号"写的招牌,也只值得换二斤大米加二床草席。笔者凑着热闹看漆匠练大字,跑进跑出的次数多了,为了让漆匠父子对笔者这个邻家小屁孩包容点,外婆还曾经添碗干饭或端点荤菜,和漆匠父子礼尚往来。

诚然,临帖模仿写大字,不等于书法艺术。字体写得耐看有形,也不等于笔法有神。不过,历史上任何一位书法名家,其书法艺术即便再有成就,也只能是从实用的写字提炼升华而来。漆匠父子为稻粱谋,不识字也能写出一手招牌大字并得到社会的承认,尽管所获酬劳微薄到可令今日的书法家齿冷三天;尽管不可能有今日的电视传媒去做访谈说事,但漆匠父子的打拼精神和出众才艺,绝对无愧是新中国早期的民间书法"达人"。

六十多年过去了,让笔者记住的是那文盲漆匠父子能写一手漂亮的招牌大字,是那外公外婆的呵护与教诲,也是那短暂宁和的一段童年时光。

20世纪50年代初南昌市洗马池街景

2014 年 12 月 31 日于厦门

赣南性定菜根香
——《名远记事吟》序

承蒙旧雨好友葛名远自江西赣州寄来自传体诗作《名远纪事吟》，通篇洋溢着赣南性定菜根香，先行拜读甚悦。家庭有宗族谱，个人有回忆录，说明社会在进步。作者自2010年以来，赋闲以日记为素材，写下别具一格的鸿篇顺口溜叙事诗作。

祖籍江西于都，长征红军后裔。早年调干入仕，忠诚勤勉始终。家有书香贤妻，儿女成家立业。古稀本颐天年，无奈丧偶拒续。夕阳宁静沉思，清心寡欲撰诗。娓娓道来有哲理，洋洋万言无托词。文笔流畅简洁，感情真实婉约。

诗作至少在家族及至爱亲朋圈内有先行传诵价值。对记录历史、传承文化、扬善弃恶、礼仪传家，多有裨益。言为心声，文如其人。粗读易错过，细阅尤感动。作品若以脍炙人口的《千家诗》之风韵润色成书发行，向社会及后生广为传播，定当泽被后世。

追忆计划经济年代，市府的劳动人事调配岗位炙手可热，作者在其位30

2014年葛名远（左）与笔者（右）合影

余年，自谦为"赣南小吏"。据《汉书》宣帝纪曰："今小吏皆勤事，而俸禄薄，欲其毋侵渔百姓，难矣。"而作者则为"难矣"难寻中的佼佼者矣。

名远官至副局退休，仕途远非高官之显赫，然其德行人品之高尚，清廉行政之足迹，亦可令当下不少高官难望其项背乎！寥寥数语是为代序。

2014年11月15日于厦门凤凰山庄书房

钩沉深缘浮联句

在半个多世纪的人生旅途中，于不经意间，能不断在你面前出现的友人，必定有很深的缘分。

笔者与陈水平的深缘，始于同济大学学生宿舍西南二楼208室（或210室）。自1964年入学，无论是风乍起，还是雨倾盆。无论是八人一间，还是一间两人。笔者与他不仅同班，而且同住一室，居然有六年之久。这种真正意义上的大学"同窗"，同济罕见，复旦、交大、清华、北大，可能也难寻觅。

陈君，福建泉州惠安人，渔民子弟。年方十七，刚进同济。长得玉树临风，性傲不苟言笑。开口便是晋江老派府闽南腔，一旦加快语速，令来自五湖四海的青年学子不知所云。由此，上海男生中有好事者以"君子"美称戏谑，迅速传遍全班。陈君虽不能在歌喉上与同济文工团的民歌队员的媲美，却颇具小提琴天赋，尤以闭门独奏"北风吹"而陶醉不能自已。

在青春躁动、热血沸腾的年代，他是一名真正嗜书如命的君子。他虽为工科生，却能静得下心来，对文史哲书刊有浓厚兴趣。《资本论》《列宁文选》《普列汉诺夫文集》《斯大林传略》等大部头名著，常堆积在他的上铺位床头。挑灯夜读，习以为常。

2011年陈水平（右）与笔者（左）合影

笔者和他二人同室已久，缘分尚属偶然，志趣相投方为必然。"相识满天下，知心能几人。"我和陈君相互以史为鉴，不断交流读书心得，都有醍醐灌顶的收获。知识互补，心灵共鸣。精神上的寄托，思想上的交融，已远非一般同学浅交，也足见其真正意义上的大学"同窗"，其友谊是多么难能可贵！

即便走出同济校门五十余载，从分别后的半年，即邀约在同济大学重逢，到苏州、江阴、汶川、丹东、赣州、南昌、珠海、深圳、北京、厦门，任凭浪迹天涯海角，彼此一直联络不断。直至1989年一齐漫步鼓浪屿，后定居厦门。近年，又因小住京城，巧遇为咫尺比邻。实乃五十余年之深缘！

冰冻三尺非一日之寒。半个多世纪过去了。听其言语，读其微信，常显满腹经纶、妙语连珠。出口成章，谈经论道悠然。唯江山易改，闽南乡音不变。今为陈君钩沉深缘往事，乐得如下联句：

诗文华章功底深厚方见同济经纶，
走南闯北业绩卓著难掩闽语浓重。

2015年11月12日于北京朝阳首府

走马观花青海湖

久闻青海湖盛名,笔者偕文芹在结束"晋游行吟"后,趁着深秋未寒,先自平遥飞西安,再从西安飞西宁,分别用一个小时的航程即可到达。

西宁为青海省会城市,市容市貌及建筑风格,可与南昌、长沙、太原等省会城市相比。城内海拔高度虽约2000米,但行走散步,均无高原反应。从西宁出发,用700元人民币,可雇一部的士当日往返青海湖。沿途地势平坦,可见小面积沙漠,周边目尽几座山峰,海拔略高。经西海镇、金银滩、原子城,边走边游览,约两个多小时车程,抵达青海湖北岸。

途经的原子城,有一座纪念馆,展示了20世纪五六十年代的国家核武器试验基地实况。馆内陈列周详,再现了"二弹一星"功勋和创业者的艰辛与辉煌,令人敬佩与感慨。可惜,只许参观,严禁拍照。

在抵达青海湖的当天下午,前后相隔一两个时辰,抓拍了三张典型的外景照片,已足见青海湖的瞬间变脸。那天的天气就像幼童的脸,说变就变。

青海湖是中国内陆最大的咸水湖。东西长106公里,南北宽63公里。按游览全攻略,乘游艇、自驾车,至少要两三天工夫。湖水浩瀚深蓝,湖畔景象丰富。上了年纪观光,只能量力而行,走马观花足矣。杜甫在《兵车行》的尾

走马观花青海湖,摄于2016年

声感叹"君不见，青海头，古来白骨无人收"应当说，指的就是青海湖畔。自汉代以来，青藏高原军政与中原皇族王朝相抗衡。忘汉之心不死，铁血征战惨烈。青海湖畔也就成了兵家必争之地。

青海湖以湖泊为主体兼有草原、雪山、沙漠等景观。空气格外清新，湖旁也能感受到"风吹草低见牛羊"牧歌式的图景。当地牧民为旅游创收，即便反季节，也要种植一片油菜地，向游客每人收费十元，供取景摄影玩赏。一派塞北风光，尽显江南情趣。

仰望蓝天飘白云，遥看湛蓝青海湖，低头又是一片金黄的油菜花。文芹兴从中来，竟忘记身处海拔 3200 米高度，突然模仿四小天鹅舞蹈动作，有节奏地单脚跳跃。当笔者以两段录像共 24 秒，摄制完毕舞蹈全程，却为之一惊。所幸，她喘息一会，心跳无碍，相安无事。平静虽已恢复，让笔者后悔尤甚。岁暮之年，此举实为铤而走险。老年人的心脑血管，也犹如瞬间变脸的青海湖，当慎之又慎。

2016 年 10 月 21 日记于青海西宁

德仁堂民居巡礼

杜甫诗言，"安得广厦千万间，大庇天下寒士俱欢颜"。今日来到闽南山区，又何以独为叶氏祖居地的新建德仁堂民居慨叹？百闻不如一见。

丁酉初冬，笔者应东道主之邀，携家人驶出厦门，驱车百公里，至福建省南安市西北部的眉山乡天山村。该村二百余户人家，坐落于海拔930米高的朝天山腰。昔日的贫瘠山区，早已旧貌换新颜。一幢幢小洋楼依山傍势而立，生机勃勃。尤以德仁堂民居的建筑气势，与天人合一的宅第规划，让笔者刮目相看。

按照中国建筑风水运程学评断，德仁堂民居的坐落位置，邻舍相伴接地气，视野辽阔瞰全景。坐北朝南，聚天地之灵气；紫气东来，揽山峦之磅礴。占尽天时地利人和，可谓睿智成功之作。进入室内所见，不要说兄弟间分合有序的厅堂，其共享空间是如何敞亮堂皇；不要说家族繁多的居室，其周密的设计与布置是如何温馨吉祥；也不要说进门中央"德仁堂"的雕龙画凤是如何金碧辉煌；只要看看大堂二厢墙壁与高挑的廊柱上，用镏金字镌刻的联文，就足以让客人感悟到，东道主大兴土木的初衷，正是对礼仪传家的敬畏与道德文化的崇尚。

德仁堂民居

孔子把"仁"作为儒家最高道德规范，提出以"仁"为核心的一套学说，对中华文化和社会的发展产生了重大影响，德仁堂的建筑理念正出于此。德仁堂民居，从使用功能上划分，可由"堂"与"居"两部分组成。"堂"独占中央，建筑面积虽为200余平方米，尚不足总建筑面积的10%。而它的存在，却成为东道主家族的精神寄托。嗣堂圣地，群贤毕至。至爱亲朋，老少咸集。或缅怀祖先，或聚会议事，或共享欢乐。犹如朝天山是叶氏的发源地，为叶氏家族崇尚一样，德仁堂也是东道主家庭吉祥的标志、血脉传承的象征。无论世道如何变迁，崇尚仁义道德总是永恒的。

　　朝天山北侧，有开国上将叶飞的故居。南侧为天山村世居。"忠厚传家久，诗书继世长。"远在350年前，清初顺治年间，朝天山便出了一位朝廷高官、进士叶献论。文臣武将，名人辈出。叶献论曾在岁暮之年返乡省亲，徒步三十余里，游览于天柱山间，并撰文《凌云山记》以励乡人热爱故土。

　　闽南人素以吃苦耐劳而著称。一首励志歌曲《爱拼才会赢》，传遍了大江南北，唱得荡气回肠，唱的也正是天山村人的打拼写照。村里的先贤与父老，早年就漂洋过海，赤手空拳到东南亚谋生、创业。新生代的天山村人，也多在"北上广深"拼搏。无论是大小企业家、蓝领白领都会眷恋家乡的热土，他们将诚实劳动的辛勤积累，纷纷投入家乡的建设。不仅盖好自家的楼房，还不乏投入更多的资金，或扶贫助学，或用于公益事业。

　　乡规民约，蔚然成风。德仁堂民居的建设，就是在这种氛围感染下，应运而生。而德仁堂将中国传统文化和现代建筑融合的设计风格，也在当地民居的建造中，产生了引领与深远影响。

　　东道主父子都是事业有成的建筑师。由他们主持的建筑与规划设计，别具一格。由他们监造的民居，精益求精。人生几何？譬如朝露。能做成一件泽被后世的工程，殚精竭虑，值得一搏。是为德仁堂民居巡礼感怀。

2017 年 11 月 18 日于厦门

立春存照意趣浓

戊戌立春，寒气凝重。同济大学的"厦门校友之家"却芸芸毕集，意趣盎然。春节前，通过同济厦门校友平台，群聊发布，以文会友，书法相约。立春时日，厦门校友会会长边经卫及20多位校友，正围坐笔砚纸墨旁，笑谈琴棋书画间。由笔者和林梁，抚轴展开郭钧西的书法长卷。但见书法作品，如行云流水之瑰丽，山峦起伏之壮阔。草行裹锋运笔端，浑融奔逸称谲奇。同济人腹有诗书气自华，众校友饶有兴趣皆赞叹。

笔者去年撰文《德化避暑散记》，只为友人交流。始料不及，有幸为2017年第4期《同济人》刊载。好事成双，书画界的朋友郭钧西（西安中国画院画家），远在西安赏析后，意趣正浓，以过七望八之龄，遒劲挥毫，一气呵成，书就6米长卷。

高山流水遇知音，读来酣畅淋漓，心灵共舞。笔者怀仰慕之心，欲求其馈赠一片枫叶，他却赐笔者一片枫林，令笔者慨叹。

校友合影

抚轴展开郭钧西的6米书法长卷
左起：笔者、边经卫、林梁

2018年2月4日于厦门

本文刊载于《同济人》（2018年第2期），收入本书时有修改。

老来又识甘泉味
——读林一民教授《接受美学：精要与实践》

接受美学是自20世纪60年代以来，由国外学者在文学接受理论领域长年积累下来的一项文学理论成果。《接受美学：精要与实践》顾名思义，这是林教授为传播与发展接受美学理论，作出的精彩解读与奉献。同时，这也正是中国接受美学界的青年和学者，徜徉在西方经典文学作品的茫茫大海中，所期盼的一部如何接受美学的引领读物，十分难能可贵。

青年时代，笔者对莎翁、托翁等西方文学经典名著也曾有过如饥似渴的阅读，虽不懂接受美学，但内心期盼着有高论引领。初进同济大学，只因兴趣使然，也曾不惜挤占学习数学力学课程时间，躲在图书馆一隅多有静读。对朱光潜的美学基本观点，也曾有过囫囵吞枣的领悟。

拜读了先生寄来的《接受美学：精要与实践》鸿篇大作，让笔者老来又识甘泉味，受益良多。60多年前，先生在南昌五中任教时的高中学生刘大椿、卢泰宏，如今已成当代鸿儒名家并为论著潜心作序。先生学贯中西，细致入微

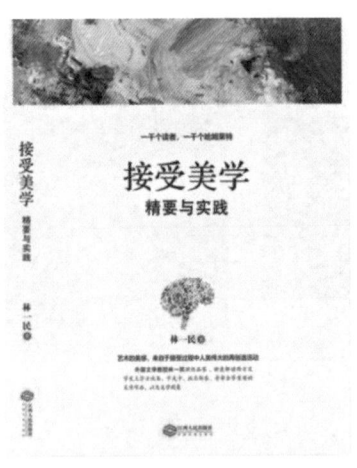

林一民著《接受美学：精要与实践》封面

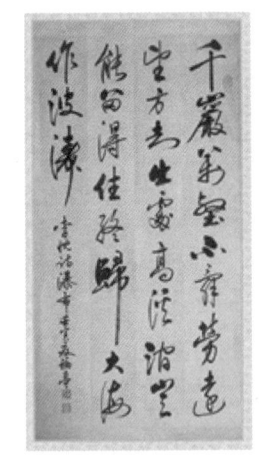

以诗文书作敬赠林一民教授
书法家王福亭书法作品

地从分析名著入手，对西方及俄国文学史上的重要文学现象，分门别类作出了独到的精辟剖析。远在20世纪80年代中期，先生在南昌大学授课时，即已完成了书稿的内核，并锐意创新，只教学生阅读经典作品是"授之以鱼"，引领研究生如何以"文论"为利器来接受美学才是"授之与渔"。

经典作品本与时间无关。独到的阐释，总是留有时代印痕。析"一千个人，便有一千个哈姆雷特"，论"托翁为何否定莎翁"。读着先生的评述，倏忽间，也让我忘记了夕阳，重新站在一个呼之欲出的理论高度，再次激发了笔者对接受美学的兴趣与认知。孟子在《尽心下》言："充实之谓美"。先生以耄耋之年，壮心不已。笔耕不辍，硕果累累。让笔者联想到夏季的丰水瀑布，如诗言："千岩万壑不辞劳，远看方知出处高。溪涧岂能留得住，终归大海作波涛。"

谨以此诗文书作向林一民教授致敬佩之意。

2019年5月29日于厦门

翰墨情谊始末

  人生苦旅，俗务纷扰。想到西晋潘岳的《闲居赋》"资忠履信以进德，修辞立诚以居业"，年近古稀，何不放慢生活节奏，"仰众妙而绝思，终优游以养拙"。

  2011年深秋，上海秋高气爽。笔者偕妻赋闲在沪新居度假，应同胞手足邀约，返江苏丹阳祖籍地探亲。后由南京转机返厦，得隙与至交范新根及夫人相会于秦淮河畔，下榻一家五星级宾馆，相谈甚欢。

  酒过三巡，当笔者向范兄一展喻致评的叙事诗《追怀五中忆同窗》，范兄立即称道："喻致评是文字专家，他用心为你编的书《难忘南昌五中》作序，几乎写成了新的《滕王阁序》。他那篇序的确很经典，绝对是一流的文字功力与写作才气。"范兄的酒后放言，竟让喻致评的才气与王勃齐平，老五中出人才，真是了得！当晚话别，他表示明日起床时精力旺盛、心情好，一定伏案就笔，将老喻的叙事诗抄录，并再添几幅书画赠送喻致评，以示琴瑟韵和。

  范新根还特别要求笔者，要将他的字画面交喻致评。殊不知笔者与致评兄也是因南昌五中情结所系，以文会友，相见恨晚，这辈子也只匆匆面晤了两次。如今喻兄远涉重洋，定居加拿大，尚难如愿面交。至今，未裱的几幅宣纸字画，一直在笔者书房保存完好。宣纸虽薄，友情尤厚。

  忆想1964年初夏，高考迫在眉睫，老五中同窗也分别在即。笔者与范新根、赵长风三人，为了友谊而相互砥砺，挤出宝贵的备考时间，在各自的笔记本上抄录了几十首名诗佳句，其墨迹至今保存完好。重新翻阅那时的钢笔字，仍感赵长风写得圆通有形，笔者习字端端正正，唯有范新根的小草写得龙飞凤舞，其洒脱自如的技法，令人过目难忘。年少时的书法风格虽各有异，水平也只半斤八两，而今日以毛笔书法相比，竟乃天差地别，自感汗颜。

  1964年，范新根考入重庆军事电讯工程学院，1967年因形势变故与同窗黎某从重庆回南京家中休生养息。多事之秋，两个热血青年不好争斗恶，退避

范新根书法作品（左），2009年范根与笔者合影

三舍，能冷静思考，也算是难得的智慧。再说直白点，范新根出身贫寒，一介军校书生能结交黎某，并在黎某家中避难逍遥，福莫大焉。

尤其始料不及的是，范兄退这一步，不仅海阔天空，而且凭他的书画才华赢得了将门之女的芳心。他在高宅深院里挥毫书法，泼墨作画时，同窗黎某的妹妹"隔窗偷窥"，心生渴慕，终至爱意顿生。爱情虽有波澜，却也苍天不负苦心，有情人终成眷属，恩爱夫妻相互守望了一辈子。

几十年过去，范新根业余书法不断，功力日见炉火纯青。范兄积五十年之书画功力，在江苏省与南京市的业余获奖数不胜数。

"少年乐事总消歇，落日澹澹天无穷。"荐赏范新根的书法作品，寥寥数语也算是对老朋友翰墨情谊，老有所乐的由衷表达。

2013年12月29日于厦门

一片冰心在玉壶

京城难识东风面。到2014年2月26日下午,整个北京城被茫茫雾霾持续裹挟了六个昼夜,一时大有"黑云压城城欲摧"之势。这次来京几天非同以往,也算初识特大城市的雾霾之恐怖。

笔者透过玻璃窗,只见北京行人,不是戴着口罩就是捂着鼻子,或者各自低头不语,默默地忍受着空气的严重污染,艰难地前行着。位于朝阳门的北京中行大厅,依仗着厚实的玻璃幕墙分隔和完善的暖通设施,室内正在不断喷送新风、大量播撒负离子。大厅空间仿佛与雾霾尘世隔绝,空气清新、春意盎然。

在这里,应笔者五天前之邀约,老南昌五中已故俄语老师钟盛先生之长子钟期晖先生今日上午自上海专程飞抵北京。下午四时,钟期晖在北京市朝阳门中国银行大厅与"联谊会"罗保林秘书长初次会见。不顾旅途劳顿,并当即向"南昌五中校友北京联谊会"赞助一万元人民币现金。对钟期晖总经理的义举,笔者谨代表"联谊会"表达了深深的谢意。据钟期晖先生自述,他在老五中没念过书,仅在老五中校园里有过出生与幼童的经历。但严父的教诲,以及老五中学生反复传诵着钟盛老师的大家风范与良师口碑,却在他幼年的心灵中,深深地留下了"老五中"的烙印。

会晤中,钟期晖还饶有兴趣地手捧《南昌五中校友北京联谊会》通信1—6期彩印合订本,与笔者、罗保林在中行大厅合影,他在翻阅中惊叹着"通信"内容丰富、文采斐然。尤其是事业有成的学子们,在他严父去年10月1日仙逝后,纷纷及时撰文寄托了哀思与怀念。他由衷感谢"联谊会"。同时,他也为父亲去世后,仍然受到海内外许多成功人士的学子们的追思与怀念,深感欣慰和骄傲。钟期晖直言,他原以为老五中早已不复存在,时过境迁。今天才第一次听到,世界上竟然还有"南昌五中校友北京联谊会"的存在!更想不到这个"联谊会"还云集了海内外一批校友精英。"联谊会"虽然成立不到半年,就干得有声、有色、有章法。趁笔者还在北京期间,他也特别想幸会"联谊会通信"

主编罗保林教授。他坦然表示，他很看重这个"联谊会"，胜过他的大学同学"联谊会"！他还自谦地表白："很愿意，但不知是否有资格加入'南昌五中校友北京联谊会'。"笔者代表"联谊会"当即表示，完全可以成为"联谊会"的一名"荣誉会员"，继承已故俄语老师钟盛先生的遗志，传承老五中的艰苦求学、积极向上的精神。

话别分手后，又出现了大自然的奇迹！当笔者与罗保林在中行大楼五楼小酌，一个多小时光景，我们再步出大楼时，竟想不到室外突然刮起一场老北风，夹杂着密集的沥沥细雨，铺天盖地普降京城大地。那连续几天时来时去的雾霾，立马被冲洗一净。京城华灯初上，璀璨的夜色又清晰可见。室外虽寒气逼人，却顿感神清气爽。

次日，阳光又洒满京城大地，众人无不欢喜雀跃。笔者也算头一次见识到，这雾霾的行踪诡异，一会"黑云压城城欲摧"，一会儿"树倒猢狲散"。保林兄是中国科学院的博士生导师，也是京城的饱学之士。据他所言，城市中的汽车尾气排放量，只占雾霾形成总量的4%，并非盛传中的罪魁祸首。依笔者浅见，还是要祈祷大自然的鬼斧神工！这北京城连续几天的雾霾，毕竟是被一场老北风加沥沥细雨，紧接着次日的一缕阳光洒满大地，而消散殆尽。耳听为虚，眼见为实。叹为观止，不服不行。

"等闲识得东风面，万紫千红总是春。"次日一早，笔者偕妻在附近的日坛公园漫步，呼吸着久违了的大自然的新鲜空气。想到钟期晖昨日的义举，从

罗保林（左一）、钟期晖（左二）与笔者合影

上海如约飞抵京城，顶着雾霾的来袭，又从机场直奔朝阳门下。联想到唐代诗人王昌龄的《芙蓉楼送辛渐》，偶得四句释怀：

《赠金》
明知雾霾偏入雾，联谊赠金岂能误。
五中友人如相问，一片冰心在玉壶。

2014年2月28日于北京朝阳首府

附 录

创新设计才是工程的灵魂
——读闵强先生《同舟共济话赣州》

闵强先生的《同舟共济话赣州》,既演绎了千年名胜八境台重建的设计始末,也是一篇将复杂古建筑技术与人文意境较完美结合的好文章。独立的思想是创新的源泉,创新设计才是工程的灵魂。

赣州同南昌一样距今已有2200多年的历史。赣州的"赣"字,即由"章、贡、文"三字组成,意蕴章江、贡江两江合流成为赣江;江西亦简称"赣",彰显着本土丰厚的人文积淀。能作为恢复和传承千年古代文化,并修旧如旧设计的主要参与者,构思出自然景观和名人文化结合的、极其创意的设计作品,此乃三生有幸。作者不仅学习和吸纳了《营造法式》技能,而且以现代人穿越时空隧道的手笔,给世人留下了古韵和精彩。不失为古建遗风,兼具继承创新。

此时我想起了《红楼梦》中贾宝玉不喜欢大观园的稻香村,因为它是人为造作而成,"远无邻村,近不负廓,背山无脉,临水无源,高无隐寺之塔,下无通市之桥,峭然孤出,似非大观""非其地而强为其地,非其山而强为其山,即百般精巧,终不相宜"。而古城赣州则完全不同,得天时、获地利,加上人的独立的思想,形成了继承中的创新,使人与景有机地巧妙地结合起来,让八境台的重建,浑然天成,顺其自然。

在古今中外的文明史中,建造城墙、城堡和城池,首先是护卫帝王将相,供养统治者,然后才是让有钱人发财,让平民安定生活;同时又有了市场交易,发展为"城市人文活动"增加了城市活力和效率,休闲、观赏、文化成了人的生活必须,这给城市的"形"添上了"魂"。于是各式各样的城市、千差万别的建筑应运而生。

如何将历史古城和千年古建筑表现得更有时代新意,更具人文历史景观,这就是设计者独立思想的原动力。一个城市讲究区位、交通、水土、物产、历史和人文。赣南约占江西全省面积的1/4,赣州市是赣南的经济文化中心。它地处赣江源头，两江交融会合之处，滔滔赣江蓄势待发，势不可当；南方雨量充沛、无霜期长、水系发达、交通便捷、物阜民丰；历代名人荟萃、文化繁荣、历史厚重。古城墙、八境台、郁孤台、文庙慈云塔、通天岩等著名景点和建筑镶入其中，更添其自然和文化韵味和色彩。作者把当年的努力记录下来，是件很有意义的事情。更难能可贵的是，作者把这一设计成果和积淀，转化成一种怀古颂今和人文交流，唤起读者对赣州古城新姿的向往和心灵感悟，体现了创新设计的智慧。

天公有道必酬勤。当年三十多岁的毛头小伙，已在专业方面崭露头角。他同赣南建筑大家合作，参与如此重要的城市门面工程和冗杂的项目，并以创新的思想独立担纲结构设计，这是需要一定功底和魄力的。就设计技术层面来说，建筑和结构分属两个专业，他们必须紧密配合，而且结构必须服从、服务于建筑，想方设法去满足和实现建筑物的坚固，以及其各种功能、美观、人文的方案和意图。同时，又不能慎之又慎，搞得到处可见的肥梁胖柱。此外，一旦出了问题，如沉降、裂缝、倾斜甚至倒塌，首先问责的是结构，追其有无违反技术规范，是否计算错误，等等。所以，从事结构设计必须胆大心细、功底深厚。更何况，古建筑的飞檐、斗拱、梁架、抬檐、歇山、托枋等无一钉半铆，其荷载受力结构甚为特殊，不能丝毫马虎。

20世纪80年代初，整栋仿北宋的古建筑，全盘继承宋代《营造法式》，并用钢筋混凝土结构取代木结构，"八境台"的结构设计，为此作了开创性的成功尝试。"明知山有虎，偏向虎山行"，作者以充沛的精力和扎实的专业知识，

2020年冬于南昌，徐远光（左）与闵强（右）

又以和善协调的交流沟通能力，以创新的设计圆满地完成了这些任务。迄今傲然直立的景区古建筑，已经在诉说当年300多张土建施工详图的汗水和艰辛。

弹指流年，倏忽几十年过去，每每谈及，既是一种美好的回忆，又是换过一种形式的放松。"福厚之地，人多富寿；秀颖之地，人多轻清"，一气呵成，写下这篇短文，既是对作者的钦佩和褒奖，又是对自己晚景生活的自勉。

2014年5月14日于南昌

本文刊载于《科学中国人》（2014年7月17日），收入本书时有修改。

作者简介：徐远光，男，1946年出生。1969年同济大学城建系毕业，原南昌市人大常委、人大城建委主任。

开轩面场圃,把酒话桑麻
——为闵强主编《难忘南昌五中》撰序

文章,这里指叙事、记人、写景、状物的文章,其最高境界是真、善、美。不论是回忆录,还是随笔都应该追求这三个字。在我看过的回忆五中的文章中,不乏应景之作,追忆了一些往事,表达了一定的情感,但真正能够打动人心的却凤毛麟角,唯有闵强校友撰写的《难忘南昌五中》。

此文以《不忘高中基础教育的滋润》为题,发表在《上海民生发展报告(2010)》中。同年6月,《中国教师》《华文摘》节录刊登了此文。

通过挖掘艰苦求学史实,为观察现代高中基础教育的得失,提供了新视角,令我激动不已,唤起我半个世纪的回忆,如临其境,如见其人,如闻其声,在思想感情上如获至珍,引起共鸣。预计在这三个书刊24万读者中,此文也会一石激起千层浪。

往事并不如烟。让我们随着作者,以年逾花甲的生命去激活回忆,用回忆的鼠标,去寻找那青春年少的丝丝缕缕。重温那年月,重温那寒窗,重晤那些恩师吧!

毋庸讳言,那年月是那样苦寒和艰辛。三年的高中生活就在三年困难时期的苦熬中度过。粮食紧缺,饭票囊中羞涩。瓜菜代粮,食不果腹。碱水煮粥,饥肠辘辘。"一种三养",校园变菜园,千多名学子无一例外地接受了几年"苦其心志,劳其筋骨,饿其体肤"的洗礼。

毫不夸张,那学习是那样紧张和发奋。三年如一日闻鸡起舞似的早操,百鸟争鸣般的晨读,近似军营生活的上课下课,题海战术的演算,挑灯夜战的自习,竞赛式的考试淘汰机制,使人人身经百战;各门功课平均逾85分,荣登光荣榜的特有激励机制,像巨大的磁场,吸引着铆足了一股冲劲而不甘落后的莘莘学子。

并非礼赞,那老师是那样尽职和献身。平日不苟言笑的班主任,一经获悉自己的学生金榜题名，竟当夜冒倾盆大雨，步行十余公里路上门报喜。满腹经纶的语文老师身遭口诛笔伐，依然声情并茂、出神入化地为学生讲授他深爱的文言文……传道授业解惑，关怀培育呵护，诲人不倦，恩重如山。

　　一个人一生的记忆，有的竟然在脑海里能保留近五十年，那一定是刻骨铭心。五中的高中生活给闵强，给我们，不管是时代的"幸运儿"也罢，还是"捐门槛"者也罢，烙印是很深很深的。

　　我赞扬闵强的文章，不是因为他是写作高手，而是他不违心、不虚美、不隐恶，秉笔直书了那段真实的求学经历，针砭了当其时高中基础教育的时弊，以一颗感恩的心勾画了栩栩如生、呼之欲出的恩师形象。其人其事其情其景感人至深，难怪乎北京、上海、广州三家书刊都先后刊用。

　　闵强在当年的高考中出类拔萃，并在二十年前就以创新智慧和才干，而独立获得江西省科技进步奖和国家科技成果奖励，如今也是一位成功人士。他之所以成功，追根溯源，是他得力于中学基础教育，特别是人文知识教育的滋润。可见，在人文社会科学方面跛脚严重的学生，很难成为有大创意的工程师。时至今日，他对中学学过的贾谊的政论经典《过秦论》还能背诵如流，这就铸就了他高屋建瓴的经营管理水平和建筑结构设计的大手笔。更难能可贵的是，几十年来，在他身上永葆着一颗高情厚谊的感恩之心！

　　五十年前在校时，我与闵强同吃一锅碱水粥，但无缘相识。可喜的是半个世纪后，闵强的一篇锦绣文章，竟把我们又拴在一起了。他的感恩，令我敬佩。他的成就，令我仰视。他的人品，令我景仰。我愿把他引为知己。他意欲出资将自己的著文和诸位老师、校友的回信与诗文撰稿，连同照片一并结集出版《难忘南昌五中》，并嘱我为之写序，我不揣浅陋，欣然从命。

　　"开轩面场圃，把酒话桑麻。待到重阳日，还来就菊花。"我期待着与闵强的久别重逢。并期待他的大作《难忘南昌五中》一书早日付梓，聊写以上由衷话语，是为序。

喻致评
2010年7月6日于南昌经纬斋

作者简介：喻致评，男，原江西人民出版社编审，中国史记研究会会员。

跋

用文学守望精神原乡

闵强先生的《薄壳猜想记》终于结集出版，令人欣慰。今受先生之托撰写跋文，实难请辞，不揣浅陋，伏案疾笔。这本多年心血积淀汇聚而成的书，将会是一坛又陈又香的老酒，让每个热爱文学的人醺然。当我通读完即将付梓的全书，掩卷静思，先生著书的精神意义何在？于是，有了跋文述评的题目：用文学守望精神原乡！

先生原是一位卓有成就的建筑结构设计专家，一直对人文文化感情深厚，尤其钟情于古典传统文化。退休后十余年来勃发了文学创作的极大热情，并借助新浪博客媒体平台，把自由的心放逐到天地之间，一任真情从笔端自然喷吐，大有鲲鹏扶摇之态。

《薄壳猜想记》一书，内容包括当下生活的感悟、过往岁月的追忆、外出游历的见闻与遐思、对母校师友深情的眷恋与怀想，以及饱含着深情的家庭叙事和对科学与人文和而不同的执着追求。题材广泛、语言质朴，皆为"我手写我心""我歌传我情"的真挚之作。

散文作为一种艺术形式，在文学创作中最需要自然与真实，多以直笔出现，写的都是真实所感与真实所想，很难掩盖作者自己的人格，也是一种人格转化的形式。先生以丰富的工作阅历和生活经历，使其笔下流淌的是生活的大河，时代风云和改革开放的浪潮，浩荡而下，奔涌不息。因经历和背景波澜壮阔，其文字中始终蕴含着饱满的热情，既真挚坦率，又灵动从容，有时代气息。

首先映入我眼帘的是先生的《薄壳猜想记》这篇文章，读来令人难以释怀，感人至深。作者在这篇大散文中，以纪实的手法，为读者描述了"薄壳猜想"的实践背景及艰难求证的历程，结合那个特定的时代，将自己作为一个青年工程技术人员的勇于担当和上下求索的科学创新精神表现得淋漓尽致，从而向世人印证了薄壳虽薄，却沉积了科学精神的厚度。

通篇文字凝重、从容，讲述鲜活、灵动，并富有绵长的语言张力。以宏大的叙事视野展开，没有过多的议论与抒情，原汁原味地从先生的心底流出，流入读者的心灵。有时我觉得这完全是一部中篇纪实小说的格局，有家国情怀、有时代风云、有人物命运，也有当下倡导的"大国工匠精神"，相互交织在一起，竟是那么厚重，那么深远。

先生的文章贯通了建筑美学、文学、哲学等多学科知识，呈现出大气势、大格局，它有着深广的精神内涵，有着质朴的话语风格，有着智慧的叙述形式，更有着强烈的现实感、真实性和批判精神——进而让我感觉到，在这本书中，先生就像一个衣袂翩翩的艺术精灵，以其飞天一般的神思，妙笔遨游其间。作品兼具散文的优美呈现，故事的精彩演绎，读来引人入胜。

许是赣鄱大地的自然山水和历史人文滋养了先生的成长，同时也浸透了他的灵魂、骨骼和血液，成为其生命中无法释怀的一部分。惟其如此，在走出赣州，走出江西，服务社会的漫长岁月里，先生虽然事业上升，工作繁忙，却不因此而消解对故乡的那份思念、反刍与牵挂；相反，所有这些化作一种念兹在兹的心结，引领他在履行社会使命的间隙里让精神还乡，进而写出一篇篇情真意切的散文。

先生的《八境见图画，郁孤如旧游——仿宋古建八境台设计启示录》和《同舟共济话赣州》这两篇文章，以广阔的文化视野向读者展示了赣州这座历史文化名城迄今已有千年历史，以纪实的笔触记录了作者科学求真的精神。在20世纪80年代初期的艰苦条件下，为保护全国最完整的宋代古城墙，尤其是对三江汇合处的古城墙免遭拆除，先生独具匠心，在主要景观的古城墙之上，设计了108根混凝土灌注桩，打入20余米深作桩基，成功地将魁伟的仿宋古建"八境台"高高耸立于世人面前。从而实现了当年一代伟人胡耀邦同志的愿景，凸显了赣州历史文化名城之标志，再现了一千多年前苏东坡描绘的美丽图景——与南昌滕王阁形成了南台北阁，沿千里赣江遥相呼应。这两篇文章，以"八境台"为审美对象，让人们从中得到崇高、伟大的审美感受——不仅在于它是建筑艺术，还在于它巨大的精神内涵，是两篇融科学与人文、文学与建筑、知识与审美于一体的文化大散文。

在感性与理性的交织中，在现实与历史的往返中，仿佛吹来一股田野的清风，没有杂质，一切都是从心灵里流出来的。这一方面有作者的敏感，另一方面则流动着学人式的厚重，而且在先生的文字里古诗文的意象，与现代人文的语境撞击着，给人沉潜的印象。文中所写人物又常常让读者潸然泪下。我仿佛感受到了先生博大的心灵里无边的大爱，那一刻，我在心里为其过往的岁月与经历感到震撼。特别是作者内心的刚强，在词语里经常形成一个气场，把人引向遥远的高度！

叙事与抒情构成了这本书中另一鲜明的艺术特色。这在《滕王阁下五中赋》《洗净铅华忆五中》《追忆儿时万寿宫》《南靖印象》《德化避暑散记》等篇中得到了很好的凸显。作者在驾驭散文叙事时的稳健老到，既有真挚的抒情，又有舒展的叙事，还有灵动的描写以及精当的议论。其高超的写作造诣，若水流花开，韵味天成。

书中收录的记人散文，以《翩翩年少话沧桑》《世事纷繁兄弟在》《我与朱伯龙教授三十年师生缘》《国难思良将，震灾念大师——怀念同济大学宋伯龙教授》等篇的文字为代表，这些文章饱含的情感诚恳且真挚，重于解读昔日同学之间纯洁的友谊，风华正茂、书生意气，解读青年学子的特立独行却又命运艰辛，以及与世俗偏见相抗争的不屈精神；解读恩师的诲人不倦，大家风范，书写恩师的精神与风骨！

尤其是在《难忘两师话甘霖》一篇中，作者无限深情地感念他生命中的两位高中年代的恩师王章庆老师和张光才老师的殷切教诲，他们助其考入同济大学，从而实现了人生的大跨越！饮水思源，作者始终在心灵的最高位置上，对两位恩师的高才大德由衷地仰望和赞美！这样的文字扣人心弦，读来心情久久不能平静。随着我阅读的深入，我发现作者在自己的领域耕耘之余，一直坚守自己的精神立场，守护自己的文学信仰，放松心境地倾诉内心的情感，抒写自己生命的底色，不时在建筑界发出自己别样的声音，对大地上的生灵满含悲悯。诸如《情义企业文化——由〈惜别〉诗作所想》《防震减灾——同济人肩负的使命》《我为重建都江堰献计献策》《天崩地裂山河在——目睹汶川地震灾区实录》，即便是抒写日常的建筑述评、工作纪实、企业策划、专业献策，先生在文中也投入了生命的激情，投入了对中国社会与中国文化的独特见解，质朴、硬朗，饱含金子般的光泽，没有一篇空头文章。

《岁寒三友》《歌翁吟记》《两次跨海采杨梅》等，凡与师友诗词唱和、携亲远游、殷殷寄望儿孙愿景时，先生更是注入了深情，笔墨生香，字字珠玑，写下岁月迢迢，万水千山，柔意似水，一往情深，呈现出一种温润的生命状态，一种纯粹而柔美的美学格调。而先生以骈体格式所撰《滕王阁下五中赋》文中的那句经典名言："院士翰林尽显饱学翘楚，仕途经济不乏栋梁砥柱"，已在五中校友中广为传颂，激励后学发扬光大。亦有校友请书法名家书写，装裱，置于会客厅及书房，装饰生命中的风景，也提升了母校南昌五中的文化品格！

徜徉在《薄壳猜想记》的长廊中，我与先生进行着长时间的精神对视，跳到了同一频率，在灵感与灵感相碰，思想与思想相会的瞬间，我读懂了先生一生的信仰追求，读懂了先生生命中性情中人和理性中人的双重性格组合，更读懂了先生以出自自身精神上的觉醒、出自内心的真诚写作，给这个社会传递了一种正能量！

所以，我敬重先生，他是文学的建筑师！

他所写的一切都可称历历在目，有空间感、时间流，镜头没有一刻停滞，也对准了所处年代的社会关注点，深深地刻痕着时代的烙印！

最后，我想特别指出的是，先生在这本书中，不拘泥于传统的表现手法，借助纪实文学、散文、随笔、古诗词、骈体文等，呈现出跨文体写作的趋向，让文本充满了活力，带来了散文创作的增值，尤其是扩大了散文的视域和容量。美哉！壮哉！

五月芳菲、大地葱茏。祝贺闵强先生的《薄壳猜想记》出版，谨跋！

冷光辉
2022 年 5 月 18 日于南昌

作者简介：冷光辉，男，1965 年 4 月生，江西奉新人。有诗文及书画评论面世，现居南昌。